莎士比亚
十四行诗思想性解读

Shashibiya Shisihangshi Sixiangxing Jiedu

刘文杰　郑永茂◎编著
伍谦光◎审校

·广州·

版权所有　翻印必究

图书在版编目（CIP）数据

莎士比亚十四行诗思想性解读：中文、英文/刘文杰，郑永茂编著. —广州：中山大学出版社，2016.9
 ISBN 978 - 7 - 306 - 05758 - 7

Ⅰ. ①莎…　Ⅱ. ①刘…②郑…　Ⅲ. ①十四行诗—诗歌研究—英国—中世纪—汉、英　Ⅳ. ①I561.072
 中国版本图书馆 CIP 数据核字（2016）第 169924 号

出 版 人：徐　劲
策划编辑：熊锡源
责任编辑：熊锡源
封面设计：林绵华
责任校对：刘学谦
责任技编：黄少伟
出版发行：中山大学出版社
电　　话：编辑部 020 - 84110771，84110283，84111997，84110779
　　　　　发行部 020 - 84111998，84111981，84111160
地　　址：广州市新港西路 135 号
邮　　编：510275　　　传　真：020 - 84036565
网　　址：http://www.zsup.com.cn　　E-mail:zdcbs@ mail.sysu.edu.cn
印 刷 者：佛山市浩文彩色印刷有限公司
规　　格：787mm×1092mm　1/16　21.25 印张　350 千字
版次印次：2016 年 9 月第 1 版　2016 年 9 月第 1 次印刷
定　　价：48.00 元

如发现本书因印装质量影响阅读，请与出版社发行部联系调换

莎士比亚铜像

莎士比亚故居

序

习近平总书记在2014年10月15日召开的全国文艺工作座谈会上讲道:"我们社会主义文艺要繁荣发展起来,必须认真学习借鉴世界各国人民创造的优秀文艺。只有坚持洋为中用、开拓创新,做到中西合璧、融会贯通,我国文艺才能更好发展繁荣起来。"刘文杰和郑永茂两位先生编写的这本《莎士比亚十四行诗思想性解读》正好符合习近平总书记这一讲话精神的要求。

优秀的文化艺术是人类共同的精神财富。无论是中国的还是世界各国的优秀文艺作品,都必须让各国人民共同享有。英国文艺复兴时期伟大的剧作家和诗人莎士比亚所创作的优秀作品在世界范围有很大的影响,《莎士比亚十四行诗》就是其中之一。自18世纪末期以来,这部诗集在各国引起了人们的巨大兴趣和各种争论。这部诗集在世界的文学和诗歌领域里占有重要的位置,不少国家都先后将其翻译成本国的语言供读者学习、欣赏和研究,仅在我国就有不少于10种不同的汉译版本。关于莎士比亚十四行诗的艺术性和思想性的研究更是持续了多年,方兴未艾。我国的莎士比亚文学爱好者和研究者为此付出了多年辛勤的汗水和心血,为传播人类的优秀文化艺术做出了不可磨灭的贡献,如我的老师——原中山大学莎士比亚文学权威、我国著名学者戴镏龄先生,著名学者梁宗岱先生,以及诗人和翻译家屠岸先生和朱生豪先生等人。同时,我也很高兴地看到有越来越多的年轻人加入到学习和研究莎士比亚十四行诗这一队伍中来。这既说明莎士比亚十四行诗的艺术魅力和吸引力,也说明人们对精神生活的追求越来越高,这是社会文明和进步的一个重要标志。

《莎士比亚十四行诗》是古典抒情诗的光辉典范。在这部诗集里,莎翁通过叙述个人的生活经历和内心的感受,通过写给或讲到一位美貌的贵族男青年的诗歌,以及写给或讲到一位黑肤女郎的诗歌来歌颂友谊和爱情。他通过对青年爱友这一"美标本"的歌颂,以及对黑肤女郎自然美的赞美来表达他对人间真善美的追求和颂赞。在这些诗篇中,诗人提出了他所主张的生活的最高标准:真、善、美,以及这三者的结合。

诗人宣称，他的诗将永远歌颂真、善、美。如在第105首中，诗人写道："真、善、美，就是我全部的主题。"这部诗集从表面上看似乎总是离不开时间、友谊或爱情、艺术（诗歌），但只要你细细吟味，就会发现，它们所包含的不仅仅是强烈的感情，还蕴含着深邃的思想。诗人在诗集里通过对一系列事物的歌咏，表达了他进步的人生观、价值观和艺术观。有些诗篇是正面提出了重大的人生问题；有些是通过对生活的某一侧面的描写，揭示出某种人生经验或哲理。莎翁这部诗集值得我们花时间去认真研读、细细吟味。

习近平总书记曾在2014年召开的两个会议上讲到弘扬真善美、抑制假恶丑的重要性。2014年5月30日，他在北京市海淀区民族小学主持召开座谈会的讲话中讲道："要善于从点滴小事中教会孩子欣赏真善美，远离假丑恶。"在10月15日召开的全国文艺工作座谈会上，他强调："追求真善美是文艺的永恒价值。艺术的最高境界就是让人动心，让人们的灵魂经受洗礼，让人们发现自然的美、生活的美、心灵的美。我们要通过文艺作品传递真善美，传递向上向善的价值观，引导人们增强道德判断力和道德荣誉感，向往和追求讲道德、尊道德、守道德的生活。只要中华民族一代接着一代追求真善美的道德境界，我们的民族就永远健康向上、永远充满希望。"刘文杰和郑永茂两位先生对莎士比亚十四行诗的思想性进行解读适逢其时，因为莎士比亚十四行诗的主题是歌颂真善美，批判假恶丑的。它对于引导人们，尤其是青少年，走近真善美，远离假恶丑，具有十分积极的现实意义。

自从实行改革开放30多年来，我国在政治、经济、文化、科技、军事和外交等方面都取得了举世瞩目的成就。但另一方面，由于对外开放和搞市场经济，我们的一些传统文化和优良作风受到一些不健康的外来文化和思想的冲击和影响，在不断地丢失。一些人的世界观、人生观和价值观都发生了很大的变化。他们是非观念颠倒，善恶美丑不分，面对不良社会风气麻木不仁、明哲保身。在物欲横流的社会中，不少人人心浮躁、唯利是图，缺乏远大的理想和崇高的信念。但让我们感到欣慰的是，近年来党中央在全民族中大力倡导努力践行"社会主义核心价值观"，在全社会宣扬"正能量"。习近平总书记去年在不同场合多次讲到弘扬真善美、抑制假恶丑的重要性。他要求我们要用现实主义精神和浪漫主义情怀观照现实生活，用光明驱散黑暗，用美善战胜丑恶，让人们看到美好、看到希望、看到梦想就在前方。作者编写这本《莎士比亚十四行诗思想性解读》的一个特点，就是能结合现实生活中存在的一些问题，用儒家思想和佛教思想等中国传统文化对莎翁十四行诗的思想性进行解读，这是本书的一大亮点。作者对现实生活中存在的一些问题分析得比较透彻，在对莎翁十四行诗的思想性进行解读时，能做到理论联系实际，坚持洋为中用、古为今用、开拓创新的原则；做到中西合璧，融会贯通。通过解读，告诉读者什么是真善美，什么是假恶丑；什么是应该肯定和赞扬的，什么是必须反对和否定的。本书的内容很丰富，知识性和可读性都比较强。我相信，这本书对于读者朋友应该有所裨益，一定会受到欢迎。

在这个人心还比较浮躁的现实社会里，刘文杰和郑永茂两位先生能潜心研读莎士比亚十四行诗，并对其中的思想性进行解读，这种精神实属难能可贵，值得赞扬。他们为给这个社会增添更多的正能量做了一件很有实际意义的工作。在耄耋之年，我能参与本书的审校工作，为传播人类的优秀文化艺术略尽绵力，既感责无旁贷，又甚感荣幸。是为序。

广东外语外贸大学英语语言学教授
原广州外国语学院英语系主任
伍谦光
2015 年 9 月 19 日

莎士比亚十四行诗思想性解读

前　言

　　威廉·莎士比亚（William Shakespeare，1564—1616）是英国文艺复兴时期伟大的剧作家和诗人。

　　莎士比亚1564年4月23日出生于英国中部沃里克郡埃文河畔斯特拉特福镇一个富裕市民家庭。七岁起被送到当地的文法学校学习，十三四岁时，因家道中落而中途辍学，转而帮父亲做生意。工作之余，他读了一些文学作品，也常观看当时巡回剧团的演出。据说他曾在乡间任教，当过家庭教师、屠宰店学徒和海员，当过兵，还在律师事务所供过职，接触了社会各阶层的人，对当时的社会生活比较了解。他十八岁结婚，大约二十三岁时（1587年）离开家乡去伦敦谋生。据考证，他曾在剧院门口为贵族顾客看管马匹，当过剧院的杂役、演员、股东，后来编写剧本，成了名剧作家。他于1616年4月23日去世。

　　在其短暂的一生中，莎士比亚写了37部戏剧、2首长诗、154首十四行诗和其他诗歌。他被誉为"时代的灵魂""人类最伟大的戏剧天才""人文主义文学集大成者"。他的作品以非凡的艺术概括力，极其深刻地反映了当时的社会生活，揭露和谴责了封建制度的残暴和新兴资产阶级的罪恶，反映了人类经受的前所未有的伟大变革的实质，同时也表达了英国文艺复兴时期的人文主义思想，表现了他的人道主义精神与和谐理想。

　　自18世纪末期以来，莎士比亚的十四行诗引起了人们的巨大兴趣和各种争论。例如，这些诗是作者本人真实遭遇的记录，还是像他的剧本那样，是虚构的，是一种"创作"？这些诗的大部分是歌颂爱情的，还是歌颂友谊的？这些诗的大部分是献给一个人的，还是献给若干人的？……但不管如何争论，莎士比亚十四行诗"故事"是广泛流行的解释。按照这种解释，这些十四行诗从第1首到第126首，是写给或讲到一位美貌的贵族男青年的；从第127首到第152首，是写给或讲到一位黑肤女郎的；最后两首诗是整部十四行诗所涉及的人际关系的概括（但也有人认为最后两首诗及中间个别几首，与故事无关）。不管如何争论，"这部诗集本身的思想力量和艺术力量却被愈来愈多的读者所认识。"（——屠岸译《莎士比亚十四行诗》）。

莎士比亚十四行诗在世界文学和诗歌领域里有很大的影响力，不少国家都将其翻译成本国的语言供读者学习、欣赏和研究，仅在我国就有不少于10种不同的汉译版本。旧中国和新中国的很多著名学者和翻译家，如梁宗岱、朱生豪、梁实秋、屠岸、戴镏龄、杨熙龄、辜正坤、曹明伦、高黎平、艾梅、轩治峰等，都先后翻译过《莎士比亚十四行诗》，这说明了莎士比亚十四行诗在我国受欢迎和喜爱的程度。

2013年秋，我们有幸拜读到屠岸先生翻译的《莎士比亚十四行诗》一书。屠先生传神的翻译、优美的修辞以及书中所附的译解使我们获益匪浅。我们花了两年多的时间对这部诗集进行了认真地研读，并对其中的思想性进行了解读。通过研读，我们不仅领略到莎士比亚优美的诗歌语言及其丰富的艺术魅力，还了解到诗里所蕴含的深邃的思想内容。

《莎士比亚十四行诗》是古典抒情诗的光辉典范。在这部诗集里，莎士比亚通过叙述个人的生活经历和内心感受，以及通过写给或讲到一位美貌的贵族男青年和一位黑肤女郎的诗歌，来歌颂友谊和爱情。他通过对青年爱友这一"美标本"的歌颂，以及对黑肤女郎自然美的赞美，表达了他对人间真善美的赞颂和追求。他认为，真善美是人生的最高准则，是人间最美好最宝贵的东西，也是他的诗歌要永远歌颂的主题。如在第105首中，他写道：

真，善，美，就是我全部的主题，
真，善，美，变化成不同的辞章；
我的创造力就用在这种变化里，
三题合一，产生瑰丽的景象。

诗人宣称，他的诗将永远歌颂真善美，永远歌颂这三者结合在一起的现象。屠岸先生在他的译作里写道："我觉得，可以把这一首看做是这部诗集的终曲——全部十四行诗的结语"。

莎士比亚十四行诗里充满着深邃的人生哲学思想和为人处世的道理，对人们有很多的启迪和帮助。他通过对一系列事物的歌咏，表达了他进步的人生观、价值观和艺术观。乍一看，这部诗集会给人一种单调的感觉，因为这些诗总是重复着相同的主题——时间、友谊、爱情和艺术（诗）。但如果你仔细吟味，就会发现诗里所包含的，除了强烈的感情以外，还有很深邃的思想内容。那思想汇入了人文主义思潮汇集的海洋，同当时最进步的思想一起，形成了欧洲文艺复兴时期人文主义民主思想的最高水平。如诗人在诗中一再宣叙时间有毁灭一切的威力，但同时也指出能战胜时间这一"暴君"的有两支伟大力量：一是人的后裔，一是人的创作（诗歌）。因此，他在诗中不断劝说他的青年爱友要把握住人生短暂而美好的时光，以对人类繁衍生息负责任的态度，趁早结婚生子，让自己的美质在后代的身上传承下来（见第 1 - 17 首）。又如，在第 19 首中，诗人讲到时间的残酷，但又说不怕时光的狠毒，因为"我爱人会在我诗中把青春永驻"。这是在告诉我们，人生应该有所作为，比如创作（写诗）。一个人如果有自己的作品就可以永葆青春和美。他说他给爱友写诗就是要使爱友的美质和青春永驻。如在第 18 首中，诗人写道："只要人类在呼吸，眼睛看得见，我的诗就活着，使你的生命绵延。"而在第 82 首中，诗人强调自己是喜欢说真话的，他写道："你朋友却爱说真话，他在真话中真实地反映了你的真美实价。"他认为爱友的美是不必加以任何装饰的。他反对滥用修辞学技巧的浮夸文风，认为这是对自然的歪曲。他主张艺术必须真实地反映自然。他认为，自然美胜过人工美，自然和生命胜过一切人工的产物。如在第 127 首中，诗人认为他的情人黑肤女郎的美是真实的，因为她没有做任何化妆涂抹，他认为美就应该如此，自然的、真实的才是真正的美。诗人在这里突出讲了一个"真"字。

　　我们从诗人写给或讲到青年爱友的 100 多首诗中能读出他对爱友的一份浓浓的情谊，字里行间充满着他对爱友无限的爱。我们从诗中看到一个大大的"爱"字。他把爱友当做美质的集中体现者而加以歌颂。他甚至认为，大自然的全部财富（美）都集中在他爱友一人身上（见第 67 首）。而由于他们两个人的身份和社会地位悬殊，诗人处处为爱友着想，生怕因自己的身份而影响爱友，所以他希望爱友不要在公开的场合给他以礼遇的荣幸。"最好我老不承认你我的友情，我悲叹的罪过就不会使你蒙羞"。（见第 36 首）。他与爱友之间虽然发生过一些矛盾和不愉快，但他对爱友的爱始终没变，"对于他，我的爱丝毫不因此冷淡；世上的太阳同天上的一样，也会暗"（见第 33 首）。诗人认为，人和自然界都一样会存在一些瑕疵，这是正常的现象，因此，诗人在第 35 首中劝他的爱友不要再由于悔恨自己的过失而悲伤流泪。他认为"没有人不犯错误，我也犯错误"。他以自然界的一切美物均有瑕疵为由来为爱友的罪过开脱，但这也体现了莎翁宽阔的胸襟和慈悲的心怀；如在第 40 - 42 首中，诗人讲到爱友夺走了他的情人，为此他感到很痛心，认为爱友把自己引入了歧途。他以很矛盾的心情批评了爱友行为的放荡以及对他的不忠。尽管如此，诗人还是饶恕了爱友，原谅了爱友和他的情人，并说不会因此而与爱友为敌。他认为，失去朋友比失去情人更可悲，可见他是非常看重友情的。与现实生活中那些"重色轻友""重利轻义"的人相比，莎翁这种博大的胸襟和为人处世之道确实令人肃然起敬。又如，当诗人看不惯社会上的种种罪恶而愤慨得不想再活下去的时候，爱情和友谊成了使他活下去的唯一的动力（见第66首）；诗人甚至说，在"广大的世界"中，只有爱友是他的"一切"（见第109首）。

我们从这部十四行诗集里体会最深的还有一点就是莎士比亚谦卑的美德随处可见。如在第78首中，他谦卑地说，"可你该为我的作品而大大骄傲，那全是在你的感召下，由你而诞生"；"你是我诗艺的全部，我的粗俗和愚昧被你提到了饱学的高度"。他认为是爱友使他摆脱了粗俗和愚昧，使他的学识得到了提升，是爱友给了他写诗的灵感。又如第38首中的"既然你呼吸着，你本身是诗的意趣，倾注到我诗中，是这样精妙美丽"；"你自己给了人家创作的灵感"。他把自己能写出如此优美的诗篇全归功于爱友的帮助。

应该指出的是，莎翁对爱友也不是一味地溺爱和迁就。如他对爱友交友不慎、行为不检点以及爱慕虚荣等也给予直截了当的批评。在第84首中，他批评爱友有虚荣心，喜欢被人恭维，结果"那赞辞就因此粗俗"。在第95-96首中，诗人批评爱友行为不检点、移情别恋，指出爱友的行为玷污了自己年轻的美名，规劝爱友不要滥用自身的美来掩盖自己的恶行。他在诗中说："耻辱，像蛀虫在芬芳的玫瑰花心，把点点污斑染上你含苞的美名"，"你用何等的甜美包藏了恶行"！诗人以爱的名义劝告爱友改变作风，苦口婆心地规劝爱友要弃恶向善。在第94首中，诗人写道："甜东西做了贱事就酸苦难尝；发霉的百合远不如野草芳香。"这就是说，高贵的人格的堕落，比原来是不高贵者更可鄙。他是在委婉地规劝他的爱友要善于控制自己的感情，做洁身自好的人。

莎翁还关心人们在精神（灵魂）方面的修养。在第146首中，他告诉人们：一个人的灵魂比肉体更重要。他告诫人们，不要把躯壳豢养得如此豪华堂皇，却让灵魂忍受饥馑，憔悴不堪。他写道："可怜的灵魂啊，……；为什么在内部你憔悴，忍受饥馑，却如此豪华地彩饰你外部的墙壁"？他要求人们要努力滋养内心，让灵魂充实。这样，就能克服死亡，灵魂就能得到永生。又如，在第91首中，诗人不齿于世俗的种种所谓"享受"和"愉悦",而唯独钟情于对爱友的诚挚感情。他觉得,爱友的爱"远胜过高门显爵;远胜过家财万贯,锦衣千柜"。可见莎翁把精神(灵魂)看得比物质还要重要。

莎翁在诗中还告诉我们什么样的朋友才是益友,要如何正确对待朋友之间的友谊和男女之间的爱情,以及如何用爱和宽容去化解朋友、情人之间的种种矛盾。莎翁也爱憎分明,有强烈的正义感。他憎恨当时社会上的一切罪恶,揭露和控诉当时英国社会尔虞我诈、弱肉强食等丑恶现象(见第66首)。莎翁在这部十四行诗集里要告诉我们的还有很多很多……

根据我们对这部诗集的研读,以及对诗中所蕴含的深邃的思想内容的理解,结合现实生活中存在的一些问题,比如,一个人要如何正确地看待人生,如何看待友谊和爱情,如何看待名利和地位,如何看待精神和物质,以及如何看待得与失等问题,我们用儒家思想和佛教思想等中国传统文化对莎翁十四行诗的思想性进行了解读,希望达到"洋为中用,古为今用","中西合璧,融会贯通"的目的;同时也希望通过我们的解读,使读者知道什么是真善美,什么是假恶丑;什么是可为的,什么是不可为的,从而使莎翁优秀作品的思想光辉照亮更多的人生。

2014年5月30日,习近平总书记在北京市海淀区民族小学主持召开座谈会的讲话中讲道:"要善于从点滴小事中教会孩子欣赏真善美,远离假丑恶。""让社会主义核心价值观在少年儿童中培育起来"。在2014年10月15日召开的全国文艺工作座谈会上,习近平总书记更是多次讲到弘扬真善美、抑制假恶丑的重要性。他说:"用栩栩如生的作品形象告诉人们什么是应该肯定和赞扬的,什么是必须反对和否定的。"他强调:"追求真善美是文艺的永恒价值。艺术的最高境界就是让人心动,让人们的灵魂经受洗礼,让人们发现自然的美、生活的美、心灵的美。我们要通过文艺作品传递真善美,传递向上向善的价值观,引导人们增强道德判断力和道德荣誉感,向往和追求讲道德、尊道德、守道德的生活。只要中华民族一代接着一代追求真善美的道德境界,我们的民族就永远健康向上、永远充满希望。"习总书记的重要讲话对于正在做莎士比亚十四行诗思想性解读工作的我们是莫大的鼓舞和鞭策,我们觉得做这项工作适逢其时,很有意义。尽管我们的能力和水平有限,但我们希望通过这项工作,为社会增添更多的正能量。

此外,我们对每首十四行诗中的部分单词,或古英语,或罗马、希腊神话作了注释，方便读者的阅读和欣赏。

在本书的编写过程中，我们得到了多位热心人士的支持和帮助。《莎士比亚十四行诗》的中文译者、我国著名诗人和翻译家，九十一岁高龄的屠岸先生对我们的解读工作给予了充分的肯定。他认真细致地帮我们修改了部分书稿，并提出了很多宝贵的意见，使我们获益匪浅。他还同意我们在书中使用他的中文译文，我们深表感谢！广东外语外贸大学的伍谦光教授以八十多岁的高龄，不辞辛劳，认真仔细地为我们审校书稿，并欣然为本书作序。中山大学出版社的熊锡源博士对本书的出版和发行给予了大力的支持和帮助。我们在此一并向他们表示衷心的感谢！

由于我们的水平所限，加上时间比较仓促，我们对莎翁十四行诗思想性的研究还不够深入，因此书中肯定还会存在一些缺点和不尽如人意的地方，恳请诸位专家学者和读者朋友们批评指正。

2016年是莎士比亚逝世400周年，我们谨以此书纪念这位英国文艺复兴时期伟大的剧作家和诗人。

编著者
2015年12月17日

目 录

第1首 …………… 1	第20首 …………… 58
第2首 …………… 4	第30首 …………… 60
第3首 …………… 6	第31首 …………… 62
第4首 …………… 8	第32首 …………… 64
第5首 …………… 10	第33首 …………… 66
第6首 …………… 12	第34首 …………… 68
第7首 …………… 14	第35首 …………… 70
第8首 …………… 16	第36首 …………… 72
第9首 …………… 18	第37首 …………… 74
第10首 …………… 20	第38首 …………… 76
第11首 …………… 22	第39首 …………… 78
第12首 …………… 24	第40首 …………… 80
第13首 …………… 26	第41首 …………… 82
第14首 …………… 28	第42首 …………… 84
第15首 …………… 30	第43首 …………… 86
第16首 …………… 32	第44首 …………… 88
第17首 …………… 34	第45首 …………… 90
第18首 …………… 36	第46首 …………… 92
第19首 …………… 38	第47首 …………… 94
第21首 …………… 40	第48首 …………… 96
第22首 …………… 42	第49首 …………… 98
第23首 …………… 44	第50首 …………… 100
第24首 …………… 46	第51首 …………… 102
第25首 …………… 48	第52首 …………… 104
第26首 …………… 50	第53首 …………… 106
第27首 …………… 52	第54首 …………… 108
第28首 …………… 54	第55首 …………… 110
第29首 …………… 56	第56首 …………… 112

第57首	114	第90首	183
第58首	116	第91首	185
第59首	118	第92首	188
第60首	120	第93首	190
第61首	122	第94首	192
第62首	124	第95首	194
第63首	126	第96首	196
第64首	128	第97首	198
第65首	130	第98首	200
第66首	132	第99首	202
第67首	135	第100首	204
第68首	137	第101首	206
第69首	139	第102首	208
第70首	141	第103首	210
第71首	143	第104首	212
第72首	145	第105首	214
第73首	147	第106首	216
第74首	150	第107首	218
第75首	152	第108首	220
第76首	154	第109首	222
第77首	156	第110首	224
第78首	158	第111首	226
第79首	160	第112首	228
第80首	162	第113首	230
第81首	164	第114首	232
第82首	166	第115首	234
第83首	169	第116首	236
第84首	171	第117首	238
第85首	173	第118首	240
第86首	175	第119首	242
第87首	177	第120首	244
第88首	179	第121首	246
第89首	181	第122首	248

第 123 首 ………………… 250	第 139 首 ………………… 284
第 124 首 ………………… 252	第 140 首 ………………… 286
第 125 首 ………………… 254	第 141 首 ………………… 288
第 126 首 ………………… 256	第 142 首 ………………… 290
第 127 首 ………………… 259	第 143 首 ………………… 292
第 128 首 ………………… 261	第 144 首 ………………… 294
第 129 首 ………………… 263	第 145 首 ………………… 296
第 130 首 ………………… 266	第 146 首 ………………… 298
第 131 首 ………………… 268	第 147 首 ………………… 300
第 132 首 ………………… 270	第 148 首 ………………… 302
第 133 首 ………………… 272	第 149 首 ………………… 304
第 134 首 ………………… 274	第 150 首 ………………… 306
第 135 首 ………………… 276	第 151 首 ………………… 308
第 136 首 ………………… 278	第 152 首 ………………… 310
第 137 首 ………………… 280	第 153 首 ………………… 312
第 138 首 ………………… 282	第 154 首 ………………… 314

参考文献 ……………………………………………………… 317

第 *1* 首

Sonnet 1

From fairest creatures we desire increase,
That thereby beauty's rose[1] might never die,
But as the riper should by time decease,
His tender heir might bear his memory;
But thou[2] contracted to thine own bright eyes,
Feed'st[3] thy light's flame with self-substantial fuel,
Making a famine where abundance lies,
Thyself thy foe, to thy sweet self too cruel.
Thou that art now the world's fresh ornament,
And only herald to the gaudy spring,
Within thine own bud buriest thy content,
And, tender churl, mak'st waste in niggarding.
  Pity the world, or else this glutton be,
  To eat the world's due, by the grave and thee.

注释:
1. rose *n.* [植] 蔷薇，玫瑰花；在这里泛指花朵。以花朵喻"美"或"青春"。
2. thou [古]：第二人称单数代词"你"的主格，宾格为 thee, 所有格为 thy 或 thine (thine 用于以元音或 h 开始的词前，有时为物主代词)。
3. Feed'st: Feedest (为压缩音节，用'号代替 e)。词尾-est, -st, -t

在古英语中用来构成第二人称单数代词 thou 的动词谓语形式。

解读：

诗人说，人们都希望美丽的生命（天生的尤物）能不断繁衍生息，唯有这样，美好的东西才能永存于世。我们知道，新陈代谢是自然界和人类社会的客观规律，人和万物一样总有一天会离开这个世界。所以一个人来到世间就应该承担起自己应有的责任和义务，应该为人类的未来和世界的美好着想。诗人劝他的爱友要结婚生子，让子孙来传承自己的美，因为爱友是世上鲜艳的珍品，只有他能够替灿烂的春天开路。诗人委婉地批评他的爱友不结婚，认为那是一种自私，一种吝啬和浪费，是孤芳自赏。爱友不仅辜负了上苍对他的恩赐，而且还毁掉了世界和人类应得的美好的东西。这是一种对世界、对人类都不负责任的态度。我们非常欣赏莎翁这种关心人类和世界的未来的情怀。

莎翁在这首诗中强调了一点："美"不应该是属于个人的，而应该是属于全人类和世界的，所以一个人的"美"应该让子孙后代来继承。然而，在现实生活中，我们遗憾地看到，有一些崇尚"独身主义"的人，他们终身不娶不嫁，过着自由自在的独居生活；而有一些人则愿意当"丁克族"，他们虽然结婚，但不生育孩子，只顾自己享受人生，好像人类和世界的未来跟他们毫无关系。这些人当中不乏有较高文化程度的"白领"和"金领"。他们虽然是少数，但我们不得不为人类和世界的未来感到担忧。我们希望他们能读一读莎翁的这部十四行诗，能从中得到一些启示。

译文：

我们要美丽的生命不断繁息，
能这样，美的玫瑰才永不消亡，
既然成熟的东西都不免要谢世，
优美的子孙就应当来承继芬芳：
但是你跟你明亮的眼睛结了亲，
把自身当柴烧，烧出了眼睛的光彩，
这就在丰收的地方造成了饥馑，
你是跟自己作对，教自己受害。
如今你是世界上鲜艳的珍品，

只有你能够替灿烂的春天开路,
你却在自己的花蕾里埋葬了自身,
温柔的怪物呵,用吝啬浪费了全部。
　　可怜这世界吧,世界应得的东西
　　别让你和坟墓吞吃到一无所遗!

〔屠　岸　译〕

第 2 首

Sonnet 2

When forty winters shall besiege thy brow,
And dig deep trenches¹ in thy beautyts field,
Thy youth's proud livery² so gazed on now,
Will be a tottered weed³ of small worth held:
Then being asked where all thy beauty lies,
Where all the treasure of thy lusty⁴ days,
To say within thine own deep-sunken eyes,
Were an all-eating shame and thriftless⁵ praise.
How much more praise deserved thy beauty's use,
If thou couldst answer, 'This fair child of mine
Shall sum my count⁶, and make my old excuse,'
Proving his beauty by succession thine.
  This were to be new made when thou art old,
  And see thy blood warm when thou feel'st it cold.

注释：
1. trenches *n.* 沟；壕沟（这里喻指"皱纹"）
2. livery *n.* ［诗］［喻］服装；装束
3. tottered weed 褴褛的衣衫
4. lusty *adj.* 强壮的，有精神的
5. thriftless *adj.* 无益的，无用的；无利的
6. sum my count (＝make up my account) 交账

■ 解读:

　　光阴流逝,岁月催人老。诗人说,无论一个人的青春曾倾倒过多少人,也不管你是否愿意,岁月终会在你的容颜上留下痕迹,你会变得人老珠黄。这是任何人也无法抗拒的自然规律。但是,如果你能趁早恋爱,结婚生子,那么当你老了的时候,你就能从孩子的身上看到自己青春时的美,你冷了的血还会再度沸腾,你又会再度感到年轻。这样,你的美不仅得到了传承,你还会受到人们的称颂,因为你活用了美。莎翁胸怀全人类,他始终认为"美"是在不断繁衍的后代中传承下去的,所以人必须要有后代。

　　诗人在这首诗中用另一种方式劝告他的爱友要趁年轻时结婚生子,让后代来传承自己的美,而不要浪费青春,不要让自己在形影孤单中老去。其实,他也是在劝告我们年青人要珍惜光阴,不要浪费青春,要趁早结婚生子,让孩子来继承自己的美,不要让人生留下遗憾。

译文:
四十个冬天将围攻你的额角,
将在你美的田地里挖浅沟深渠,
你青春的锦袍,如今教多少人倾倒,
将变成一堆破烂,值一片空虚。
那时候有人会问:"你的美质——
你少壮时代的宝贝,如今在何方?"
回答是:在你那双深陷的眼睛里,
只有贪欲的耻辱,浪费的赞赏。
要是你回答说:"我这美丽的小孩
将会完成我,我老了可以交账——"
从而让后代把美继承下来,
那你就活用了美,该大受赞扬!
　　你老了,你的美应当恢复青春,
　　你的血一度冷了,该再度升温。

[屠　岸　译]

第 3 首

Sonnet 3

Look in thy glass and tell the face thou viewest

Now is the time that face should form another,

Whose fresh repair¹ if now thou not renewest,

Thou dost² beguile³ the world, unbless some mother.

For where is she so fair whose uneared⁴ womb

Disdains⁵ the tillage⁶ of thy husbandry?

Or who is he so fond will be the tomb

Of his self-love to stop posterity?

Thou art thy mother's glass, and she in thee

Calls back the lovely April of her prime;

So thou through windows of thine age shalt see,

Despite of wrinkles, this thy golden time.

  But if thou live rememb'red not to be,

  Die single and t hine image dies with thee.

注释：

1. fresh repair（即 youthful state）年轻的状态
2. dost［古］：（与 thou 连用）do 的第二人称单数现在时，主要用作助动词。
3. beguile vt. 欺骗，欺诈
4. uneared adj. 未开垦的，未耕过的（= untilled; unploughed）
5. disdain vt. 不屑，鄙弃

6. tillage *n.* 耕种，耕作

解读：
　　诗人认为，难道有这样的美女，她会拒绝你来耕耘她的处女地？难道有那么傻的男人不娶妻子而愿意自掘坟墓埋葬自己？就像母亲能从你身上看到她昔日的青春一样，如果你能结婚生子，那么当你老了的那一天，你还能从孩子的身上看到你的黄金岁月。诗人在诗中规劝他的爱友要结婚生子，而不要浪费自己美好的青春和生命，唯有这样，爱友的美貌才能有人传承，才不会被人遗忘。
　　中国的俗话说"男大当婚，女大当嫁"。不论男女，一个人到了适婚的年龄就要谈恋爱，要结婚生子，这样才符合人类繁衍生息的规律。把人的生命一代一代地延续下去，既是一个人的社会责任，也是一个人来到这个世上应尽的义务。唯有这样，美好的生命才能代代相传，人类才能生生不息。

译文：
照照镜子去，把脸儿看个清楚，
是时候了，这脸儿该找个替身；
如果你现在不给它修造新居，
你就是欺世，不让人家做母亲。
有那么美的女人么，她那还没人
耕过的处女地会拒绝你来耕耘？
有那么傻的汉子么，他愿意做个坟
来埋葬对自己的爱，不要子孙？
你是你母亲的镜子，她在你身上
唤回了自己可爱的青春四月天：
那么不管皱纹，通过你老年的窗，
你也将看到你现在的黄金流年。
　　　要是你活着，不愿意被人记牢，
　　　就独个儿死吧，教美影与你同凋。

[屠　岸　译]

第 4 首

Sonnet 4

Unthrifty loveliness, why dost thou spend

Upon thyself thy beauty's legacy[1]?

Nature's bequest gives nothing but doth[2] lend,

And being frank she lends to those are free.

Then, beauteous niggard[3], why dost thou abuse

The bounteous largess given thee to give?

Profitless usurer, why dost thou use

So great a sum of sums yet canst not live?

For having traffic[4] with thyself alone,

Thou of thyself thy sweet self dost deceive.

Then how when Nature calls thee to be gone,

What acceptable audit canst thou leave?

  Thy unused beauty must be tombed with thee,

  Which, used, lives th' executor to be.

注释：

1. beauty's legacy 美丽的传家宝，继承的美
2. doth: -s (-es), -th (-eth) 为古英语动词陈述式第三人称单数现在时词尾形式。-s 代表北方音，-th 代表南方音。在莎士比亚诗中，这两种形式混用。
3. niggard adj. ［诗］吝啬的，小气的 n. 小气的人
4. traffic n. 交易，贸易

■ 解读：

　　这首诗的主题同上一首一样。诗人批评他的爱友不结婚生子等于是在浪费和糟蹋从他父母身上得来的财富，即传家宝——美丽。一个人的美质和聪明等遗传基因都是父母（包括祖宗）给的，他也必须把这种美质和聪明的基因传给下一代。诗人认为，如果一个人不把自己这种好的基因传给后代，那就等于是自己跟自己做买卖，浪费了上苍对你的恩赐。当有一天大自然召唤你回去的时候，你将做何交代？但如果你有了儿女，他们就能传承你的美和你的聪明才智，人们看到了你的儿女就像看到了你。

　　诗人在这首诗中不仅告诉爱友，其实也在告诉人们：一个人不要浪费和糟蹋自己从父母那里得来的财富，即传家宝——美丽。一个人对自己、对父母都要有责任感。到了该结婚的年龄就要结婚生子，让子女来传承自己的美和聪明，这样才对得起父母（包括祖宗）；这样的人生才有意义，才算圆满。

译文：

不懂节俭的可人呵，你凭什么
在自己身上浪费传家宝——美丽？
造化不送人颜色，却借人颜色，
总是借给慷慨的人们，不吝惜。
美丽的小气鬼，为什么你要这样
糟蹋那托你转交的丰厚馈赠？
无利可图的放债人，为什么你手上
掌握着大量金额，却还是活不成？
你这样一个人跟你自己做买卖，
完全是自己敲诈美好的自己。
造化总要召唤你回去的，到头来，
你怎能留下清账，教人满意？
　　美，没有用过的，得陪你进坟墓，
　　用了的，会活着来执行你的遗嘱。

[屠　岸　译]

第 5 首

Sonnet 5

Those hours that with gentle work did frame
The lovely gaze[1] where every eye doth dwell
Will play the tyrants to the very same
And that unfair which fairly[2] doth excel;
For never-resting Time leads summer on
To hideous winter and confounds[3] him there,
Sap checked with frost and lusty leaves quite gone,
Beauty o'ersnowed and bareness everywhere.
Then, were not summer's distillation[4] left
A liquid prisoner pent in walls of glass,
Beauty's effect[5] with beauty were bereft,
Nor it nor no remembrance what it was.
  But flowers distilled though they with winter meet,
  Leese but their show[6], their substance still lives sweet.

注释：
1. gaze n. 指形体容貌
2. fairly adv. 美观地，漂亮地
3. confound vt. 罚…入地狱；击溃
4. summer's distillation 夏天的花精 distillation n. 精华，精粹
5. Beauty's effect 美的果实，美的流芳；香精，香水
6. Leese but their show（即 lose only their outward form）只失去他们

的外表

> 解读：

在诗中，诗人借用大自然一年四季的更迭变化，如树木和鲜花从春夏的枝繁叶茂到秋冬的枯萎凋零，来比喻人的一生从青少年时的朝气蓬勃到老年时的暮气沉沉，以此说明时间的永不复返与毁灭一切的力量。诗人将花的香比做人的美，而提炼香精则是指生儿育女。正如我们从盛开在夏天的芬芳的花朵里提炼出香精一样，到了冬天虽然没有了花，但仍有花的芬芳存在。如果一个人在年轻时能结婚、生儿育女，那么等到自己老了的时候就有子女来承继自己的美和自己的聪明。

诗人不仅在告诉他的爱友，而且也在告诉人们：一个人美好的青春时光是短暂的，也是稍纵即逝的。所以年青人要抓住美好的时光，趁自己年轻时结婚生子，让儿女来传承自己的美。这样，你就能战胜时间，你的生命就有意义和价值。现实生活中的"剩男剩女"们，如果你们能读一读莎翁的这首诗，相信对你们会有所启发和帮助的。

译文：

一刻刻时辰，先用温柔的工程
造成了凝盼的美目，教众人注目，
过后，会对这同一慧眼施暴政，
使美的不再美，只让它一度杰出；
永不歇脚的时间把夏天带到了
可怕的冬天，就随手把他倾覆；
青枝绿叶在冰霜下萎黄枯槁了，
美披上白雪，到处是一片荒芜：
那么，要是没留下夏天的花精——
那关在玻璃墙中的液体囚人，
美的果实就得连同美一齐扔，
没有美，也不能纪念美的灵魂。
　　花儿提出了香精，那就到冬天，
　　也不过丢外表；本质可还是新鲜。

[屠　岸　译]

第 6 首

Sonnet 6

Then let not winter's ragged hand deface
In thee thy summer^1 ere^2 thou be distilled.
Make sweet some vial; treasure^3 thou some place
With beauty's treasure ere it be self-killed.
That use is not forbidden usury^4
Which happies those that pay the willing loan;
That's for thyself to breed another thee,
Or ten times happier be it ten for one.
Ten times thyself were happier than thou art,
If ten of thine ten times refigured thee:
Then what could death do if thou shouldst depart
Leaving thee living in posterity^5?
  Be not self-willed^6, for thou art much too fair,
  To be death's conquest and make worms thine heir.

注释:
1. thy summer 你的盛夏，喻指"你的青春美"。
2. ere [诗、古]（即 before）在…之前
3. treasure vt. 存储；珍藏
4. usury n. 放高利贷
5. posterity n. 后代；后裔
6. Be not self-willed 莫任性　self-willed adj. 任性的，固执的

■ 解读：

在这首诗里，莎翁希望他的爱友不要刚愎自用，要趁年轻时结婚生子，好让"美的宝藏"（指子孙）"使福地生光"。同时，他希望爱友能多生子女，若能生十个孩子，会比一人多十倍的欢乐和好运。这一点相当于我们中国传统文化中的"多子多福"的思想。诗人还说，如果一个人能在身后留下后代，死神又能奈你何？因为人的后代是战胜时间的伟大力量。

在诗中，莎翁希望年轻人能趁早结婚生子，而且要多生子女。这在莎翁所处的年代是有进步意义的，因为人也是一种生产力，同时也体现了莎翁的人文主义情怀。或许诗人在诗中也想告诉我们：一个人在一生中的不同阶段都有不同的任务和责任，该承担的我们都不能推卸。孔子说，"生生不息乃天地之心"。一个正常的人到了该谈婚论嫁的年龄，就要谈恋爱，要结婚生子。这从个人的角度来说是履行了自己应尽的义务和责任，而从社会的角度来说是推动了社会的进步和历史的进步。

译文：

你还没提炼出香精，那你就别让
严冬的粗手来抹掉你脸上的盛夏：
你教玉瓶生香吧；用美的宝藏
使福地生光吧，趁它还没有自杀。
取这种重利并不是犯禁放高利贷，
它能够教愿意还债的人们高兴；
这正是要你生出另一个你来，
或高兴十倍，要是你一人生十人；
你十个儿女描画你十幅肖像，
你就要比你独个儿添十倍欢乐：
你将来去世时，死神能把你怎样，
既然在后代身上你永远存活？
　　别刚愎自用，你太美丽了，不应该
　　让死神掳去、教蛆虫做你的后代。

[屠　岸　译]

第 7 首

Sonnet 7

Lo, in the orient when the gracious light

Lifts up his burning head, each under[1] eye

Doth homage to his new-appearing sight,

Serving with looks his sacred majesty;

And having climbed the steep-up heavenly hill,

Resembling strong youth in his middle age,

Yet mortal looks adore his beauty still,

Attending on his golden pilgrimage[2];

But when from highmost pitch[3], with weary car[4],

Like feeble[5] age he reeleth[6] from the day,

The eyes, 'fore duteous[7], now converted are

From his low tract and look another way:

    So thou, thyself outgoing in thy noon,

    Unlooked on diest unless thou get a son.

注释：
1. under *adj.* 尘世的，下界的
2. pilgrimage *n.* 旅行；人生历程
3. highmost pitch [天] 天顶
4. car *n.* 希腊神话中太阳神 Phoebus（即 Apollo）的马车。
5. feeble *adj.* 虚弱的；脆弱的
6. reeleth *vi.* 摇晃，摇摆（reel 的过去式）
7. duteous *adj.* [古] 尽职的；顺从的；恭顺的

■ 解读：

诗人将人的一生比喻为太阳在一天中的运行变化，并讨论人们对一天中不同时间段的太阳的关注程度。一个人青春年少时，就如早晨初升的太阳一样朝气蓬勃，受到人们的膜拜；而青壮年时就如同太阳到了中午，人们仍会关注你的美；但当你变老了，就会像西下的太阳一样，没有人会关注你了，人们会将注意力转向别的目标。但如果你有了子女，当你老了，你的美仍会在他们的身上得到体现，人们看到你的子女就等于看到了你。莎翁在这首诗里再次强调美貌、优秀的人们生儿育女的重要性。

诗中讲的虽然是人们对一天中不同时间段的太阳的关注程度，但在人类社会中，何尝不是这样呢？在现实生活中，当一个人的事业如日中天时，也即当你有了一定的社会地位，手中握有一定的权力时，人们会为了自己的利益而去巴结、讨好你，对你阿谀奉承，这时你会门庭若市。而一旦当你的事业受到挫折或者从领导岗位上退下来，手中没有了权力后，人们就会对你另眼看待，甚至对你敬而远之，这时你就会门可罗雀。人们会为了自己的利益而去巴结、讨好别的有权势的人。所以，趋炎附势既是人类的一种生存本能，也是人类的一种弱点。

译文：

看呵，普照万物的太阳在东方
抬起了火红的头颅，人间的眼睛
就都来膜拜他这初生的景象，
注视着他，向他的圣驾致敬；
正像强壮的小伙子，青春年少，
他又爬上了峻峭的天体的山峰，
世人的目光依然爱慕他美貌，
侍奉着他在他那金色的旅途中；
但是不久他疲倦地乘着车子
从白天的峰顶跌下，像已经衰老，
原先忠诚的人眼就不再去注视
他怎样衰亡而改换了观看的目标：
　　你如今好比是丽日当空放光彩，
　　将来要跟他一样——除非有后代。

[屠　岸　译]

第 8 首

Sonnet 8

Music to hear, why hear'st thou music sadly?
Sweets with sweets war not, joy delights in joy.
Why lov'st thou that which thou receiv'st not gladly,
Or else receiv'st with pleasure thine annoy[1]?
If the true concord[2] of well tuned sounds,
By unions married, do offend thine ear,
They do but sweetly chide thee, who confounds
In singleness the parts that thou shouldst bear.
Mark how one string, sweet husband to another[3],
Strikes each in each by mutual ordering;
Resembling sire[4], and child, and happy mother,
Who all in one, one pleasing note do sing;
  Whose speechless song, being many, seeming one,
  Sings this to thee, 'Thou single wilt prove none[5].'

注释:
1. annoy *vt.* 使恼怒；使烦恼
2. concord *n.* 和谐，协调；[音] 协和音程，协和和弦
3. sweet husband to another (即 tuned in unison) 有"夫唱妇随"的意思。
4. sire *n.* 父；男性祖先
5. none (即 nothing)

解读：

在这首诗里，新的比喻是音乐。莎翁在诗里打了一个恰当的比方：一根弦奏出的音乐是单调的，只有拨响另一根弦，才能奏出和谐的音乐。他认为，一个人拥有一个和谐的家庭是幸福的。在一个家庭里有父亲、母亲和孩子。一家人如果能和谐地生活在一起，共享天伦，就其乐融融。家庭生活就如同和谐的音乐，充满令人愉快的魅力。"正如父亲、儿子和快乐的母亲，合成一体，唱一支动听的歌"。在这首诗里，诗人不仅是在规劝他的爱友，而且也是在劝告年青人要结婚，要组建家庭，这样才能有幸福的生活。他劝告爱友和年青人不要守独身，因为独身的生活是寂寞的，苦恼的。我们希望那些想一辈子过独身生活的人能从这首诗中得到一些启发，能尽早地结婚成家，过上如和谐音乐般的家庭生活。

译文：

你是音乐，为什么悲哀地听音乐？
甜蜜不忌甜蜜，欢笑爱欢笑。
为什么你不愉快地接受喜悦？
要不然，你就高兴地接受苦恼？
假如几种入调的声音合起来
成了真和谐，教你听了不乐，
那它只是美妙地责备你不该
守独身而把你应守的本分推脱。
听一根弦儿，另一根的好丈夫，听，
一根拨响了一根应，琴音谐和；
正如父亲、儿子和快乐的母亲，
合成一体，唱一支动听的歌：
　　他们那没词儿的歌，都异口同声，
　　对你唱："你独身，将要一事无成。"

[屠 岸 译]

第 9 首

Sonnet 9

Is it for fear to wet a widow's eye
That thou consum'st thyself in single life?
Ah, if thou issueless[1] shalt hap[2] to die,
The world will wail thee like a makeless[3] wife;
The world will be thy widow and still weep,
That thou no form of thee hast left behind,
When every private widow well may keep,
By children's eyes, her husband's shape in mind.
Look what[4] an unthrift[5] in the world doth spend,
Shifts but his place, for still the world enjoys it;
But beauty's waste hath in the world an end,
And kept unused, the user so destroys it:
  No love toward others in that bosom sits
  That on himself such murd'rous shame commits.[6]

注释：
1. issueless *adj.* 无子嗣的，无子女的
2. hap = happen *vi.* [古] 偶然发生
3. makeless（即 mateless）无配偶的
4. Look what 在莎士比亚时代，人们常用 look what 作为 what 的强势语。
5. unthrift *n.* 浪子；浪费者

6. murd'rous shame（即 shameful murder）可耻的谋害

解读：

诗人在这首诗里批评他的爱友不结婚是一种狭隘的思想在作祟。因为爱友担心，如果自己去世就会使他的寡妇哭泣。而他没考虑，如果他独身，没留下子孙就离开这个世界，这对世界将是一个更大的损失。"世界将为你哭泣"。诗人说，做人不能太自私，不能只顾自己享受，任意挥霍自己的青春和美，而要为人类和世界的未来着想，要结婚生子，让美的东西为世人享用。如果一个人来到这个世界上只顾自己享受，任意浪费和消耗自己，不为人类和世界的未来着想，这样的人是非常自私的，他们对别人也是不可能有爱的。

诗人在这首诗中以激将的方法劝说他的爱友要结婚生子。莎翁这种为人类和世界的未来着想的崇高思想和人文主义情怀是值得赞赏的，也是值得我们后人好好学习的。

译文：

是为了怕教寡妇的眼睛哭湿，
你才在独身生活中消耗你自己？
啊！假如你不留下子孙就去世，
世界将为你哭泣，像丧偶的妻：
世界将做你的未亡人，哭不完，
说你没有把自己的形影留下来，
而一切个人的寡妇却只要看见
孩子的眼睛就记住亡夫的神态。
浪子在世间挥霍的任何财产
只换了位置，仍能为世人享用；
而美的消费在世间可总有个完，
守着不用，就毁在本人的手中。
　　对自己会作这么可耻的谋害，
　　这种心胸不可能对别人有爱。

[屠　岸　译]

第 10 首

Sonnet 10

For shame, deny that thou bear'st love to any
Who for thyself art so unprovident[1].
Grant if thou wilt, thou art beloved of many,
But that thou none lov'st is most evident;
For thou art so possessed with murd'rous hate,
That 'gainst thyself thou stick'st[2] not to conspire[3].
Seeking that beauteous roof to ruinate[4],
Which to repair should be thy chief desire.
O, change thy thought, that I may change my mind.
Shall hate be fairer lodged than gentle love?
Be as thy presence[5] is, gracious and kind,
Or to thyself at least kind-hearted prove.
  Make thee another self for love of me,
  That beauty still may live in thine or thee.

注释：

1. unprovident *adj.* 未顾及将来的，不考虑未来的
2. stick'st（=scruple）*vi.* 有顾虑
3. conspire *vi.* （共同）密谋，蓄谋
4. ruinate［古］*vt. & vi.* =ruin 摧毁
5. presence *n.* 风度，仪表，外貌

▌解读：

诗人认为，尽管有很多人喜欢他的爱友，但爱友却从不考虑自己的未来，也不替别人着想，这样的人怎么会去关爱别人呢？诗人指责他的爱友守独身有如是对自己的一种"自我谋杀"。如果爱友能放弃不结婚的想法，诗人也不再认为他憎恨人世。在这里，诗人希望一个人不仅外貌美，内心也要和善，要做到表里如一。他说，如果爱友爱他，就要结婚生子，使爱友的美在孩子的身上得到传承并永存于世。

莎翁在诗中告诉我们这样的道理：一个人只有懂得如何关爱自己，才会懂得如何去关爱别人。他还教导我们：一个人不仅外貌美，内心也要和善，要做到表里如一。也就是说，他要求我们做一个"秀外慧中"的人。我们不能做一个"金玉其外，败絮其中"的人。

译文：

羞呀，你甭说你还爱着什么人，
既然你对自己只打算坐吃山空。
好吧，就算你见爱于很多很多人，
说你不爱任何人却地道天公；
因为你心中有这种谋杀的毒恨，
竟忙着要对你自己图谋不轨，
渴求着要去摧毁那崇丽的屋顶，
照理，你应该希望修好它才对。
你改变想法吧，好教我改变观点！
毒恨的居室可以比柔爱的更美？
你应该像外貌一样，内心也和善，
至少也得对自己多点儿慈悲；
　　你爱我，就该去做另一个自身，
　　使美在你或你后代身上永存。

[屠　岸　译]

第 *11* 首

Sonnet 11

As fast as thou shalt wane, so fast thou grow'st
In one of thine, from that which thou departest;
And that fresh blood[1] which youngly thou bestow'st
Thou mayst call thine, when thou from youth convertest.
Herein lives[2] wisdom, beauty, and increase;
Without this, folly, age, and cold decay.
If all were minded so, the times[3] should cease,
And threescore year would make the world away.
Let those whom Nature hath not made for store,
Harsh, featureless[4], and rude, barrenly[5] perish.
Look whom she best endowed, she gave the more;
Which bounteous[6] gift thou shouldst in bounty cherish.
 She carved thee for her seal, and meant thereby
 Thou shouldst print more, not let that copy die.

注释：
1. fresh blood 新鲜血液，新生命
2. lives 莎士比亚常在几个作主语的单数名词之前用单数谓语形式。
3. times *n.* 后代；时世，时代
4. featureless *adj.* 丑陋的
5. barrenly *adv.* （植物等）不结果实地；不（生）育地
6. bounteous *adj.* 慷慨的；丰裕的

▎解读：

诗人认为，地球上的物种包括人类都是在不断进化发展的，不断优胜劣汰的。有些东西大自然不准备保留了，便让它们没有果实而死掉。而那些得天独厚、更胜一等的东西（包括人类），大自然便让他们在自然界中不断地繁衍生息，代代相传。这就是自然界优胜劣汰的生存法则，也是人类社会能不断发展进步的根本保证。

诗人认为，天赋美丽、优秀的人，即受了大自然恩赐的人，自己不能随便地把美浪费掉。造化给予诗人爱友的美比给予那天赋最美者的还要多一些，所以他应该珍惜。如诗中的"你就该抚育那恩赐，把它保存好"。诗人希望像爱友这样天生聪慧美丽的人，要趁年轻时结婚并多生孩子，使自己的美和聪慧能够在子孙的身上得到延续。这样就不怕你衰亡，否则就是愚笨和腐朽。如果大家都愚笨腐朽，世界的末日就即将来临。

译文：

你衰败得快，但你将同样迅捷
在你出生的孩子身上生长；
你趁年轻时灌注的新鲜血液，
依然是属于你的，不怕你衰亡。
这里存在着智慧，美，繁滋；
否则是愚笨，衰老，寒冷的腐朽：
如果大家不这样，时代会停止，
把世界结束也只消六十个年头。
有些东西，造化不准备保留，
尽可以丑陋粗糙，没果实就死掉：
谁得天独厚，她让你更胜一筹；
你就该抚育那恩赐，把它保存好；
　　造化刻你做她的图章，只希望
　　你多留印鉴，也不让原印消亡。

[屠　岸　译]

第 12 首

Sonnet 12

When I do count the clock that tells the time,
And see the brave[1] day sunk in hideous night;
When I behold the violet past prime,
And sable[2] curls all silvered o'er with white;
When lofty trees I see barren of leaves,
Which erst[3] from heat did canopy the herd,
And summer's green, all girded up in sheaves,
Borne on the bier with white and bristly beard;
Then of thy beauty do I question make,
That thou among the wastes of time must go,
Since sweets and beauties do themselves forsake[4],
And die as fast as they see others grow,
  And nothing 'gainst Time's scythe[5] can make defense,
  Save breed, to brave him when he takes thee hence.

注释：
1. brave *adj.* 华丽的；灿烂的
2. sable *adj.* 黑貂皮制的；黑色的
3. erst *adv.* [古] 以前，往昔
4. forsake *vt.* 抛弃；放弃
5. Time's scythe 中世纪"时间之神"的画像是一具骷髅，手持长柄大镰刀。

解读：

诗人从时钟指针的移动，看到光阴的流逝以及时间的毁灭一切的力量。比如，自然界的植物从芬芳繁茂到枯萎凋零，人类从青春的血气方刚到暮年的白发苍苍。诗人从"看到紫罗兰失去鲜艳的青春"，"看到昔日用繁枝密叶为牧人遮阴的高树只剩了几根秃柱子"。诗人从看到植物的春华秋实，而想到他的爱友也会有人老珠黄的一天，这是任何人都无法抗拒的自然规律，如诗中的"没人敌得过时间的镰刀啊"（注："时间的镰刀"，在中世纪"时间之神"的画像是一具骷髅，手持长柄镰刀）。除非你能生儿育女，由子孙来跟时间作对。莎翁借此来劝说他的爱友和年青人要趁年轻时结婚生子，让子孙来延续自己的生命，因为只有子孙才是战胜时间的一支伟大力量。诗人在此强调了子孙对一个人的重要性。

译文：

我，计算着时钟算出的时辰，
看到阴黑夜吞掉伟丽的白日；
看到紫罗兰失去了鲜艳的青春，
貂黑的鬈发都成了雪白的银丝；
看到昔日用繁枝密叶为牧人
遮阴的高树只剩了几根秃柱子，
夏季的葱绿都扎做一梱梱收成，
载在柩车上，带着穗头像白胡子——
于是，我开始考虑到你的美丽，
想你也必定要走进时间的荒夜，
芬芳与娇妍总是要放弃自己，
见别人快长，自己却快快凋谢；
　　没人敌得过时间的镰刀啊，除非
　　生儿女，你身后留子孙跟他作对。

［屠　岸　译］

第 *13* 首

Sonnet 13

O, that you were yourself, but, love[1], you are
No longer yours than you yourself here live;
Against this coming end you should prepare,
And your sweet semblance to some other give.
So should that beauty which you hold in lease[2]
Find no determination, then you were
Yourself again after your self's decease,
When your sweet issue[3] your sweet form should bear.
Who lets so fair a house fall to decay,
Which husbandry[4] in honour might uphold
Against the stormy gusts of winter's day
And barren rage of death's eternal cold?
  O, none but unthrifts[5]! Dear my love, you know,
  You had a father; let your son say so.

注释：
1. love = my love, my dear friend 诗人首次称对方为 you（您），比称 thou（你）更表示尊重，但亲切之情有所减弱。
2. lease *n.* 租借；租赁期限
3. issue *n.* ［律］子女，后代
4. husbandry *n.* （资源、资财的）妥善使用；节俭
5. unthrift *n.* 败家子；不节约（者），浪费（者）

▎解读:

在这首诗里,诗人要求他的爱友要未雨绸缪,要结婚生子,让儿子来承继自己的美。他说:"愿你永远是你自己啊!"其实,每个人在人类历史的长河中都是匆匆的过客。人的一切都是"租借"来的,到头来都得归还大自然,都得"尘归尘,土归土"。但如果你能结婚生子,你的生命和你的一切,包括你的形体和美影都会在子女的身上得到延续,时间和死神又能奈你何?

我们知道,每个人的生命和一切都是来自于父母的,所以也要让自己成为父母,让自己的美和智慧能代代相传。这既是每个人的社会责任,也是每个人的义务。如果一个人不结婚生子、延续后代,就会成为败家子,就会对不起自己的父母,也会对不起这个社会和人类。我们希望那些崇尚"独身主义"的人,那些"丁克族",以及那些只同居而不结婚的人能从这首诗中得到一些启发。

译文:

愿你永远是你自己呵!可是,我爱,
你如今活着,将来会不属于自己:
你该准备去对抗末日的到来,
把你可爱的形体让别人来承继。
这样,你那租借得来的美影,
就能够克服时间,永远不到期:
你死后可以重新成为你自身,
只要你儿子保有你美丽的形体。
谁会让这么美好的屋子垮下去,
不用勤勉和节俭来给以支柱,
来帮他对抗冬天的狂风暴雨,
对抗死神的毁灭一切的冷酷?
　　　只有败家子才会这样呵——你明白:
　　　你有父亲,你儿子也该有啊,我爱!

[屠 岸 译]

第 14 首

Sonnet 14

Not from the stars do I my judgement pluck,

And yet methinks I have astronomy[1];

But not to tell of good or evil luck,

Of plagues, of dearths, or seasons' quality;

Nor can I fortune[2] to brief minutes tell,

Pointing to each his thunder, rain, and wind,

Or say with princes if it shall go well

By oft predict that I in heaven find.

But from thine eyes my knowledge I derive,

And, constant stars, in them I read such art

As truth and beauty shall together thrive

If from thyself to store thou wouldst convert:

 Or else of thee this I prognosticate[3],

 Thy end is truth's and beauty's doom and[4] date.

注释：

1. I have astronomy = I understand astrology. astronomy *n.* 天文学; astrology *n.* 占星术（古代借观察星象来预卜人事吉凶的一种方术）

2. fortune *n.* 命运，运气

3. prognosticate *vt.* 预言，预示

4. doom and date 死期，最后审判　doom *n.* [宗] 末日审判

■ 解读：

诗人说他懂占星术，但是他不用占星术来卜人的命运的吉凶，或者卜疫疠、灾荒或时令等。但是诗人觉得他从爱友的如双恒星的明眸中学到知识。他从爱友的眼睛里看出，如果爱友愿意结婚生子、延续后代，真和美就会代代相传，否则，爱友的真与美就会与他自己一起从世上消失。这是诗人以另一种方式来劝说他的爱友要结婚生子而不要守独身，不要让自己带走真与美，因为它们是属于这个世界和人类的。

俗话说，"天有不测风云，人有旦夕祸福"。人生无常，世事难料。所以一个人不能只顾自己眼前的享受，而要做到未雨绸缪，要为自己和人类的未来着想，要结婚生子，使自己的真与美能够代代繁衍，永存于世。

译文：

我的判断并不是来自星象中；
不过我想我自有占星的学说，
可是我不用它来卜命运的吉凶，
卜疫疠、灾荒或季候的品格；
我也不会给一刻刻时光掐算，
因为我没有从天上得到过启示，
指不出每分钟前途的风雨雷电，
道不出帝王将相的时运趋势；
但是我从你眼睛里引出知识，
从这不变的恒星中学到这学问，
说是美与真能够共同繁滋，
只要你能够转入永久的仓廪；
　　如若不然，我能够这样预言你：
　　你的末日，就是真与美的死期。

〔屠　岸　译〕

第 15 首

Sonnet 15

When I consider everything that grows
Holds in perfection but a little moment.
That this huge stage presenteth naught but shows
Whereon the stars in secret influence comment;
When I perceive that men as plants increase,
Cheered and checked¹ even by the selfsame sky,
Vaunt² in their youthful sap, at height decrease,
And wear their brave state out of memory;
Then the conceit³ of this inconstant stay
Sets you most rich in youth before my sight,
Where wasteful Time debateth⁴ with Decay.
To change your day of youth to sullied night;
  And, all in war with Time for love of you,
  As he takes from you. I engraft⁵ you new.

注释：

1. cheered and checked 勉励和责备，鼓舞和叱责
2. vaunt *vt.* & *vi.* 自夸 *n.* [古] 自吹自擂；炫耀
3. conceit (即 idea, thought) *n.* 想法；奇想
4. debateth *vi.* [古] 争胜负；争执
5. engraft *vt.* 嫁接（嫩枝、芽等。这里指他的诗歌能使爱友永恒）

▋ 解读：

诗人说，"世间的一切生物只能够繁茂一个极短的时期"，人类也不例外。一个人在青少年时朝气蓬勃，到中年时年富力强，但到老年时就如夕阳西下。岁月不饶人，时间一去不复返。诗人为了表达他对爱友的爱意，要把爱友的美记录在他的诗中，如"把你接上比青春更永久的枝头"，这样，爱友的美将会比他本人更为永久地存在于这个世上。诗人对爱友的爱由此可见一斑。

诗人看到世间万物都受到自然界变化的影响，"全部演出没有不受到星象的默化潜移"。如植物的生长会受到天气变化的影响一样，人的命运也会受到天空中星象的变化和社会的变化的影响，人生的时运有起有落。正如俗话说的"人无千日好，花无百日红"。所以，我们要以一颗平常心来对待这些变化。在人生的道路上，不管遇到什么困难和挫折，不管遇到什么变故，我们都要勇敢地面对。做到泰然处之，宠辱不惊。要始终坚持自己崇高的信念和勇敢的品格，做到胜不骄，败不馁，愈挫愈勇，愈挫愈强！以积极乐观的态度去直面人生。

译文：

我这样考虑着；世间的一切生物
只能够繁茂一个极短的时期，
而这座大舞台上的全部演出
没有不受到星象的默化潜移；
我看见：人类像植物一样增多，
一样被头上的天空所鼓舞，所叱责；
在青春朝气中雀跃，过极峰而下坡，
坚持他们勇敢的品格到湮没——
于是，无常的世界就发出奇想，
使你青春焕发地站在我眼前，
挥霍的时间却串通腐朽来逞强，
要变你青春的白天为晦暗的夜晚；
  为了爱你，我要跟时间决斗，
  把你接上比青春更永久的枝头。

[屠　岸　译]

第 *16* 首

Sonnet 16

But wherefore do not you a mightier way

Make war upon this bloody tyrant Time?

And fortify yourself in your decay

With means more blessed than my barren rhyme[1]?

Now stand you on the top of happy hours,

And many maiden gardens, yet unset[2],

With virtuous wish would bear you living flowers,

Much liker than your painted counterfeit.

So should the lines of life that life repair

Which this time's pencil[3], or my pupil pen,

Neither in inward worth nor outward fair

Can make you live yourself in eyes of men.

  To give away yourself[4] keeps yourself still,

  And you must live, drawn by your own sweet skill[5].

注释：

1. barren rhyme 枯诗 barren *adj.* 无吸引力的；沉默的；无聊的
2. unset *adj.* 未栽种过的，尚未种植的
3. time's pencil（即 artist of the present day）当代的画笔，当代的画师
4. give away yourself 献出自己，自我放弃 [这里指（父亲）生（子女）]
5. sweet skill 妙技（这里指生殖机能）

▌ 解读：

在这首诗里，诗人问他的爱友为什么不以结婚生子这种方式来与时间作斗争呢？因为他的爱友正值人生的黄金年龄，相信有很多未婚的妙龄少女都会愿意和他结婚，为他生儿育女。如这样，爱友的生命就能在孩子的身上得到延续。诗人说，不论是他的"枯诗"，或者是大画家为爱友所作的"画像"，都不能展现爱友的美和价值，也不能使他的爱友永生。爱友想要使自己能长存，就要结婚生子。

"献出自己能使自己长存"，这是一句充满哲理的诗句。诗人在这里告诉我们"失"与"得"的辩证关系和道理。试想，一个人如果没有付出，没有奉献，哪来的收获呢？就如台湾佛光山开山宗长、"人间佛教"的倡导者星云大师所说的关于"舍得"的道理一样。一个人如果想获得一些东西，那么他就要先舍弃一些东西。舍得，舍得，没有"舍"，哪有"得"呢？在很多时候、很多情况下，我们看似在失去一些东西，其实我们会不知不觉地从其他方面获得更多的东西，这就是"舍"与"得"的辩证关系。

译文：

但是为什么你不用更强的方式
来向那血腥的暴君——时间作斗争？
为什么你不用一种比我这枯诗
更好的方法来加强将老的自身？
现在你站在欢乐时辰的峰顶上；
许多没栽过花儿的处女园地
诚意地恕要把你的活花培养，
教花儿比你的画像更加像你：
这样，生命线必将使生命复燃，
而当代的画笔或我幼稚的笔枝，
不论画外表的美或内心的善，
都没法使你本身在人眼中不死。
　　自我放弃是永远的自我保留；
　　你必须靠你自己的妙技求长寿。

［屠　岸　译］

第 17 首

Sonnet 17

Who will believe my verse in time to come
If it were filled with your most high deserts?
Though yet heaven knows it is but as a tomb
Which hides your life and shows not half your parts[1].
If I could write the beauty of your eyes,
And in fresh numbers[2] number all your graces,
The age to come would say 'This poet lies,
Such heavenly touches[3] ne'er touched earthly faces.
So should my papers, yellowed with their age.
Be scorned, like old men of less truth than tongue,
And your true rights[4] be termed a poet's rage[5]
And stretched meter of an antique song:
  But were some child of yours alive that time,
  You should live twice. in it and in my thyme.

注释：

1. parts *n.* 资质；本色；善性
2. numbers *n.* ［诗］诗句，诗章
3. touches *n.* 笔触；润色；凝妆
4. true rights（即 deserved praise）应得的赞扬
5. rage *n.* 狂思，诗狂

■ **解读：**

诗人担心将来人们不会相信他的诗文，如果他在诗中如实地写出爱友的至高的美德。实际上，诗人爱友的美是非凡的、无与伦比的，他只是如实地给予描写，而且觉得还显不出爱友的一半的本色。尽管如此，将来人们还会说，"这诗人在撒谎，上天的笔触触不到凡人的面孔"。甚至会把诗人的赞美贬为诗狂，把诗人"当做嚼舌的老人"，把他的诗篇"称做一篇过甚其辞的古韵文"，等等。但如果那时爱友有孩子的话，爱友就不仅能活在诗人的诗里，还能活在孩子的身上。这说明孩子对爱友的重要性，因为人们看到爱友的孩子就像看到他本人一样。

其实，这是莎翁在换另一种方式劝说他的爱友要趁早结婚生子，让孩子来传承自己的美，让孩子来证明自己的一切，这包括爱友的美和诗人的赞辞。诗人认为，没有什么东西能比孩子更能证明爱友自己的美。莎翁的这首诗对那些不想结婚，或者结了婚而不想生孩子的人是否能有一些启发呢？

译文：
将来，谁会相信我诗中的话来着，
假如其中写满了你至高的美德？
可是，天知道，我的诗是坟呵，它埋着
你的一生，显不出你一半的本色。
如果我能够写出你明眸的流光，
用清新的诗章勾出你全部的仪容，
将来的人们就要说，这诗人在扯谎，
上天的笔触触不到凡人的面孔。
于是，我那些古旧得发黄的稿纸，
会被人看轻，被当做嚼舌的老人；
你应得的赞扬被称做诗人的狂思，
称做一篇过甚其辞的古韵文：
　　但如果你有个孩子能活到那时期，
　　你就双重地活在——他身上，我诗里。

[屠　岸　译]

第 18 首

Sonnet 18

Shall I compare thee to a summer's day?

Thou art more lovely and more temperate[1].

Rough winds do shake the darling buds of May,

And summer's lease hath all too short a date.

Sometime too hot the eye of heaven[2] shines.

And often is his gold complexion dimmed;

And every fair from fair[3] sometime declines,

By chance, or nature's changing course, untrimmed[4];

But thy eternal summer shall not fade,

Nor lose possession of that fair thou ow'st[5],

Nor shall Death brag thou wand'rest in his shade,

When in eternal lines to time thou grow'st.

  So long as men can breathe or eyes can see,

  So long lives this, and this gives life to thee.

注释：

1. temperate *adj.* 温柔的；温婉的
2. the eye of heaven 天眼，苍天的巨眼
3. fair from fair 美物，美
4. untrimmed（即 stripped of beauty）摧残
5. thou ow'st（= you own, you possess）你拥有的

▌解读：

这是莎士比亚十四行诗中的名篇之一。很多国家的外国诗选中都有选此篇。诗人说，大自然的每一种美总会因为时机或者因自然界的变化和代谢所摧残而失去美或凋落。如狂风会吹落五月的娇花嫩瓣，夏季金光闪耀的太阳也会被遮暗，等等。在诗中，他将爱友比做夏季的一天，而且是决不会凋败的永久的夏天。爱友永远不会失去他美的形象，因为他将在诗人不朽的诗中与时间同长。

诗人认为，人的美质只有反映在人的创作（如艺术、文学作品）中，才能成为不朽。这与我们中文里的"文章千古事"之说不谋而合。人的后裔和人的创作是战胜时间的两支伟大力量。这正是反映在莎翁诗作中的典型的人文主义思想。在这首诗里，诗人对爱友的深情厚谊得到了进一步的体现。他用自己不朽的诗篇来赞美爱友，使爱友的美得到永生。诗人对自己的诗章充满信心。他坚信，"只要人类在呼吸，眼睛看得见"，他这诗就活着，使爱友的生命绵延。诗人的预言实现了，他的诗章几百年来赢得了世界千万读者的喜爱，他的诗章永远启迪着人们的思想和心灵。

译文：

我能否把你比做夏季的一天？
你可是更加可爱，更加温婉：
狂风会吹落五月的娇花嫩瓣，
夏季出租的日期又未免太短：
有时候苍天的巨眼照得太灼热，
他金光闪耀的圣颜也会被遮暗；
每一样美呀，总会失去美而凋落，
被时机或者自然的代谢所摧残；
但是你永久的夏天决不会凋败，
你永远不会失去你美的形象；
死神夸不着你在他影子里徘徊，
你将在不朽的诗中与时间同长；
　　只要人类在呼吸，眼睛看得见，
　　我的诗就活着，使你的生命绵延。

[屠　岸　译]

第 19 首

Sonnet 19

Devouring Time[1], blunt thou the lion's paws,
And make the earth devour[2] her own sweet brood;
Pluck the keen teeth from the fierce tiger's jaws,
And burn the long-lived phoenix in her blood;
Make glad and sorry seasons as thou fleets,
And do whate'er thou wilt, swift-footed Time[3],
To the wide world and all her fading sweets;
But I forbid thee one most heinous crime[4],
O, carve not with thy hours my love's fair brow,
Nor draw no lines there with thine antique pen.
Him in thy course untainted[5] do allow.
For beauty's pattern to succeeding men.
  Yet do thy worst, old Time; despite thy wrong,
  My love shall in my verse ever live young.

注释：
1. Devouring Time 贪馋的时间
2. devour *vt.* 吞噬，吞食，吞没
3. swift-footed Time 飞毛腿时间，捷足的时间
4. heinous crime 滔天罪行　heinous *adj.* 极可恨的；极凶残的
5. untainted *adj.* 未被染污的

■ 解读：

在这首诗里，诗人对"狠毒的时间老人"作了无情的鞭挞，字里行间透出诗人对爱友深深的爱。我们从诗中可以看出"时间"有毁灭一切的力量。如时间能磨钝狮子的利爪，能从虎口中拔下利牙，能教大地吞噬掉自己美丽的生物。时间还可以任意地毁掉这世间一切可爱的东西，等等。但诗人说，他禁止时间摧残他的爱友，不准使他爱友的美凋谢。当然，这从客观上来讲是不可能的，但从中可看出诗人的气魄。诗人认为，即使时间毁灭了爱友的美，他的诗也会使爱友的青春永驻。这首诗也再次说明了人类创作的文学作品，如诗歌，是战胜时间的伟大力量。这是"文章千古事"的又一有力例证。

译文：

饕餮的时间呵，磨钝雄狮的利爪吧，
你教土地把自己的爱子吞掉吧；
你从猛虎嘴巴里拔下尖牙吧，
教长命凤凰在自己的血中燃烧吧；
你飞着把季节弄得时悲时喜吧，
飞毛腿时间呵，你把这广大的世间
和一切可爱的东西，任意处理吧；
但是我禁止你一桩最凶的罪愆：
你别一刀刀镌刻我爱人的美额，
别用亘古的画笔在那儿画条纹；
允许他在你的过程中不染杂色，
给人类后代留一个美的准绳。

但是，时光老头子，不怕你狠毒：
我爱人会在我诗中把青春永驻。

［屠　岸　译］

第20首

Sonnet 20

A woman's face with Nature's own hand painted,
Hast thou, the master mistress[1] of my passion;
A woman's gentle heart, but not acquainted
With shifting change, as is false women's fashion;
An eye more bright than theirs, less false in rolling,
Gilding the object whereupon it gazeth;
A man in hue[2] all hues in his controlling,
Which steals men's eyes and women's souls amazeth[3].
And for a woman wert thou first created,
Till Nature as she wrought thee fell a-doting,
And by addition me of thee defeated,
By adding one thing to my purpose nothing[4].
  But since she pricked thee out for women's pleasure,
  Mine be thy love, and thy love's use their treasure.

注释：
1. master mistress 情妹兼情郎，情郎兼情女
2. hue n. 风姿，颜色，色彩
3. amazeth vi. 表现出惊奇
4. nothing adv. 一点也不，并不（与 a-doting 押韵。nothing 旧时读 noting）

▍解读:

在诗中,通过诗人的描绘,一个既有女性的好心肠,又有比女儿眼更明亮、诚实的眼睛,且风姿独具的,既能迷住男儿眼又能震撼女儿魂的"美的准绳"的爱友形象跃然纸上。诗人的爱友美如好女,但却没有女人的缺点和坏处,是诗人所爱的情郎兼情女。诗人既能善于发现爱友身上的优点和美,也能容忍爱友身上存在的缺点。尽管这首诗中有些不太雅的言辞,但当时文风皆如此。

莎翁这种既能善于发现他人身上的优点,又能包容他人身上存在的缺点和不足的宽阔胸怀是值得我们学习的。在现实生活中,有些人在与他人的相处中只会看到对方的缺点和短处,而不会看到对方的优点和长处,更不会去包容别人的缺点和不足之处,这样的人怎么能与他人和谐相处呢?这样的人怎么会有朋友呢?人与人之间贵在相互包容,相互宽容,因为世上没有一个人是十全十美的。俗话说,"人无完人,金无足赤"。须知"水至清则无鱼,人至察则无徒"。

译文:

你有女性的脸儿——造化的亲笔画,
你,我所热爱的情郎兼情女;
你有女性的好心肠,却不会变化——
像时下轻浮的女人般变来变去;
你的眼睛比女儿眼明亮,诚实;
把一切看到的东西镀上了黄金;
你风姿特具,掌握了一切风姿,
迷住了男儿眼,同时震撼了女儿魂。
造化本来要把你造成个姑娘;
不想在造你的中途发了昏,老糊涂,
拿一样东西胡乱地加在你身上,
倒霉,这东西对我一点儿没用处。
  既然她造了你来取悦女人,那也好,
  给我爱,给女人爱的功能当宝!

[屠 岸 译]

第 21 首

Sonnet 21

So is it not with me as with that Muse[1],
Stirred by a painted beauty to his verse,
Who heavenitself for ornament doth use,
And every fair with his fair[2] doth rehearse;
Making a couplement[3] of proud compare
With sun and moon, with earth and sea's rich gems,
With April's first-born flowers, and all things rare
That heaven's air in this huge rondure[4] hems.
O, let me true in love but truly write,
And then believe me, my love is as fair
As any mother's child, though not so bright
As those gold candles fixed in heaven's air:
  Let them say more that like of hearsay well;
  I will not praise that purpose not to sell.

注释：

1. Muse n. ［the Muses］［希神］缪斯（掌管文艺和科学等的 9 位女神，都是宙斯和记忆女神之女）；［the muse］诗人的灵感，诗才；这里指"诗人"。

2. every fair with his fair 这里第一个 fair 指美物，第二个 fair 指诗人笔下的美人。

3. couplement n. 对比；配对，成对

4. rondure *n.* ［古］［书］圆形；圆体

■ 解读：
在莎翁所处的时代，时髦的女人以涂脂抹粉为美。有某位诗人的诗兴竟然来自于脂粉美人。他以铺陈种种的美来描绘这位美人，并作夸张的对比。如将她比之为太阳、月亮、海上陆地的奇珍、四月的鲜花等等。诗人认为，一个人既然忠于爱，就要忠实地写述，而不能做不切实际的、夸张的对比和描绘。他觉得他所爱的人的美是天然的，跟任何母亲的孩子一样美。诗人在这里不仅反对虚伪的"美"，而且也反对文学创作上的浮夸作风。他教育人们为人处世要脚踏实地，要实事求是，而不能浮夸，不能说空话、假话，不能弄虚作假。这也是我们在莎翁的作品中常常可以看到的，他所提倡的"真善美"的思想的又一生动例子。

译文：
我跟那位诗人可完全不同，
他一见脂粉美人就要歌吟；
说这美人的装饰品竟是苍穹，
铺陈种种美来描绘他的美人；
并且作着各种夸张的对比，
比之为太阳，月亮，海陆的珍宝，
比之为四月的鲜花，以及被大气
用来镶天球的边儿的一切奇妙。
我呵，忠于爱，也得忠实地写述，
请相信，我的爱人跟无论哪位
母亲的孩子一样美，尽管不如
凝在天上的金烛台那样光辉：
　　人们尽可以把那类空话说个够；
　　我这又不是叫卖，何必夸海口。

［屠　岸　译］

第 22 首

Sonnet 22

My glass shall not persuade me I am old,
So long as youth and thou are of one date[1],
But when in thee Time's furrows I behold,
Then look I death[2] my days should expiate.
For all that beauty that doth cover thee
Is but the seemly raiment of my heart,,
Which in thy breast doth live, as thine in me.
How can I then be elder than thou art?
O, therefore, love, be of thyself so wary
AsI, not for myself, but for thee will,
Bearing thy heart, which I will keep so chary[3]
As tender nurse her babe from faring ill.
  Presume not on[4] thy heart when mine is slain;
  Thou gav'st me thine, not to give back again.

注释:

1. of one date 整行的意思是 "只要你年轻"。
2. look I 我预料 (= I expect that)
3. chary (: carefully) 小心地
4. presume not on 别指望再……

解读：

诗人和爱友之间的深厚感情从这首诗中得到了进一步的体现。诗人在这首诗中款款情深地向爱友倾诉，他说只要爱友青春依旧，他自己也就不会觉得老，因为他们俩的心儿都交换在对方的胸膛里。诗人说他要用心守护朋友的那颗心，就像乳娘情深地守护着婴儿的健康那样。诗人在诗中还告诉我们，为了朋友和你所爱的人，要爱护自己的身体，因为如果朋友或亲人间一个人去世了，另一个或其他人都是很痛苦的，甚至是活不了的。在现实生活中，这样的例子非常多。通过这首诗，我们知道这样的道理：真正的朋友是要互相交心的，还要互相关心，相互守护；要肝胆相照，休戚与共。

译文：

只要你还保持着你的青春，
镜子就无法使我相信我老；
我要在你的脸上见到了皱纹，
才相信我的死期即将来到。
因为那裹着你一身的全部美丽
只是我胸中这颗心合适的衣裳，
我俩的心儿都交换在对方的胸膛里；
那么，我怎么还能够比你年长？
所以，我爱呵，你得当心你自身
像我当心我（为你，不为我）那样；
我将小心在胸中守着你的心，
像乳娘情深，守护着婴儿无恙。
  我的心一死，你的心就失去依据；
  你把心给了我，不能再收它回去。

[屠 岸 译]

第 23 首

Sonnet 23

As an unperfect[1] actor on the stage,

Who with his fear is put besides his part,

Or some fierce thing replete with too much rage,

Whose strength's abundance weakens his own heart;

So I, for fear of trust[2], forget to say

The perfect ceremony of love's right.

And in mine own love's strength seem to decay,

O'ercharged with burden of mine own love's might.

O, let my books be then the eloquence

And dumb presagers[3] of my speaking breast,

Who plead for love, and look for recompense,

More than that tongue that more hath more expressed.

  O, learn to read what silent love hath writ[4].

  To hear with eyes belongs to love's fine wit[5].

注释:

1. unperfect *adj.* (=imperfect) 不完美的,有缺陷的
2. for fear of trust 因为缺乏自信 for fear of 因为怕…
3. dumb presagers 无声的预言家 dumb *adj.* 无言的,无声的
4. writ *n.* [古] 书写物,文书
5. wit *n.* 智力,才智,睿智

解读：

从这首诗的字里行间我们能看出诗人对他爱友的强烈的爱以及深厚的感情。他初见爱友时因太爱他而不知所措，竟忘了用完整的辞令来表达他的爱。后来他只得用诗篇来表白他的心。他要求爱友用眼睛代替耳朵来听他的诗篇。

诗人通过这首诗教导世人要学会读"缄默的爱情写下的诗篇"，要学会用眼睛而不是耳朵来倾听，这才是圆融无碍的境界。即对爱情要多加观察和思考，而不能一时感情冲动，失去理智，铸成大错。对待爱情要听其言，观其行，不要痴迷，要理性，这才是爱情的睿智啊！再者，对待爱情要有节制，这是对待爱情的美德。其实，不仅仅是在感情方面要节制，无论什么事情，如果没有节制都有可能走向反面，所谓"物极必反"，说的就是这个道理，我们必须牢牢记住。

译文：
像没有经验的演员初次登台，
慌里慌张，忘了该怎样来表演，
又像猛兽，狂暴地吼叫起来，
过分的威力反而使雄心发软；
我，也因为缺乏自信而惶恐，
竟忘了说出爱的完整的辞令，
强烈的爱又把我压得太重，
使我的爱力仿佛失去了热情。
呵，但愿我无声的诗卷能够
滔滔不绝地说出我满腔的语言，
来为爱辩护，并且期待报酬，
比那能言的舌头更为雄辩。
　　学会读缄默的爱情写下的诗吧；
　　用眼睛来听，方是爱情的睿智啊！

[屠　岸　译]

第 24 首

Sonnet 24

Mine eye hath played the painter and hath steeled[1]
Thy beauty's form in table of my heart;
My body is the frame wherein 'tis held,
And perspective[2] it is best painter's art,
For through the painter must you see his skill,
To find where your true image pictured lies,
Which in my bosom's shop is hanging still,
That hath his windows glazed[3] with thine eyes.
Now see what good turns eyes for eyes have done:
Mine eyes have drawn thy shape, and thine for me
Are windows to my breast, wherethrough[4] the sun
Delights to peep, to gaze therein on thee.
 Yet eyes this cunning[5] want to grace their art,
 They draw but what they see, know not the heart.

注释：
1. steel *vt.* 刻画，刻
2. perspective *n.* 透视；透视画法；透视图
3. glaze *vt.* 用玻璃覆盖
4. wherethrough *conj.* ［古］通过那个；因为那个
5. cunning *adj.* 灵巧的，熟练的

解读：

诗人认为人的眼睛就像画师，能把所看到的人和事物以及美丽的景色刻画下来。比如，通过眼睛，爱友的美已经被诗人深深地刻印在自己的心灵上了。但诗人说，眼睛毕竟还缺乏"画骨传神"的本领。眼睛只能见到什么画什么，它们不了解心灵，不能传神。这首诗看似在讲人的眼睛的功能以及眼睛的缺陷，但其内涵和意义还远远不止这些。我们觉得诗人意在告诉我们：对于世上纷繁复杂的人和事物，我们不能仅靠眼睛去观察，还必须用心去分析，去思考，去感悟。这样才不会被一些表面的现象所蒙蔽，才能透过现象看本质，才能正确地做出判断，才能客观地、正确地对待一切人和事，才不至于犯错误。

译文：

我的眼睛扮演了画师，把你
美丽的形象刻画在我的心版上；
围在四周的画框是我的躯体，
也是透视法，高明画师的专长。
你必须透过画师去看他的绝技，
找你的真像被画在什么地方，
那画像永远挂在我胸膛的店里，
店就有你的眼睛做两扇明窗。
看眼睛跟眼睛相帮了多大的忙：
我的眼睛画下了你的形体，
你的眼睛给我的胸膛开了窗，
太阳也爱探头到窗口来看你；
　　我眼睛还缺乏画骨传神的本领，
　　只会见什么画什么，不了解心灵。

[屠　岸　译]

第 25 首

Sonnet 25

Let those who are in favor with[1] their stars
Of public honor and proud titles boast,
Whilst I whom fortune of such triumph bars,
Unlooked for[2] joy in that I honor most.
Great princes' favourites their fair leaves spread
But as the marigold[3] at the sun's eye,
And in themselves their pride lies buried,
For at a frown they in their glory die.
The painful[4] warrior famoused for might,
After a thousand victories once foiled,
Is from the book of honor rased quite[5],
And all the rest forgot for which he toiled.
  Then happy I that love and am beloved
  Where l may not remove, nor be removed.

注释:
1. be in favor with 受…欢迎；被…祝福
2. unlooked for (= unexpectedly) 没预料到地，意外地
3. marigold n. [植] 金盏花；万寿菊
4. painful adj. [古] 勤勉的；辛苦的
5. razed quite 完全消失　raze vt. 消除（印象等）；抹去，磨灭（记忆等）

▎解读：

在这首诗里，诗人用辩证的观点看待"辉煌"与"平淡"的人生问题。在人类社会里，一些人由于被天上的星辰祝福而运气好，人生拥有很多的荣誉和令人羡慕的社会地位。但俗话说，"高处不胜寒"，一旦你所做的事情使上峰不高兴、不满意，你的荣誉和威风顷刻间就会全化做尘灰，你的荣幸也会就此消亡。骁勇善战、历尽艰辛的将士，虽然打了千百次胜仗，但一旦败北，即从光荣册上消失，过去的功劳也会被人们遗忘！一些人尽管曾励精图治、勤勤恳恳地为国家和人民做了很多有益的工作，但一旦做错了事，触犯了法律，就会受到法律的制裁，他们毕生的辛劳便付之东流。所以说，"平平淡淡才是福"。诗人说，他虽然没有那种幸运，但他却有能引以为荣的幸福，因为他爱着人又为人所爱，而且没人能改，这才是真正的幸福和幸运。

从诗中可以看出，名利是把"双刃剑"。名利如水，水可载舟，亦可覆舟。所以，不要过分地追求名利，而要正确地对待名利、淡薄名利，唯有"淡薄"才能"明志"。另外，不管社会地位高低，任何人都要认认真真、小心谨慎地走好人生道路上的每一步，以免"一失足成千古恨"！

译文：

那些被天上星辰祝福的人们
尽可以凭借荣誉与高衔而自负，
我呢，本来命定没这种幸运，
不料得到了我引为光荣的幸福。
帝王的宠臣把美丽的花瓣大张，
但是，正如太阳眼前的向日葵，
人家一皱眉，他们的荣幸全灭亡，
他们的威风同本人全化做尘灰。
辛苦的将士，素以骁勇称著，
打了千百次胜仗，一旦败绩，
就立刻被人逐出荣誉的纪录簿，
过去的功劳也被人统统忘记：
　　我就幸福了，爱着人又为人所爱，
　　这样，我是固定了，也没人能改。

[屠岸 译]

第 26 首

Sonnet 26

Lord of my love, to whom in vassalage[1]
Thy merit hath my duty strongly knit,
To thee I send this written ambassage[2],
To witness duty, not to show my wit.
Duty so great, which wit so poor as mine
May make seem bare, in wanting[3] words to show it.
But that I hope some good conceit[4] of thine
In thy soul's thought, all naked, will bestow it;
Till whatsoever[5] star that guides my moving
Points on me graciously with fair aspect[6],
And puts apparel on my tottered loving
To show me worthy of thy sweet respect.
  Then may I dare to boast how I do love thee;
  Till then, not show my head where thou mayst prove me.

注释:
1. vassalage *n.* 忠顺,效忠
2. ambassage *n.* 使者,使节
3. wanting *adj.* 缺少的,没有的
4. conceit (= thought) *n.* 想法,奇想
5. whatsoever *pron.* & *adj.* = whatever (语气比 whatever 强)
6. fair aspect 好运气　aspect *n.* 星象

▍解读：

莎翁谦虚的美德在诗中随处可见。他虽然是世界公认的大文豪，但他仍然非常谦卑。他说他写诗篇是用来证实自己对主的忠诚，而不是用来炫耀自己的才力。他甚至觉得他的才力还不中用，这些诗还写得不好，不能完全表达他的忠诚。他还把自己的诗篇比喻为"褴褛的爱心"，希望命运之神能给它穿上锦裘（即把他的诗作印刷和装帧出版）。他把诗篇送给爱友，希望爱友读它，修改它，收藏它，以等待好运气给他出版的机会。

我们要学习莎翁这种谦卑的美德。为人处世要谦虚谨慎，要虚怀若谷，要低调做人，不能炫耀自己，时时处处严格要求自己。另外，"机会只给有准备的人"，当一个人的时运未到的时候要耐心地等待，要积极地准备，要不断地充实和完善自己，相信每个人都会有时来运转的时候。

译文：

我爱的主呵，你的高尚的道德
使我这臣属的忠诚与你紧系，
我向你派遣这位手书的使者，
来证实我忠诚，不是来炫耀才力。
忠诚这么大，可我的才力不中用——
没词语来表达，使忠诚显得贫乏；
但是，我希望在你深思的灵魂中，
有坦率可亲的好念头会来收藏它：
要等到哪一颗引导我行程的星宿
和颜悦色地给我指出了好运气，
并给我褴褛的爱心穿上了锦裘，
以表示我配承受你关注的美意：
　　到那时，我才敢夸说我爱你多深，
　　才愿显示我能给你考验的灵魂。

[屠 岸 译]

第 27 首

Sonnet 27

Weary with toil, I haste me to my bed,
The dear repose for limbs with travel tired,
But then begins a journey in my head
To work my mind when body's work's expired;
For then my thoughts, from far where I abide,
Intend a zealous[1] pilgrimage[2] to thee,
And keep my drooping eyelids open wide,
Looking on darkness which the blind do see;
Save that my soul's imaginary sight
Presents thy shadow to my sightless view,
Which like a jewel hung in ghastly[3] night,
Makes black night beauteous and her old face[4] new.
  Lo, thus, by day my limbs, by night my mind,
  For thee, and for myself, no quiet find.

注释：
1. zealous *adj.* 热心的，热诚的，热情的
2. pilgrimage *n.* 朝圣；参拜圣地
3. ghastly *adj.* 可怕的，恐怖的
4. her old face 指夜神 Nox 老太婆的干瘪的脸。Nox *n.* ［罗神］诺克斯（司夜女神）

解读：

诗人与爱友之间的深厚感情从这首诗中又得到了进一步的印证。诗人说白天的劳动（可能指他在外地旅行或演出）使他已经很疲倦了，但当他刚刚躺在床上休息，他的思想就开始飞到远方的爱友身边去了。"白天劳力，夜里劳心"。在黑夜里对爱友的无限思念使他彻夜难眠，使他不得安宁。可见诗人和爱友之间的感情有多深。

我们能从这首诗中得到一些什么启示呢？我们认为，对于友情我们固然要珍惜，但也不能太痴迷，否则就会折磨自己，使自己不得安宁。我们要学会洒脱一些，要使自己活得轻松一些。只要心中装着朋友就行，而没有必要天天思念，夜夜思念而使自己徒增烦恼。

译文：

劳动使我疲倦了，我急忙上床，
来好好安歇我旅途劳顿的四肢；
但是，脑子的旅行又随即开场，
劳力刚刚完毕，劳心又开始；
这时候，我的思念就不辞遥远，
从我这儿热衷地飞到你身畔，
又使我睁开着沉重欲垂的眼帘，
凝视着盲人也能见到的黑暗：
终于，我的心灵使你的幻像
鲜明地映上我眼前的一片乌青，
好像宝石在可怕的夜空放光，
黑夜的古旧面貌也焕然一新。
　　看，我白天劳力，夜里劳心，
　　为你，为我自己，我不得安宁。

[屠　岸　译]

第 28 首

Sonnet 28

How can I then return in happy plight

That am debarred[1] the benefit of rest,

When day's oppression is not eased by night,

But day by night and night by day oppressed,

And each, though enemies to either's reign,

Do in consent shake hands[2] to torture me,

The one by toil, the other to complain

How far I toil, still farther off from thee?

I tell the day, to please him, thou art bright

And dost him grace[3] when clouds do blot the heaven;

So flatter I the swart-complexioned night[4],

When sparkling stars twire[5] not thou gild'st the even.

  But day doth daily draw my sorrows longer,

  And night doth nightly make grief's length seem stronger.

注释:
1. debarred (debar *vt.* 的过去分词) 阻止;禁止
2. shake hands (= join hands) 携起手;联手
3. dost [诗、古] (主语为 thou 时的) do 的第二人称单数现在式。dost him grace (这里的 him 指 the day) 把白天照亮
4. swart-complexioned night 漆黑夜
5. twire (= twinkle) *vi.* [古] 闪烁, 闪耀

解读：

这首诗也再次体现了诗人与爱友之间的深情厚谊。诗人虽然在外地旅行，但不论是白天还是黑夜他都想念着爱友。诗人的爱友也曾希望诗人的旅行能带给诗人以幸福。但当劳苦、孤独、失眠和焦虑缠绕着他时，他又怎么能幸福呢？不管诗人如何讨好白天恭维黑夜，都于事无补。白天照样天天延长着他的痛苦，黑夜照样夜夜使他的悲哀加重。诗人这种想念爱友近乎痴迷的做法是不可取的，这样做只会给自己增添不必要的烦恼和痛苦。

今天我们身处快节奏生活的社会，工作、学习和生活都很忙碌。现实生活使我们不可能像莎翁那样白天和黑夜都在想念朋友。但我们也不应该因此就疏忽了与朋友的联系，更不应该因忙碌而影响了朋友之间的友谊。朋友之间要彼此多关心，多问候。

译文：

既然我休息的福分已被剥夺，
我又怎能在快乐的心情中归来？
既然夜里我挣不脱白天的压迫，
只是在日日夜夜的循环中遭灾？
日和夜，虽然统治着敌对的地盘，
却互相握手，联合着把我虐待，
白天叫我劳苦，黑夜叫我抱怨
我劳苦在远方，要跟你愈分愈开。
我就讨好白天，说你辉煌灿烂，
不怕乌云浓，你能把白天照亮：
也恭维黑夜，说如果星星暗淡，
你能把黑夜镀成一片金黄。
　　但白天天天延长着我的苦痛，
　　黑夜夜夜使我的悲哀加重。

[屠　岸　译]

第 29 首

Sonnet 29

When, in disgrace¹ with Fortune and men's eyes.
I all alone beweep my outcast state,
And trouble deaf heaven with my bootless² cries,
And look upon myself and curse my fate,
Wishing me like to one more rich in hope,
Featured like him, like him with friends possessed,
Desiring this man's art³, and that man's scope,
With what I most enjoy contented least;
Yet in these thoughts myself almost despising,
Haply⁴ I think on⁵ thee, and then my state,
Like to the lark at break of day arising
From sullen⁶ earth, sings hymns at heaven's gate;
  For thy sweet love rememb'red such wealth brings,
  That thenl scorn to change my state with kings.

注释：

1. disgrace *n.* 失宠　be in disgrace 失宠
2. bootless *adj.* 无益的；无用的
3. art (= skill, learning) *n.* 技术，技艺
4. Haply *adv.* [古] 偶尔地，偶然地
5. think on (= think of) 想到，想起
6. sullen *adj.* 阴沉的，阴郁的（天气、天空）

▋ 解读：

这是一首歌颂友谊的绝唱，是莎翁最脍炙人口的诗作之一。凡是英语诗歌选集或世界诗选都有选这首诗，可见它的影响有多大。莎翁曾当过伶人和剧作家，在那个时代这类人的社会地位卑微，遭人白眼，他们的创作往往不能登大雅之堂，莎士比亚对此有切肤之痛。他为此独自哭泣，痛恨时运不济，不能像人家那样前程远大，一表人才，或好友如云等等。但当他偶尔想起了他的挚友的爱和友谊时，他就一切都满足了。此时他的心情就像破晓的云雀冲上了天门，无比的欢乐。诗人认为友谊是高于一切的，如诗中的最后两行"我怀着你的厚爱，如获至宝，教我不屑把处境跟帝王对调"。诗人把友谊提到至高无上的地位。

从诗中我们看到，当一个人身处人生的低潮或者逆境的时候，朋友的爱和友谊能温暖人的心房，能消除人心头的一切愁云惨雾，能使人重新振作起来。所以，朋友们，请别吝啬你对朋友的爱和友谊，尤其是当他们需要你的时候。因为爱和友谊的力量是巨大的，也是非常珍贵的。从这首诗中，我们进一步体会到友谊和爱情的力量和价值。

译文：

我一旦失去了幸福，又遭人白眼，
就独自哭泣，怨人家把我抛弃，
白白地用哭喊来麻烦聋耳的苍天，
又看看自己，只痛恨时运不济，
愿自己像人家那样；或前程远大，
或一表人才，或胜友如云广交谊，
想有这人的见识，那人的才华，
于自己平素最得意的，倒最不满意；
但在这几乎是自轻自贱的思绪里，
我偶尔想到了你呵，——我的心怀
顿时像破晓的云雀从阴郁的大地
冲上了天门，歌唱起赞美诗来；
　　我怀着你的厚爱，如获至宝，
　　教我不屑把处境跟帝王对调。

[屠　岸　译]

第 30 首

Sonnet 30

When to the sessions[1] of sweet silent thought
I summon[2] up remembrance of things past,
I sigh the lack of many a thing I sought,
And with old woes[3] new wail[4] my dear Time's waste.
Then can I drown an eye, unused to flow,
For precious friends hid in death's dateless night,
And weep afresh love's long since canceled woe,
And moan th' expense of many a vanished sight;
Then can I grieve at grievances foregone[5],
And heavily from woe to woe tell o'er
The sad account of fore-bemoaned moan[6],
Which I new pay as if not paid before.
  But if the while I think on thee, dear friend,
  All losses are restored and sorrows end.

注释：

1. sessions *n.* 开庭，开庭期
2. summon *vt.* 召集；召唤；[律] 传讯，传唤；使浮现（up）
3. woe *n.* 悲苦；苦恼；[常作 woes] 不幸；灾难
4. wail *n.* 哀诉，呜咽
5. foregone *adj.* 以往的，逝去的
6. moan *n.* 呻吟声；悲叹

解读：

　　当诗人再次想起许多过去的伤心往事，以及许多逝去的好友时感到很悲伤，如诗中的"我为过去的悲哀再悲哀"。他久干的眼睛又泪如泉涌，但这又有何用？好在只要他一想起他所爱的人时，悲伤就烟消云散，一切损失都得到了补偿。可见爱友对于诗人来讲有多重要，爱友对他的影响有多大，爱友在莎翁的感情生活中占有十分重要的位置。

　　但我们认为，一个人不要总是沉溺于过去的忧伤往事，过去的就让它过去吧。我们要学会忘记该忘记的，记住该记住的，珍惜该珍惜的。人要活在当下，而不要老是活在过去。要珍惜你今天所拥有的一切，包括你的健康、你的家人和你的亲朋好友等等，这才是最重要的。

译文：

我把对已往种种事情的回忆
召唤到我这温柔的沉思的公堂，
为没有求得的许多事物叹息，
再度因时间摧毁了好宝贝而哀伤：
于是我久干的眼睛又泪如泉涌，
为的是好友们长眠在死的长夜里，
我重新为爱的早已消去的苦痛
和多少逝去的情景而落泪，叹息。
于是我为过去的悲哀再悲哀，
忧郁地数着一件件痛心的往事，
把多少叹过的叹息计算出来，
像没有偿还的债务，再还一次。
　　但是，我只要一想到你呵，好伙伴，
　　损失就挽回了，悲伤也烟消云散。

[屠　岸　译]

第 31 首

Sonnet 31

Thy bosom is endeared[1] with all hearts

Which I by lacking have supposed dead;

And there reigns love and all love's loving parts,

And all those friends which I thought buried.

How many a holy and obsequious[2] tear

Hath dear religious[3] love stol'n from mine eye,

As interest of the dead. which now appear

But things removed that hidden in there lie.

Thou art the grave where buried love doth live,

Hung with the trophies[4] of my lovers[5] gone,

Who all their parts of me to thee did give;

That due of many now is thine alone.

  Their images I loved I view in thee,

  And thou, all they, hast all the all of me.

注释：

1. endear *vt.* 使受喜爱，使被爱慕
2. obsequious *adj.* 谄媚的；卑躬的
3. religious (= worshipful) *adj.* 虔诚的，虔敬的
4. trophy *n.* 战利品；胜利纪念品；胜利纪念章（或碑）
5. lover *n.* 情人；lovers 情侣，相爱的男女（在莎士比亚时代，lover 既指情人，也指友人。）

▌解读：

莎翁是一位很重感情和友情的人。我们从他的作品中常常可以感受得到。如在本诗中，他说到由于对许多亡友的追慕和热爱，使他非常伤心，使他流了不少"神圣的、哀悼的眼泪"。但为了安慰自己，他说他又感到有多少颗亡友赤诚的心都已经珍藏在爱友的胸中，所以诗人对一切亡友的爱也就集中在他爱友一人的身上，爱友也就充满了爱和爱的一切，可以说是"万千宠爱在一身"。从这首诗中我们再一次看到诗人对他爱友的深厚感情。

莎翁这种重感情和友情的情怀很值得我们学习。在当今现实社会里，由于商品经济的冲击和一些不良风气的影响，一些人在人际交往中只看重自己的利益，而淡漠了更为珍贵的朋友之间的感情和友谊，这是令人十分遗憾的事情。我们希望他们能从这首诗中得到一些启发。我们从诗中得到这样的启示：一个人要学会珍惜。要珍惜你所爱的、以及曾经给过你爱的人，这包括你的爱人、你的亲人、你的朋友、你的老师和同学等。而不要等到他们离去的那一天才感到惋惜，才感到遗憾，才去追慕他们，那时已悔之晚矣。

译文：

多少颗赤心，我以为已经死灭，
不想它们都珍藏在你的胸口，
你胸中因而就充满爱和爱的一切，
充满我以为埋了的多少好朋友。
对死者追慕的热爱，从我眼睛里
骗出了多少神圣的、哀悼的眼泪，
而那些死者，如今看来，都只是
搬了家罢了，都藏在你的体内！
你是坟，葬了的爱就活在这坟里，
里边挂着我多少亡友的纪念章，
每人都把我对他的一份爱给了你；
多少人应得的爱就全在你身上：
　　我在你身上见到了他们的面影，
　　你（他们全体）得了我整个的爱情。

[屠　岸　译]

第32首

Sonnet 32

If thou survive my well-contented[1] day,
When that churl Death my bones with dust shall cover,
And shalt by fortune once more resurvey
These poor rude lines of thy deceased lover[2],
Compare them with the bett'ring of the time,
And though they be outstripped[3] by every pen,
Reserve them for my love, not for their rhyme,
Exceeded by the height of happier men.
O, then vouchsafe me but this loving thought:
'Had my friend's Muse grown with this growing age,
A dearer birth than this his love had brought,
To march in ranks of better equipage[4];
  But since he died and poets better prove,
  Theirs for their style I'll read, his for his love.'

注释：
1. well-contented *adj.* 很满意的，心满意足的
2. deceased lover (∶ dead friend) 亡友；已故爱友（这里指诗人自己）
3. outstrip *vt.* 胜过，超过，超越
4. equipage *n.* （旧时的）马车；随从；better equipage（这里指"更有诗才的行列"，"更佳的杰作"）

▎解读：

我们知道，诗歌是文学的精髓，是思想的提炼，也是情感的凝聚。诗人写诗都是有感而发，诗歌或抒怀或言志。我们读一首好诗就如同在跟诗人进行思想和情感的交流，会从内心产生很多的共鸣，会受到一定的启迪和激励。

莎翁在这首诗中提出设想：假如他比爱友早去世，而爱友偶尔又重新翻阅他的诗篇，相信兴趣一定不减，因为诗句会使爱友回忆起他们两人相聚那欢乐的时光。诗人认为虽然后来的诗人们的诗作会胜过他的作品，技巧会比他的高明，但并不足以表达真实的情感。诗歌的好坏关键在于感情的真实与否，而不是在于技巧的高低。诗人认为，他的诗是出于真实的情感的，也是充满着爱的，其价值远远超过其他诗人文笔华丽的作品。我们写诗歌时必须向莎翁学习，要做到真正出于内心，表达自己真实的情感和思想，而不能只追求技巧。这样的诗歌才能真正感动人，才有生命力，才会受到读者的喜爱。

译文：

如果我活够了年岁，让粗鄙的死
把黄土盖上我骨头，而你还健康，
并且，你偶尔又重新翻阅我的诗——
你已故爱友的粗糙潦草的诗行，
请拿你当代更好的诗句来比较；
尽管每一句都胜过我的作品，
保存我的吧，为我的爱，论技巧——
我不如更加幸福的人们高明。
呵，还望你多赐厚爱，这样想：
"如果我朋友的诗才随时代发展，
他的爱一定会产生更好的诗章，
和更有诗才的行列同步向前：
　　但自从他一死、诗人们进步了以来，
　　我读别人的文笔，却读他的爱。"

[屠 岸 译]

第33首

Sonnet 33

Full many a glorious morning have I seen

Flatter the mountain tops with sovereign eye,

Kissing with golden face the meadows green,

Gilding pale streams with heavenly alchemy;

Anon^1 permit the basest clouds to ride

With ugly rack on his celestial face,

And from the forlorn^2 world his visage hide,

Stealing unseen to west with this disgrace.

Even so my sun one early morn did shine,

With all triumphant splendor on my brow;

But out alack^3, he was but one hour mine,

The region^4 cloud hath masked him from me now.

    Yet him for this my love no whit disdaineth;

    Suns of the world^5 may stain when heaven's sun staineth.

注释：

1. anon *adv.* ［古］不久以后；立刻
2. forlorn *adj.* 被遗弃的；孤独凄凉的；绝望的
3. alack *int.* ［古］呜呼！哀哉！
4. region *n.* （大气、海水等的）层；上界
5. Suns of the world 世上的太阳；伟人

▌ 解读：

诗人从自然界天气的变化无常中悟出了人在对待感情问题上应有的正确态度。一个人对你所爱的人不能因为生活上的一些琐事，或因他（她）的一些过失而变得冷淡，甚至发生冲突。诗人认为，既然自然界的太阳有时会变暗，那么人间的太阳——诗人所爱的人，也会变暗（这里指诗人的爱友也会有瑕疵）。这是自然界和人类都普遍存在的正常现象。俗话说，"金无足赤，人无完人"。每个人都有自己的优点，也会有自己的缺点，没有一个人是十全十美的。诗人和爱友之间虽然也出现过一些矛盾和摩擦，但诗人对爱友的爱始终没变，这体现了诗人博大的胸怀和慈悲的性格，很值得我们好好学习。

在美国小说家马里奥·普佐所著的《教父》这本书中，教父科利昂曾有一句名言："不要轻易对你深爱的人说'不'。"这句话值得我们好好记取。因为真正爱一个人并不容易，所以不能因为一些生活上的琐事，或者对方的一些过失就和你所爱的人发生矛盾，甚至发生冲突，或者动不动就提出离婚，结果造成无法挽回的损失和终身的遗憾。同样的，朋友之间的感情一旦受到伤害，要再弥合是很难的。

译文：

多少次我看见，在明媚灿烂的早晨，
庄严的太阳用目光抚爱着山冈，
他金光满面，亲吻着片片绿茵，
灰暗的溪水也照得金碧辉煌；
忽然，他让低贱的乌云连同
丑恶的云影驰上他神圣的容颜，
使人世寂寞，看不见他的面孔，
同时他偷偷地西沉，带着污点：
同样，我的太阳在一天清晨
把万丈光芒射到我额角上来；
可是唉！他只属于我片刻光阴，
上空的乌云早把他和我隔开。
　　对于他，我的爱丝毫不因此冷淡；
　　世上的太阳同天上的一样，也会暗。

[屠 岸 译]

第 34 首

Sonnet 34

Why didst thou promise such a beauteous day,
And make me travel forth without my cloak,
To let base clouds o'er take me in my way,
Hiding thy brav'ry[1] in their rotten smoke?
'Tis[2] not enough that through the cloud thou break,
To dry the rain on my storm-beaten face,
For no man well of such a salve can speak,
That heals the wound, and cures not the disgrace[3].
Nor can thy shame give physic to my grief;
Though thou repent, yet I have still the loss.
Th' offender's[4] sorrow lends[5] but weak relief
To him that bears the strong offense's cross.
  Ah, but those tears are pearl which thy love sheds,
  And they are rich and ransom[6] all ill deeds.

注释：

1. bravery *n.* 华丽，盛装；（这里指"光辉"，"光芒"）
2. 'Tis = it is　为了压缩音节，这里省略了 i 的读音和拼写。用 ' 号标明元音（或辅音）的省略，这种省略法常见于诗中。
3. disgrace *n.* 耻辱，丢脸
4. offender *n.* 冒犯者；害人者
5. lend *vt.* 提供；给予

6. ransom *n.* 赎，赎回；赎清

▌解读：

在这首诗里，诗人责备他的爱友不该把他毫无准备地留在风雨里任凭风吹雨打，并说不管爱友如何悔恨和内疚都不能挽回他的损失，不会减轻他心灵上的苦痛，如"你的羞耻心也难医我的伤心"。诗人在这里是想告诉人们：不要轻易就伤害一个人。因为如果你一旦做了使朋友或亲人感到伤心和痛苦的事情，不管你在事后如何后悔都于事无补，也无法挽回由此造成的损失。被伤害者心头那强烈苦痛的煎熬也不会因此而减轻。但莎翁后来还是原谅了他的爱友，因为爱友为自己的所作所为感到伤心和悔恨。我们是否可以这样认为，莎翁也在告诉人们：被伤害者也要给人以悔过的机会。只要伤害你的人能真心诚意地认错了，就要原谅他，宽恕他，这样矛盾才能得到化解。

译文：

为什么你许给这么明丽的天光，
使我在仆仆的征途上不带外套，
以便让低云把我在中途赶上，
又在霉烟中把你的光芒藏掉？
尽管你再冲破了乌云，把暴风
打在我脸上的雨点晒干也无效，
因为没人会称道这一种只能
医好肉伤而医不好心伤的油膏：
你的羞耻心也难医我的伤心；
哪怕你后悔，我的损失可没少：
害人精尽管悔恨，不大会减轻
被害人心头强烈苦痛的煎熬。
　　但是啊！你的爱洒下的眼泪是珍珠，
　　一串串，赎回了你的所有的坏处。

[屠 岸 译]

第 35 首

Sonnet 35

No more be grieved at that which thou hast done:
Roses have thorns, and silver fountains mud,
Clouds and eclipses¹ stain both moon and sun,
And loathsome² canker³ lives in sweetest bud.
All men make faults, and even I in this,
Authorizing thy trespass with compar,
Myself corrupting, salving⁴ thy amiss,
Excusing thy sins more than thy sins are;
For to thy sensual fault⁵ I bring in sense—
Thy adverse party is thy advocate—
And 'gainst myself a lawful plea commence.
Such civil war is in my love and hate
    That I an accessory needs must be
    To that sweet thief which sourly robs from me.

注释：
1. eclipse *n.* ［天］食；被遮蔽
2. loathsome *adj.* 令人讨厌的，叫人恶心的
3. canker *n.* 蛀虫
4. salving thy amiss 掩饰你的罪过
5. sensual *adj.* 肉体上的；好色的，淫荡的　sensual fault 纵欲的错误

▎ 解读：

诗人在这首诗里劝他的爱友不要再由于悔恨自己的过失而悲伤流泪。诗人认为，人世间没有人不会犯错误的，也没有人不存在缺点的。正如中国的俗话说，"人非圣贤，孰能无过"，"金无足赤，人无完人"，就是神仙有时也会犯错的。记得中国的一位伟人曾经说过，人们对他的功过能"三七开"就不错了。可见犯错误是人类普遍存在的问题。诗人说他自己也犯了错误，因为他为爱友文过饰非，用诗中的种种比喻，如自然界的一切美好的东西也会有瑕疵，来替爱友的罪过开脱。但这也从另一个方面显示了莎翁博大的胸襟和包容的智慧。

我们要向莎翁学习，要有博大的胸襟，对人要宽容，要有佛家所说的慈悲心。要允许人家犯错误改正错误。此外，一个人也不必总是为自己的一些过失和错误而悲伤不已，过去的就让它过去吧，重要的是要善于总结经验教训，做到"吃一堑长一智"，使自己不断地聪明起来，日后少犯错误。

译文：

别再为你所干了的事情悲伤：
玫瑰有刺儿，银泉也带有泥浆；
晦食和乌云会玷污太阳和月亮，
可恶的蛀虫也要在娇蕾里生长。
没有人不犯错误，我也犯错误——
我方才用比喻使你的罪过合法，
我为你文过饰非，让自己贪污，
对你的罪恶给予过分的宽大：
我用明智来开脱你的荒唐，
（你的原告做了你的辩护士，）
我对我自己起诉，跟自己打仗：
我的爱和恨就这样内战不止——
　　使得我只好做从犯，从属于那位
　　冷酷地抢劫了我的可爱的小贼。

[屠　岸　译]

第 36 首

Sonnet 36

Let me confess that we two must be twain[1],
Although our undivided loves are one.
So shall those blots that do with me remain,
Without thy help, by me be borne alone.
In our two loves there is but one respect,
Though in our lives a separable spite[2],
Which though it alter not love's sole effect.
Yet doth it steal sweet hours from love's delight.
I may not evermore acknowledge thee,
Lest my bewailed guilt[3] should do thee shame;
Nor thou with public kindness honor me,
Unless thou take that honor from thy name.
  But do not so; l love thee in such sort
  As, thou being mine, mine is thy good report[4].

注释:

1. twain *n.* [古] 二, 两; 一对
2. spite *n.* 恶意; 怨恨
3. bewailed guilt 悲叹的罪过, 可悲的罪过; bewail *vt.* 为……而悲伤, 为……而痛哭
4. report *n.* 名声, 名望

▌ 解读：

在这首诗里，诗人表现出时时处处为爱友着想的高尚的人格魅力。诗人不愿意由于自己的身份（当伶人）而影响爱友在社会上的名望，他主动地和爱友分开。如诗中的"最好我老不承认你我的友情，我悲叹的罪过就不会使你蒙羞。"他们俩虽然彼此深爱着对方，但在莎翁所生活的那个年代，由于两个人社会地位的悬殊，使他们不得不分离开来。诗人也为他们因此而失去单独交往的欢悦的时光而感到惋惜。

而在现实社会里，不乏趋炎附势、阿谀奉承之辈，不乏只顾自己的利益和面子而不顾他人的利益和面子的势利小人。这些人时时处处只为自己着想，而不为他人考虑，他们在莎翁的面前显得是那样的渺小和可怜。

译文：

让我承认，我们俩得做两个人，
尽管我们的爱是一个，分不开：
这样，留在我身上的这些污痕，
不用你帮忙，我可以独自担待。
我们的两个爱只有一个中心，
可是厄运又把我们俩拆散，
这虽然变不了爱的专一，纯真，
却能够偷掉爱的欢悦的时间。
最好我老不承认你我的友情，
我悲叹的罪过就不会使你蒙羞；
你也别给我公开礼遇的荣幸，
除非你从你名字上把荣幸拿走：
　　但是别这样；我这么爱你，我想：
　　你既然是我的，我就有你的名望。

[屠　岸　译]

第 37 首

Sonnet 37

As a decrepit father takes delight

To see his active child do deeds of youth,

So I, made lame by Fortune's dearest¹ spite.

Take all my comfort of thy worth and truth².

For whether beauty, birth, or wealth, or wit,

Or any of these all, or all, or more,

Entitled in their parts do crowned sit,

I make my love engrafted³ to this store.

So then I am not lame, poor. nor despised

Whilst that this shadow⁴ doth such substance give

ThatI in thy abundance am sufficed⁵

And by a part of all thyglory live.

  Look what is best, that best I wish in thee.

  This wish I have, then ten times happy me!

注释：

1. dearest *adj.* 最惨痛的
2. worth and truth 真和善，真与德
3. engraft *vt.* 嫁接（嫩枝、芽等）；使并入
4. substance *n.* 物质，实物；［哲］实体，本质（莎士比亚在这里强调幻想可以成为现实）
5. suffice *vt.* 满足…的需要（或要求）；使满足

解读：

由于命运所阻，诗人自己的种种抱负都不能得以实现。但当他看到自己原先的抱负和希望已经在爱友的身上得到实现，而且是登峰造极了，他就感到很满足很快乐，"正像衰老的父亲见到下一代活跃于青春的事业，就兴高采烈"那样。诗人觉得他的爱友既然实现了他的种种希望和抱负，那么他的命运也就算是好极了，就再也没有人小看他了。从诗中我们看到诗人对爱友的厚爱和期盼，也看到诗人希望人类能一代更比一代强的强烈愿望和胸怀。这也体现了莎士比亚的人文主义思想和情怀。同时，我们从诗中还领悟到这样的道理：朋友之间的关系是"一荣俱荣，一损俱损"的。如诗人说的，他靠爱友的部分光荣而生活，他就不残废也不穷，也不再受辱。

译文：

正像衰老的父亲，见到下一代
活跃于青春的事业，就兴高采烈，
我虽然受到最大厄运的残害，
却也从你的真与德得到了慰藉；
因为不论美、出身、财富，或智力，
或其中之一，或全部，或还不止，
都已经在你的身上登峰造极，
我就教我的爱接上这宝库的丫枝：
既然我从你的丰盈获得了满足，
又凭着你全部光荣的一份而生活，
那么这想象的影子变成了实物，
我就不残废也不穷，再没人小看我。
　　看种种极致，我希望你能够获得；
　　这希望实现了；所以我十倍地快乐！

[屠　岸　译]

第 38 首

Sonnet 38

How. can my Muse want subject to invent.

While thou dost breathe, that pour'st into my verse

Thine own sweet argument[1], too excellent

For every vulgar paper[2] to rehearse?

O, give thyself the thanks, if aught in me

Worthy perusal stand against thy sight;

For who's so dumb that cannot write to thee'

When thou thyself dost give invention light[3]?

Be thou the tenth Muse, ten times more in worth

Than those old nine which rhymers invocate[4];

And he that calls on thee: let him bring forth[5]

Eternal numbers to outlive long date.

  If my slight Muse do please these curious days,

  The pain be mine, but thine shall be the praise.

注释：

1. argument n. 题材；[古]（文学作品等的）概要，梗概
2. vulgar adj. 庸俗的，粗俗的；平庸的，一般的　vulgar paper 一般作品
3. invention n. 想象；虚构，捏造　invention light 想象之光，创作的灵感
4. invocate vi. [罕] 祈求，祷求

5. bring forth 产生；发表（这里指"写诗"，"创作"）

■ 解读：
诗人认为，他的诗歌创作灵感来自于他的爱友。他觉得爱友本身就是诗的意趣，倾注到他的诗中是如此的精妙美丽。诗人对爱友的赞美溢于言表。他把爱友比作第十位缪斯（即诗人们写好诗前必须召唤祈求的希腊神话中九位掌文艺的女神之外的第十位），而且他觉得爱友比他们要强十倍，因为爱友能带给诗人创作的很多灵感。虽然诗人不辞辛劳创作诗歌赞美爱友，但他还是把自己的成就和荣誉都归功于他的爱友。诗人这种高尚的情操和谦卑的美德很值得我们学习。

其实，一个人在工作和事业上能取得一定的成就，除了要靠自己的聪明才智和勤奋努力之外，也离不开朋友或同事以及领导的支持和帮助。我们无论什么时候都不能忘记曾经帮助过我们的人，这是做人的一条基本准则。

译文：
我的缪斯怎么会缺少主题——
既然你呼吸着，你本身是诗的意趣，
倾注到我诗中，是这样精妙美丽，
不配让凡夫俗子的纸笔来宣叙？
如果我诗中有几句值得你看
或者念，呵，你得感谢你自己；
你自己给了人家创作的灵感，
谁是哑巴，不会写好了献给你？
比那被诗匠祈求的九位老缪斯，
你要强十倍，你做第十位缪斯吧；
而召唤你的诗人呢，让他从此
献出超越时间的不朽的好诗吧。
　　苛刻的当代如满意我的小缪斯，
　　辛苦是我的，而你的将是赞美辞。

[屠　岸　译]

第 39 首

Sonnet 39

O, how thy worth with manners[1] may I sing,
When thou art all the better part of me?
What can mine own praise to mine own self bring,
And what is't but mine own[2] when I praise thee?
Even for this, let us divided live,
And our dear lovelose name of single one,
That by this separation I may give
That due to thee which thou deserv'st alone.
O, absence, what a torment[3] wouldst thou prove,
Were it not thy sour leisure[4] gave sweet leave
To entertain the time with thoughts of love,
Which time and thoughts so sweetly dost[5] deceive,
    And that thou teachest how to make one twain
    By praising him here who doth hence remain.

注释：

1. manners n. 礼貌；规矩 with manners (= have manners) 有礼貌
2. mine own (：praise of myself) 赞美自己，称赞自己
3. torment n. 痛苦；折磨
4. sour leisure 寂寞的闲暇，难挨的闲空
5. doth ［古］do 的第三人称单数现在时（主要用作助动词）。旧时也可与复数名词主语连用。

解读：

诗人与他的爱友由于相爱而难分彼此，就像是一个人似的。诗人认为，如果他赞美爱友那就等于在赞美他自己，这样会显得不谦虚，太肤浅。所以诗人认为，只有当他们两个人分开了，他才可以充分地赞美他的爱友。诗人还以为，一个人对他所爱的人的甜蜜思念能让人忘却分离的痛苦，由此可见爱的力量有多大。从这首诗中，我们再次看到莎翁谦卑的美德。同时，我们也看到诗人与爱友之间的感情非常深厚。

俗话说，"谦受益，满招损"。一个人如果能做到时时处处都谦虚谨慎，戒骄戒躁，那么他就会进步，就能获益；一个人如果骄傲自满，自以为是，那么他不仅不会进步，反而还会招来损失。

译文：

呵，你原是半个我，那较大的半个，
我怎能把你的才德歌颂得有礼貌？
我怎能厚颜地自己称赞自己呢？
我称赞你好，不就是把自己抬高？
就为了这一点，也得让我们分离，
让我们的爱不再有合一的名分，
只有这样分开了，我才能把你
应当独得的赞美给你——一个人。
"隔离"呵，你将要给我多大的苦痛，
要不是你许我用爱的甜蜜的思想
来消磨你那令人难挨的闲空，
让我在思念的光阴中把痛苦遗忘，
　　要不是你教了我怎样变一个为一对，
　　方法是在这儿对留在那儿的他赞美！

[屠 岸 译]

第 40 首

Sonnet 40

Take all my loves, my love, yea take them all;
What hast thou then more than thou hadst before?
No love, my love, that thou mayst true love call;
All mine was thine, before thou hadst this more.
Then if for my love thou my love receivest,
I cannot blame thee for my love thou usest;
But yet be blamed, if thou this self deceivest.
By willful taste[1] of what thyself refusest.
I do forgive thy robb'ry. gentle thief,
Although thou steal thee all my poverty;
And yet love knows it is a greater grief
To bear love's wrong than hate's known injury.
  Lascivious grace[2], in whom all ill well shows,
  Kill me with spites; yet we must not be foes.

注释：

1. willful taste 故意点尝　willful *adj.* 故意的，存心的　thyself *pron.* 你自己 [thou 的反身代词]；[加强语气用] 你本人，你自己；（有的版本作 this self）

2. lascivious grace 风流的善，风流的美　lascivious *adj.* 好色的，淫荡的　grace *n.* 优美；恩惠；恩赐；[宗]（神的）恩典

解读：

从诗中我们知道诗人的爱友夺走了他的情人，诗人为此感到很痛心。诗人认为，"爱的缺德比恨的公开的损害要使人痛苦多少倍。"夺人所爱这种缺德的行为给人造成的痛苦和损害是无法估量的。他认为爱友把自己引入歧途，因为爱友一意要去与另一个女人苟合，而不是正式结婚。诗人责怪爱友故意抢去他的情人，而实际上爱友并不真正爱这个女人。但尽管如此，诗人还是饶恕他的爱友，并说不会因此而与爱友为敌，可见诗人的胸怀有多宽阔。当然，诗人的心情是非常痛苦和矛盾的。

对情敌无原则的宽容和迁就是不应该的，也是错误的。在爱情这个问题上，对情敌的宽容和饶恕就是对你所爱的人的背叛。此外，"以德报怨"的做法也是不可取的。因为你献出了太多的恩德和慈悲，你用不值得的仁厚去面对已经有负于你的人和事，这实际上也是一种人生的浪费和对自己的不公。所以我们赞同孔子所主张的"以直报怨"的做法。以"直"报怨就是你实在不能忍受别人对你的行为时，就要表现出心里的不满，要让心里的感受直接表达出来，不要拐弯抹角。莎翁就是这样，在诗中他对爱友的行为做出了直截了当的批评。

译文：

把我对别人的爱全拿去吧，爱人；
你拿了，能比你原先多点儿什么？
你拿不到你唤做真爱的爱的，爱人；
你就不拿，我的也全都是你的。
那么假如你为爱我而接受我的爱，
我不能因为你使用我的爱而怪你；
但仍要怪你，如果你欺骗起自己来，
故意去尝味你自己拒绝的东西。
虽然你把我仅有的一切都抢走了，
我还是饶恕你的，温良的盗贼；
不过，爱懂得，爱的缺德比恨的
公开的损害要使人痛苦多少倍。
　　　风流的美呵，你的恶也显得温文。
　　　不过，恨杀我，我们也不能做仇人。

[屠　岸　译]

第 41 首

Sonnet 41

Those pretty wrongs[1] that liberty commits,
When I am sometime absent from thy heart,
Thy beauty and thy years full well befits[2].
For still temptation follows where thou art.
Gentle thou art, and therefore to be won;
Beauteous thou art, therefore to be assailed[3];
And when a woman woos, what woman's son
Will sourly leave her till she have prevailed[4]?
Ay me, but yet thou might'st my seat forbear,
And chide thy beauty and thy straying youth,
Who lead thee in their riot even there
Where thou art forced to break a twofold truth[5]:
  Hers, by thy beauty tempting her to thee,
  Thine, by thy beauty being false to me.

注释:
1. pretty wrongs 风流孽障　pretty adj. 令人愉快的
2. befit vt. 适合，适当；相称；befits（旧时英格兰北方人惯用的第三人称谓语动词复数形式）
3. assail vt. 攻击，袭击
4. prevail vi. 获胜，占优势；成功
5. break a twofold truth 破坏双重的信约　truth（= duty）责任；信约

▎解读：

在这首诗中，我们再一次看到诗人以很矛盾的心情批评了他的爱友行为的放荡以及对他的不忠。爱友居然能爱上诗人的情人，做出了不仅使自己毁了对诗人的约，而且也使那个女人毁了自己对诗人的约的事情。但他又为爱友的不忠行为找到了一些托辞，如爱友的年轻貌美、性格温良以及没有诗人在身边的约束等等，这些都使爱友无法抵挡住女人的诱惑。从这一点我们也看出莎翁性格慈悲的一面。但诗人又说，也许爱友也能拒绝他的情人而不致使自己对朋友不忠。

我们从诗中得到这样的启示：一个人面对身边各种各样的诱惑，要学会自制，要学会慎独。尤其是不能做出对朋友不忠不义的事情，否则你将会失去朋友，将会受到人们的唾弃。一个人如果在各种诱惑的面前能做到自制和慎独，这在某种程度上也反映出这个人的修养和素质。

译文：

有时候你心中没有了我这个人，
就发生风流孽障，放纵的行为，
这些全适合你的美和你的年龄，
因为诱惑还始终跟在你周围。
你温良，就任凭人家把你占有，
你美丽，就任凭人家向你进攻；
哪个女人的儿子会掉头就走，
不理睬女人的求爱，不让她成功？
可是天！你可能不侵犯我的席位，
而责备你的美和你迷路的青春，
不让它们在放荡中领着你闹是非，
迫使你去破坏双重的信约，誓盟——
　　去毁她的约：你美，就把她骗到手，
　　去毁你的约：你美，就对我不忠厚。

[屠　岸　译]

第 42 首

Sonnet 42

That thou hast her, it is not all my grief,
And yet it may be said I loved her dearly;
That she hath thee is of my wailing[1] chief,
A loss in love that touches me more nearly.
Loving offenders, thus I will excuse ye:
Thou dost love her, because thou know'st I love her,
And for my sake even so doth she abuse[2] me,
Suff'ring my friend for my sake to approve[3] her.
If I lose thee, my loss is my love's[4] gain,
And losing her, my friend hath found that loss:
Both find each other, and I lose both twain[5].
And both for my sake lay on me this cross.
　　But here's the joy: my friend and I are one;
　　Sweet flattery! Then she loves but me alone.

注释：
1. wail *vi.* 痛哭，嚎啕；悲叹
2. abuse *vt.* [古] 欺骗；欺凌
3. approve *vt.* 赞成，称许
4. love's (= mistress') 情人的
5. twain *n.* [古] 两；一对，一双

▌解读：

从这首诗中我们再次看到莎翁对朋友的包容和宽宏大量，以及他对友谊的珍惜。尽管爱友夺走了他的情人，对他造成了伤害，但他还是愿意原谅他的爱友，同时也原谅他的情人。他甚至用一种幻想来自圆其说，自我安慰，以为爱友和他的情人之所以相爱，是因为他们俩都爱着诗人的缘故。莎翁还认为，失去朋友比失去情人更可悲，可见他是非常看重友情的。而在我们的现实生活中，不乏"重色轻友"和"重利轻义"之人。这些人与别人的交往已经非常商品化了，他们只注重自己的利益而不注重友情。

孔子说："君子喻于义，小人喻于利。""义"就是"宜"，也就是说，君子走的始终是一条适宜的正路，一条光明的路。而小人则一心看重自己的私利，在一己私利的驱使下很容易走上邪路，这其实也是一条不归路。我们希望看到在当今社会里"喻于义"的君子会越来越多，而"喻于利"的小人会越来越少。如能这样，我们的社会就会越来越美好。

译文：

你把她占有了，这不是我全部的悲哀，
不过也可以说我爱她爱得挺热烈；
她把你占有了，才使我痛哭起来，
失去了这份爱，就教我更加悲切。
爱的伤害者，我愿意原谅你们：——
你爱她，正因为你知道我对她有情；
同样，她也是为了我而把我欺凌，
而容许我朋友为了我而跟她亲近。
失去你，这损失是我的情人的获得，
失去她，我的朋友又找到了那损失；
你们互相占有了，我丢了两个，
你们两个都为了我而给我大苦吃：
　　　但这儿乐了；我朋友跟我是一体；
　　　她也就只爱我了；这好话真甜蜜！

[屠　岸　译]

第 43 首

Sonnet 43

When most I wink[1], then do mine eyes best see,
For all the day they view things unrespected[2],
But when I sleep, in dreams they look on thee
And, darkly bright, are bright in dark directed.
Then thou, whose shadow[3] shadows doth make bright,
How would thy shadow's form form happy show
To the clear day with thy much clearer light,
When to unseeing[4] eyes thy shade shines so!
How would, I say, mine eyes be blessed made,
By looking on thee in the living day,
When in dead night thy fair imperfect shade
Through heavy sleep on sightless eyes[5] doth stay!
　　All days are nights to see till I see thee,
　　And nights bright days when dreams do show thee me.

注释：

1. wink *vi.* 眨眼；闭拢眼睛
2. unrespected *adj.* 平凡的；无关的
3. shadow (=image) *n.* 形象
4. unseeing *adj.* 不注意的；视而不见的
5. sightless *adj.* ［罕、诗］看不见的；无视力的；盲，瞎　sightless eyes 如盲的两眼

▎ 解读：

从诗中我们看出诗人对爱友的深深眷恋，以及爱友对诗人的影响有多大。如诗中的"不见你，个个白天是漆黑的黑夜；梦里见到你，夜夜放白天的光烨！"诗人说在白天里他只能看到许多平凡的景象和微不足道的东西；但到了夜里，他就能在睡梦中见到爱友或在不眠中见到爱友的影子出现在黑暗中。爱友的形象能把黑暗变为光明，可见爱友在诗人心目中的地位有多高。从这首诗中我们可以看出朋友对一个人的影响有多大。在现实生活中，当一个人身处困境或者逆境的时候（就如同在黑夜里一样），如果有朋友的帮助，就能点亮心中的那盏灯，就能看到光明，看到希望。

译文：

我的眼睛要闭拢了才看得有力，
因为在白天只看到平凡的景象；
但是我睡了，在梦里它们就看见你，
它们亮而黑，天黑了才能看得亮；
你的幻影能够教黑影都亮起来，
能够对闭着的眼睛放射出光芒，
那么你——幻影的本体，比白天更白，
又怎能在白天展示白皙的形相！
你的残缺的美影在死寂的夜里
能透过酣睡，射上如盲的两眼，
那么我眼睛要怎样才有福气
能够在活跃的白天把你观看？
　　不见你，个个白天是漆黑的黑夜，
　　梦里见到你，夜夜放白天的光烨！

[屠　岸　译]

第44首

Sonnet 44

If the dull substance¹ of my flesh were thought,
Injurious² distance should not stop my way,
For then despite of space I would be brought,
From limits far remote, where thou dost stay.
No matter then although my foot did stand
Upon the farthest earth removed from thee;
For nimble thought can jump both sea and land,
As soon as think the place where he would be.
But, ah, thought kills me that I am not thought,
To leap large lengths of miles when thou art gone,
But that so much of earth and water wrought,
I must attend time's leisure with my moan,
  Receiving naught³ by elements so slow
  But heavy tears, badges of either's woe.

注释：
1. dull substance 笨重的（沉重的）物质；在这里指 earth and water（和 air and fire 形成对比）。（据古希腊哲学家恩培多克勒提出的关于世界本原的"四根说"，世界万物的产生和灭亡来自"爱"和"恨"两种对立力量对土、水、气、火四根，即四种元素的作用。四根中土与水重而下沉，气与火轻而上升。人体由土与水组成）
2. injurious adj. 有害的；致伤的

3. naught *n.* 没有什么；无

■ 解读：
  这首诗讲的是诗人和爱友相距非常遥远，诗人非常想念他的爱友，但自己又无法像思想那样能越过崇山峻岭和大海重洋飞到爱友的身旁。每每想到这，他就非常痛苦，这念头好像在绞杀他一样，他只有叹息和泪如雨下。从诗中我们看出诗人和爱友之间的感情非常深，诗人非常爱他的爱友。其实，爱一个人并不一定要天天厮守在一起，也没有必要日日夜夜思念而使自己陷入痛苦。实际上对你所爱的人，只要你心中装着他，默默地关注他，尤其是当他遇到困难或者需要你的关心和帮助的时候，你能伸出手来就足矣。

译文：
那距离远得害人，我也要出发，
只要我这个笨重的肉体是思想；
这时顾不得远近了，从海角天涯
我也要赶往你所待着的地方。
那没有关系的，虽然我的脚站在
这块土地上，离开你非常遥远，
敏捷的思想能跃过大陆跟大海，
只要一想到自己能到达的地点。
但是啊！思想在绞杀我：我不是思想——
你去了，我不能飞渡关山来追踪，
反而，我是土和水做成的，这样，
我只得用叹息，来伺候无聊的闲空；
  俩元素这么纯，拿不出任何东西，
  除了泪如雨，两者的悲哀的标记。

[屠 岸 译]

第 45 首

Sonnet 45

The other two, slight air and purging fire.

Are both with thee, wherever I abide;

The first my thought, the other my desire,

These present-absent[1] with swift motion slide.

For when these quicker elements are gone

In tender embassy of love to thee,

My life, being made of four, with two alone

Sinks down to death, oppressed with melancholy[2];

Until life's composition be recured[3]

By those swift messengers[4] returned from thee,

Who even but now come back again, assured

Of thy fair health, recounting it to me.

  This told, I joy, but then no longer glad,

  I send them back again, and straight grow sad.

注释：

1. present-absent 出席的缺席者；时隐时现

2. melancholy n. 忧郁；[医] 忧郁症；（中世纪医学认为，土、水、气、火四元素在人体内表现为四液 (four humours)，即 blood, phlegm, choler 和 melancholy。人体内四液的比例决定人的健康和气质。melancholy 为一种黑胆汁 (black bile)。黑胆汁过多使人忧郁）。

3. recurred (= restored) vi. 回归

4. messengers *n.* ［生］信使　= messenger RNA［生化］信使核糖核酸

■ 解读：
　　在上一首诗中诗人说他的身体是由土和水这两个元素做成的，而这两个元素只能给他泪水。在这首诗中，诗人说他身上的另外两种元素——风和火，也即是他的思想和渴望，不管他待在哪里，它们都跟在爱友的身边，也即诗人无时无刻不在思念他的爱友，关注他的爱友。当他知道爱友身体健康时，他非常高兴。但当他思念爱友时，又感到很忧伤。可见一个人对他所爱之人的思念是非常痛苦的。莎翁和爱友之间的深厚感情从诗中得到进一步的体现。莎翁这种时刻关注朋友的情况，关注朋友的健康的情怀很值得我们学习。在竞争激烈和快节奏的现实生活中，我们更应该去关心我们的朋友，尤其是关心他们身体的健康，因为健康是人生中最宝贵的东西，没有了健康就没有一切。

译文：
　　我另外两个元素，轻风和净火，
　　不论我待在哪里，都跟在你身旁；
　　这些出席的缺席者，来去得灵活，
　　风乃是我的思想，火，我的渴望。
　　只要这两个灵活的元素离开我
　　到你那儿去做温柔的爱的使者，
　　我这四元素的生命，只剩了两个，
　　就沉向死亡，因为被忧伤所压迫；
　　两位飞行使者总会从你那儿
　　飞回来使我生命的结构复元，
　　甚至现在就回来，回到我这儿，
　　对我保证，说你没什么，挺康健：
　　　　我一听就乐了；可是快乐得不久，
　　　　我派遣他们再去，就马上又哀愁。

［屠　岸　译］

第 46 首

Sonnet 46

Mine eye and heart are at a mortal war[1]

How to divide the conquest[2] of thy sight;

Mine eye my heart thy picture's sight would bar[3],

My heart mine eye the freedom of that right.

My heart doth plead that thou in him dost lie-

A closet never pierced with crystal eyes;

But the defendant doth that plea deny,

And says in him thy fair appearance lies.

To 'cide[4] this title is impaneled

A quest of thoughts, all tenants to the heart;

And by their verdict is determined

The clear eye's moiety[5], and the dear heart's part:

  As thus-mine eye's due is thy outward part,

  And my heart's right thy inward love of heart.

注释：
1. mortal *adj.* 致死的，致命的；你死我活的　　at a mortal war 拼命打仗，拼命争强
2. conquest *n.* 征服；争夺；攻占
3. bar *vt.* 阻挡；禁止，不准
4. 'cide (= decide) 决定；判定
5. moiety *n.* 一半；约一半

■ 解读：

从诗中我们知道，诗人拥有爱友的一张肖像，但诗人的眼睛和心为分享爱友的容貌而在争吵。心说爱友早就在心中，眼睛说眼睛里才有爱友的美丽的容颜。但最终还是诗人的思想作裁定：诗人的眼睛享有爱友的外貌的美，诗人的心占有爱友内心的爱。其实，我们知道眼睛和心都有各自的功能和各自的不足，两者谁也代替不了谁。从诗中我们也看出，只有思想才是理智和公正的。诗人似乎在告诉我们这样的道理：世间的一切事物都有各自的长处和短处，各有各的功能，谁也代替不了谁。此外，诗人也似乎在告诉我们，对于美好的东西不能独自占有，而要学会与人分享，只有各得其所，大家才能相安无事。

译文：

我的眼睛和心在拚命打仗，
争夺着怎样把你的容貌来分享；
眼睛不让心来观赏你的肖像，
心不让眼睛把它自由地观赏。
心这样辩护说，你早就在心的内部，
那密室，水晶眼可永远窥探不到，
但眼睛这被告不承认心的辩护，
分辩说，眼睛里才有你美丽的容貌。
于是，借住在心中的一群沉思，
都升做法官，来解决这一场吵架；
这些法官的判决判得切实，
亮眼跟柔心，各得权利如下：
　　我的眼睛享有你外表的仪态，
　　我的心呢，占有你内心的爱。

[屠　岸　译]

第 47 首

Sonnet 47

Betwixt[1] mine eye and heart a league is took[2],
And each doth good turns now unto the other.
When that mine[3] eye is famished for a look,
Or heart in love with sighs himself doth smother,
With my love's picture then my eye doth feast,
And to the painted banquet bids[4] my heart.
Another time mine eye is my heart's guest
And in his thoughts of love doth share a part.
So, either by thy picture or my love,
Thyself away are present still with me;
For thou not farther than my thoughts canst[5] move,
And I am still with them, and they with thee;
  Or, if they sleep, thy picture in my sight
  Awakes my heart to heart's and eye's delight.

注释：

1. betwixt *prep. & adv.* ［古、诗］= between
2. a league is took (= an agreement is made) 达成了协议
3. When that (= when)
4. bid *vt.* 邀请
5. canst *v.* aux ［古］= can（主语为 thou 时用）

■ 解读：

在这一首诗中，诗人说到他的眼睛和心彼此给对方以便利，共同分享爱友的美和爱。即诗人用眼睛来欣赏爱友的肖像，用心来思念爱友。通过眼睛和心的交替使用，远方的爱友就好像始终在诗人的身边。从诗的字里行间，我们看出诗人对爱友的无限思念以及深厚的感情。从这首诗中我们学到这样的道理："与人方便也是与己方便。"在社会上，你给予别人方便，别人同样也会给你方便，这是相辅相成的。另外，一个人做事情想要获得好的结果是需要与别人彼此密切配合的，同时也是需要别人的帮助的。俗话说，"一个篱笆三个桩，一个好汉三个帮"，说的就是这个道理。

译文：

我的眼睛和心缔结了协定，
规定双方轮流着给对方以便利：
一旦眼睛因不见你而饿得不行，
或者心为爱你而在悲叹中窒息，
我眼睛就马上大嚼你的肖像，
并邀请心来分享这彩画的饮宴；
另一回，眼睛又做客到心的座上，
去分享只有心才有的爱的思念：
于是，有了我的爱或你的肖像，
远方的你就始终跟我在一起；
你不能去到我思想不去的地方，
永远是我跟着思想，思想跟着你；
　　思想睡了，你肖像就走进我眼睛，
　　唤醒我的心，叫心跟眼睛都高兴。

[屠 岸 译]

第48首

Sonnet 48

How careful was I, when I took my way,
Each trifle under truest[1] bars to thrust,
That to my use it might unused stay
From hands of falsehood[2], in sure wards of trust!
But thou, to whom my jewels trifles are,
Most worthy comfort, now my greatest grief,
Thou best of dearest[3], and mine only care,
Art left the prey[4] of every vulgar thief.
Thee have I not locked up in any chest.
Save where thou art not, though I feel thou art,
Within the gentle closure of my breast,
From whence at pleasure thou mayst come and part;
  And even thence thou wilt be stol'n, I fear,
  For truth[5] proves thievish for a prize so dear.

注释：
1. thrust *vt.* & *n.* 塞；猛推
2. falsehood *n.* 说谎；欺骗　hands of falsehood 诈骗的手脚；歹徒
3. best of dearest 至交；最亲的人
4. prey *n.* [喻] 牺牲者，牺牲品；[古] 战利品，掠夺品　vulgar (= common)
5. truth *n.* 忠诚，忠实

▌解读：

　　从这首诗中我们可以看出诗人的爱友已经被诗人的情妇偷走了。诗人说，比他的珠宝还值钱的、最亲的人——爱友，已被"盗贼"掳去。这"盗贼"其实就是诗人的情妇。诗人虽然旅行在外，但已经听到有关的消息。诗人的爱友对诗人之爱不受约束，他可以任意进出诗人的心。诗人认为，对于如此亲密的朋友，连忠实也并不可靠，因为原先对诗人忠贞的情妇最终偷走了诗人最好的朋友。真是"人心惟危"。最亲近的人有时候也是最危险的人！因为他们非常了解我们的情况，我们往往对他们也过于信任，缺乏应有的防备之心。所以那些表面信誓旦旦的东西也并不完全可靠。总之，在生活中我们不要太轻易地相信一些所谓的"誓言"，而要"听其言，观其行"。

　　译文：

　　我临走之前，得多么小心地把每件
　　不值钱的东西都锁进坚固的库房——
　　让它们承受绝对可靠的保管，
　　逃过骗诈的手脚，等将来派用场！
　　但是你——使我的珠宝不值钱的你呵，
　　我的大安慰，如今，我的大忧虑，
　　我的最亲人，我的唯一的牵记呵，
　　给漏了，可能被普通的盗贼掳去。
　　我没有把你封锁进任何宝库，
　　除了我心头，你不在，我感到你在，
　　我用我胸膛把你温柔地围住，
　　这地方你可以随便来，随便离开；
　　　　就是在这里，我怕你还会被偷掉，
　　　　对这种宝物，连忠实也并不可靠。

[屠　岸　译]

第 49 首

Sonnet 49

Against that time, if ever that time come,
When I shall see thee frown on my defects,
Whenas¹ thy love hath cast his utmost sum,
Called to that audit by advised respects²;
Against that time when thou shalt strangely pass,
And scarcely greet me with that sun, thine eye,
When love, converted from the thing it was,
Shall reasons find of settled gravity.
Against that time do I ensconce³ me here
Within the knowledge of mine own desert.
And this my hand against. myself uprear⁴,
To guard the lawful reasons on thy part.
  To leave poor me thou hast the strength of laws,
  Since why to love I canallege no cause.

注释：
1. whenas [古] = when, while
2. advised adj. 考虑过的；[常用以构成复合词] 经过……考虑的 advised respects 经过反复地深思
3. ensconce vt. 使隐蔽，使隐藏
4. uprear vt. 举起，抬起

解读：

从这首诗中，我们知道诗人和爱友之间的感情和关系可能因诗人情人的影响会发生变化。诗人担心他的爱友将来不会再爱他了，所以他预先做好心理准备。诗人甚至非常谦卑地作自我反省和自我批评，从自身找原因。他觉得凭自知之明，他了解自己的功罪。同时还警告自己不配承受他爱友的爱。诗人这种谦卑的美德，以及"严于律己，宽以待人"的处世方法很值得我们学习。一个人如果内心对自己要求更严格一点，对别人就会更厚道一点，就会包容和谅解别人很多的过错。这样的人也会受到别人的尊重。

译文：

恐怕那日子终于免不了要来临，
那时候，我见你对我的缺点皱眉，
你的爱已经付出了全部恩情，
种种理由劝告你把总账算回；
那日子要来，那时你陌生地走过去，
不用那太阳——你的眼睛来迎接我，
那时候，爱终于找到了严肃的论据，
可以从原来的地位上一下子变过；
那日子要来，我得先躲在反省里，
凭自知之明，了解自己的功罪，
我于是就这样举手，反对我自己，
站在你那边，辩护你合法的行为：
　　法律允许你把我这可怜人抛去，
　　因我提不出你必须爱我的根据。

[屠　岸　译]

第 50 首

Sonnet 50

How heavy¹ do I journey on the way

When what I seek, my weary travel's end,

Doth teach that ease and that repose to say,

Thus far the miles are measured from thy friend.'

The beast that bears me, tired with my woe.

Plods² dully on, to bear that weight in me,

As if by some instinct³ the wretch⁴ did know

His rider loved not speed, being made from thee.

The bloody spur cannot provoke him on,

That sometimes anger thrusts into his hide,

Which heavily he answers' with a groan,

More sharp to me than spurring⁵ to his side;

  For that same groan doth put this in my mind:

  My grief lies onward and my joy behind.

注释:
1. heavy *adj.* 令人忧郁的;(心情)沉重的
2. plod *vi.* 沉重缓慢地走(on, along)
3. instinct *n.* 本能;直觉;天性　by instinct 出于本能
4. wretch *n.* 可怜的人,不幸的人;可怜虫(这里指可怜的马)
5. spur *vt.* 用踢马刺策(马)前进　*vi.* 策马飞驰

解读：

诗人的旅行不仅使他感到很困倦疲乏，而且还感到很忧郁。因为他走的地方越多，就离他的爱友越远，而离爱友越远就越想念爱友，忧愁也就越多。他觉得只有他的爱友才是他的欢欣。诗人与爱友之间的感情由此可见一斑。但是我们并不赞同莎翁的这种儿女情长的做法。思乡之愁，思友之愁人皆有之。但一个人在感情上要做到，"拿得起，放得下"。一个人不能总是被情感所困所扰，不能因思念你所爱的人而徒增不必要的烦恼和忧愁，从而影响正常的工作和生活。

我们知道，人生旅途是充满艰辛和坎坷的，但当你想到这世上还有爱你的人，有亲朋好友，你就会感到温暖和愉快，你就会有力量和勇气去克服困难，去战胜困难。

译文：

在令人困倦的旅途上，我满怀忧郁，
只因每天，我到了路程的终点，
休憩时，耳边就涌来一阵细语：
"你离开你朋友，又加了几里路远！"
驮我的牲口，也驮着我的苦恼，
驮着我这分沉重，累了，走得慢，
好像这可怜虫凭着本能，竟知道
他主人爱慢，快了要离你更远：
有时候我火了，用靴刺踢他的腹部，
踢到他流血，也没能催他加快，
他只用一声悲哀的叫唤来答复，
这叫唤刺我，比靴刺踢他更厉害；
　　因为他这声叫唤提醒了我的心：
　　我的前面是忧愁，后面是欢欣。

[屠　岸　译]

第 51 首

Sonnet 51

Thus can my love excuse the slow offense[1]

Of my dull bearer, when from thee I speed:

From where thou art why should I haste me thence?

Till I return, of posting is no need.

O, what excuse will my poor beast then find,

When swift extremity[2] can seem but slow?

Then should I spur. though mounted on the wind,

In winged speed no motion shall I know.

Then can no horse with my desire keep pace;

Therefore desire, of perfect'st love being made,

Shall neigh[3], no dull flesh[4] in his fiery race[5];

But love, for love, thus shall excuse my jade[6]:

  Since from thee going he went wilful slow,

  Towards thee I'll run and give him leave to go.

注释：

1. offence *n.* 冒犯，得罪；讨厌的东西
2. swift extremity 飞行；神行　swift *adj.* 快的，迅速的
3. neigh *vi.* （马）嘶鸣　*n.* 马的嘶鸣声
4. dull flesh 这里指"马的重浊肉体"
5. fiery race 奔驰，狂飙疾驰
6. jade *n.* ［古］老马，驽马

▎解读：

在这首诗中，诗人借坐在马背上，因马走的方向和速度的不同而产生的不同心情，来表达自己对爱友的眷恋之情。同时诗人也赞赏他的坐骑很善解人意，很爱诗人，诗人也很爱它。因为马驮着诗人离开他的爱友时故意磨磨蹭蹭，走得很慢，但这也正合诗人之意，所以诗人原谅了它。从诗中我们看到，诗人说他的马都能对主人如此忠诚，如此善解人意，但爱友呢？这与前面几首诗的内容形成了鲜明的对比。即爱友偷走了诗人的情人，做了背叛朋友这样不忠不义的事情。诗人似乎在暗讽爱友还不如马忠诚和懂事。我们看到在现实生活中也确实存在一些不懂得或根本不顾礼、义、廉、耻的人。这些人的所作所为常常是离经叛道的，也是匪夷所思的，要不然我们怎么会听到人们说"你这人连畜生都不如"这样的话呢。

译文：

那么，背向着你的时候，由于爱，
我饶恕我这匹走得太慢的坐骑：
背向着你呀，为什么要走得飞快？
除非是回来，才需要马不停蹄。
那时啊，飞行也会觉得是爬行，
可怜的牲口，还能够得到饶恕？
他风驰电掣，我也要踢他加劲；
因为我坐着，感不到飞快的速度：
那时候，没马能跟我的渴望并进；
因此我无瑕的爱所造成的渴望
（不是死肉）将燃烧，奔驰，嘶鸣；
但是马爱我，我爱他，就对他原谅；
　　因为背向你，他曾经有意磨蹭，
　　面向你，我就自己跑，放他去步行。

[屠 岸 译]

第 52 首

Sonnet 52

So am I as the rich, whose blessed key

Can bring him to his sweet up-locked[1] treasure,

The which[2] he will not ev'ry hour survey,

For blunting[3] the fine point of seldom pleasure.

Therefore are feasts so solemn[4] and so rare,

Since, seldom coming in the long year set,

Like stones of worth they thinly placed are,

Or captain jewels in the carcanet[5].

So is the time that keeps you as my chest,

Or as the wardrobe which the robe doth hide,

To make some special instant speacial blest,

By new unfolding his imprisoned pride.

  Blessed are you whose worthiness gives scope,

  Being had, to triumph, being lacked, to hope.

注释：
1. up-locked 打开，开启
2. The which = which. 旧时 which 前可加冠词 the。
3. blunt *vt.* 使迟钝，使减弱
4. solemn *adj.* 庄严的；神圣的
5. carcanet *n.* ［古］金（或珠宝）项圈

解读:

这首诗告诉我们：朋友是一种财富，如果你拥有朋友，你就富有。

莎翁有爱友这位俊美的好友，所以他说自己像个富翁。朋友就像金库里的财富，他握有打开心爱的金库的幸福钥匙。但由于担心失去见面时稀有的愉快，所以他觉得不要与他的爱友接触太频繁。俗话说"物以稀为贵"，朋友之间见面的机会越少，就会越显得珍贵。就像一年中的佳节只有几个，所以显得庄重又美好；就像项链中几颗最大的珠宝一样排列稀疏。爱友就在诗人记忆的金库里。诗人只要想到朋友就很幸福。朋友之间如果能像他们那样，在一起就很愉快，而不见彼此就很想念，那是很可贵的。当然，这样的朋友应该是益友而不是损友，因为只有拥有益友才能拥有财富。如果拥有的是损友，那么他只会带来伤害和损失。

在宗法伦理色彩极强的中国社会中，朋友被尊为五伦之一，曰"朋友有信"。也有说，"朋友，以义合者也"。后世多以"义"字来要求朋友关系。也就是说，朋友之间要讲信义。而在现实生活中，不乏背信弃义的朋友，他们为了自己的利益而做出一些出卖朋友、背叛朋友的事情，这种人就是损友而不是益友，我们应该远离这样的人。

译文:

我像个富翁，有一把幸福的钥匙，
能随时为自己打开心爱的金库，
可又怕稀有的快乐会迟钝消失，
就不愿时刻去观看库里的财富。
同样，像一年只有几次的节期，
来得稀少，就显得更难得、更美好，
也像贵重的宝石，排得开、排得稀，
像一串项链中几颗最大的珠宝。
时间就像是我的金库，藏着你，
或者像一顶衣橱，藏着好衣服，
只要把被囚的宝贝开释，就可以
使人在这一刻感到特别地幸福。
　　你是有福了，你的德行这么广，
　　使我有了你，好夸耀，没你，好盼望。

[屠　岸　译]

第53首

Sonnet 53

What is your substance, whereof[1] are you made,
That millions of strange shadows on you tend?
Since everyone hath, every one, one shade,
And you, but one, can every shadow lend.
Describe Adonis[2], and the counterfeit[3]
Is poorly imitated after you;
On Helen's[4] cheek all art of beauty set,
And you in Grecian tires are painted new.
Speak of the spring and foison[5] of the year;
The one doth shadow of your beauty show,
The other as your bounty doth appear,
And you in every blessed shape we know.
  In all external grace you have some part,
  But you like none, none you, for constant heart.

注释：
1. whereof（即 of what）*adv.* ［疑问副词］关于什么；关于谁
2. Adonis *n.* ［希神］阿多尼斯（为女神 Aphrodite 所恋的美少年）
3. counterfeit *n.* 像；肖像
4. Helen 海伦 ［希神］古希腊传说中的绝代佳人。斯巴达王 Menelaus 的妻子。为特洛伊王子 Paris 所诱拐，从而引发特洛伊战争。
5. foison *n.* ［古］丰收，丰饶

解读：

　　这又是一首赞美诗人爱友的诗歌。诗人搞不明白爱友是用什么特殊物质造成的，因为在爱友的身上能看到千万个别人的美质。诗人觉得一切优美的东西都是爱友的影子。如诗所言，"一切外表的优美中，都有你的份"。我们觉得莎翁在这里对爱友的溢美之辞有些过了，因为在现实生活中没有一个人能如此完美，一个人更不可能拥有千万个别人的美质，但这也从另一个方面说明了"爱是盲目的"这个道理。

　　诗中还说到诗人的爱友有一颗永远忠实不变的心。我们认为，朋友之间"忠诚"比什么都重要。如果朋友之间彼此不忠诚，何谈友谊呢？在上一首诗中我们讲到，朋友之间要讲信义，即要讲信用和义气，其实这也是一种忠诚。而那些"口蜜腹剑"，当面一套，背后一套，甚至为了一己之私而背信弃义，做出对朋友不忠不义的事情来的人是为人们所不齿的，也是很卑鄙的。这样的人怎么可以成为朋友呢？

译文：
你这人究竟是用什么物质造成的，
能使几千万别人的影子跟你转？
因为每个人都只能有一个影子，
你一人却能借出去影子几千万！
描述阿董尼斯吧，他这幅肖像，
正是照你的模样儿拙劣地描下；
把一切美容术都加在海伦的脸上，
于是你成了穿希腊服装的新画：
就说春天吧，还有那丰年的收获；
春天出现了，正像你美丽的形态，
丰年来到了，有如你仁爱的恩泽，
我们在各种美景里总见到你在。
　　一切外表的优美中，都有你的份，
　　可谁都比不上你那永远的忠贞。

[屠　岸　译]

第 54 首

Sonnet 54

O, how much more doth beauty beauteous¹ seem,
By that sweet ornament which truth doth give!
The rose looks fair, but fairer we it deem
For that sweet odor which doth in it live.
The canker² blooms have full as deep a dye,
As the perfumed tincture³ of the roses,
Hang on suchthorns, and play as wantonly⁴,
When summer's breath their masked buds discloses;
But, for their virtue only is their show,
They live unwooed⁵, and unrespected fade,
Die to themselves. Sweet roses do not so;
Of their sweet deaths are sweetest odors made.
  And so of you, beauteous and lovely youth,
  When that shall vade, by verse⁶ distiils your truth.

注释:
1. beauteous *adj.* [诗] = beautiful 美的，美丽的
2. canker *n.* [植] 犬蔷薇，野蔷薇
3. tincture *n.* 色彩，颜色
4. wantonly *adv.* 放肆地；爱玩地
5. unwooed 无人采；没人爱
6. vade（即 perish）*vi.* 消逝

▌解读：

在这首诗中，莎翁告诉我们：一个人的内涵比外表更重要，更有生命力。他的爱友是很美的，"美如果有真来添加光辉，就会显得更美"。诗人的爱友就是这样的人，因为除了外表美以外，他还有一颗忠实的心。就像玫瑰是美的，但使它更美的是它所包含的香味。玫瑰凋谢了，它还可以提炼出香精。当爱友的美消失后，诗人的诗就会把爱友的被提炼出来的真（也即忠实）散发到社会上去影响更多的人。可见一个人的内在美比外在美更重要，更具有影响力。莎翁的这一思想对于当今社会上那些刻意追求外表美的人是否能有一些启发和帮助呢？

我们认为，一个人的魅力是来自于他的修养和气质的，而不仅仅是来自于他的外表的。所以，一个人更应该重视自身的修养，而不能一味地追求外表的美。一个人应该多读书，读好书，用人类的文明和智慧来充实自己，从而不断地提高自身的道德修养和思想境界，使自己达到"腹有诗书气自华"的境界，这才是最重要的。而不能做一个"不学无术""金玉其外，败絮其中"的人。

译文：
呵，美如果有真来添加光辉，
它就会显得更美，更美多少倍！
玫瑰是美的，不过我们还认为
使它更美的是它包含的香味。
单看颜色的深度，那么野蔷薇
跟含有香味的玫瑰完全是一类，
野蔷薇自从被夏风吹开了蓓蕾，
也挂在枝头，也玩得如痴如醉：
但是它们的好处只在容貌上，
它们活着没人爱，也没人观赏
就悄然灭亡。玫瑰就不是这样，
死了还可以提炼出多少芬芳：
　　可爱的美少年，你的美一旦消亡，
　　我的诗就把你的真提炼成奇香。

[屠　岸　译]

第55首

Sonnet 55

Not marble, nor the gilded monuments
Of princes, shall outlive this pow'rful rhyme,
But you shall shine more bright in these contents
Than unswept stone, besmeared[1] with sluttish[2] time.
When wasteful war shall statues overturn,
And broils[3] root out the work of masonry[4],
Nor Mars his[5] sword nor war's quick fire shall burn
The living record of your memory.
'Gainst[6] death and all oblivious enmity[7]
Shall you pace forth; your praise shall still find room
Even in the eyes of all posterity
That wear this world out to the ending doom.
  So, till the judgment that yourself arise,
  You live in this, and dwell in lovers' eyes.

注释：
1. besmear *vt.* 弄脏，涂抹
2. sluttish *adj.* 邋遢的；懒惰的
3. broils *vt.* 烤，焙
4. masonry *n.* 砖石建筑
5. Mars *n.* 玛耳斯（古罗马神话中的战神）；Mars his = Mars's.
6. 'Gainst（即 in defiance）蔑视

7. oblivious *adj.* 忘却的；健忘的；不注意的　　enmity *n.* 敌意；仇恨

▎解读：

在这首诗中，诗人再次讲到诗歌有战胜时间的力量。诗人认为，他赞颂爱友的诗句比白石，或者帝王们镀金的纪念碑更具有生命力，更恒久。他认为他的诗能使爱友永远被人们记住，能使爱友不朽。如诗中的"人类将永远歌颂你"，哪怕到了世界的末日。诗人说，一切物质的东西，如铜像和大厦都会因战争和灾害被摧毁。但无论是战争或是烈火都无法毁掉爱友留在人们心中的鲜明印象。爱友将永远活在诗人的诗中。

其实，莎翁也是在告诉我们"文章千古事""名利如过眼烟云"这个道理。如莎翁的作品，包括他的十四行诗和他的戏剧作品能流传几百年，一直受到世界各国人民的喜爱，有的作品被各国的艺术家搬上舞台，有的还被拍成电影，广受各国观众的欢迎和喜爱，这就是最好的例证。莎翁作品中的人物，如罗密欧与朱丽叶、哈姆雷特、威尼斯商人、李尔王，等等，都深深地扎根在人们的记忆中，而从来就没有哪一座帝王的纪念碑能如此深刻地留在人们的记忆里。

译文：

白石，或者帝王们镀金的纪念碑
都不能比这强有力的诗句更长寿；
你留在诗句里将放出永恒的光辉，
你留在碑石上就不免尘封而腐朽。
毁灭的战争是会把铜像推倒，
火并也会把巨厦连根儿烧光，
但是战神的利剑或烈火毁不掉
你刻在人们心头的鲜明印象。
对抗着湮灭一切的敌意和死，
你将前进；人类将永远歌颂你，
连那坚持到世界末日的人之子
也将用眼睛来称赞你不朽的美丽。
　　到最后审判你复活之前，你——
　　活在我诗中，住在恋人们眼睛里。

[屠　岸　译]

第 56 首

Sonnet 56

Sweet love, renew thy force; be it not said[1]
Thy edge[2] should blunter be than appetite,
Which but today by feeding is allayed[3],
Tomorrow sharp'ned in his former might.
So, love, be thou; although today thou fill
Thy hungry eyes even till they wink with fullness,
Tomorrow see again and do not kill
The spirit of love with a perpetual dullness.
Let this sad int'rim[4] like the ocean be
Which parts the shore where two contracted new[5]
Come daiiy to the banks, that, when they see
Return of love, more blest may be the view;
  Or call it winter, which being full of care,
  Makes summer's welcome thrice more wished, more rare.

注释：
1. be it not said = let nobody say
2. edge n. 锋利，锐利；锋芒
3. allay vt. 缓解，减轻（痛苦等）；满足
4. sad int'rim（: sorrowful period）悲苦的分隔，可悲的间隔时期
5. two contracted new 新婚的恋人，新订婚的情人（据古希腊神话，Leander 与爱神 Aphrodite 的女祭司 Hero 相爱，隔海相望。每天晚上

Leander 游过赫勒斯蓬海峡与她相会)

解读：

在这首诗中，诗人预料他将与爱友暂别一段时间，所以他担心他们彼此间的爱会因此而逐渐变弱。他希望他们的爱能像食欲一样常新。就如一个人今天食欲满足了，明天又会饿得凶，又会大吃一顿一样。他希望爱友在对待爱的问题上也能如此。虽然爱友今天看饱了饿眼，但明天还得看，他希望爱友不要把爱的精神扼杀掉。莎翁在这里也是要求人们要珍惜爱，对爱要保鲜，要不断更新爱的力量。不能一旦得到了爱就再也置之不理，或者麻木不仁。在现实生活中就有一些这样的人，但最终他们的婚姻都是不幸的。

记得有位先贤曾说过，"爱情是需要经营的"。男女之间的爱情是需要双方共同来呵护和培育的。朋友间的友谊和爱也是如此。朋友间的友谊和爱不能"眼不见，心不想"。更不能因为生活上的一些矛盾，或者暂时的分别就疏远起来，而应该像陈年的佳酿一样，越陈越香，越陈越甘醇。朋友间的友爱除了要靠双方彼此精心呵护外，还要不断地给它注入新的内涵，这样的友爱才能恒久，才能经得起时间的考验。

译文：
你的锋芒不应该比食欲迟钝，
甜蜜的爱呵，快更新你的力量！
今天食欲满足了，吃了一大顿，
明天又会饿得凶，跟先前一样；
爱，你也得如此，虽然你今天教
饿眼看饱了，看到两眼都闭下，
可是你明天还得看，千万不要
麻木不仁，把爱的精神扼杀。
让这可悲的间隔时期像海洋
分开了两边岸上新婚的恋人，
这对恋人每天都来到海岸上，
一见到爱又来了，就加倍高兴；
　　或唤它作冬天，冬天全都是忧患，
　　使夏的到来更叫人企盼，更稀罕。　　　[屠　岸　译]

第 57 首

Sonnet 57

Being your slave, what should I do but tend
Upon the hours and times of your desire?
I have no precious time at all to spend,
Nor services to do till you require.
Nor dare I chide[1] the world-without-end hour[2]
Whilst I, my sovereign, watch the clock for you,
Nor think[3] the bitterness of absence sour
When you have bid your servant once adieu[4].
Nor dare I question with my jealous thought
Where you may be, or your affairs suppose,
But, like a sad slave, stay and think of naught[5]
Save where you are how happy you make those.
 So true a fool is love that in your will,
 Though you do anything, he thinks no ill.

注释：

1. chide *vt.* & *vi.* 责备，责骂

2. world-without-end（即 seemingly endless）永远，永久 world-without-end hour 无穷的时间，不尽的时间

3. Nor think（即 Nor dare I think）不敢想象

4. adieu *int.* 再见 *n.* 告别，辞行 bib sb. adieu 向某人告别

5. naught *n.* 没有什么；无

▌解读：

从这首诗的内容来看，诗人似乎得到有关消息，知道他的爱友在别处做了使别人快乐的事情。他虽然感到不愉快，但他觉得不能去干涉爱友的自由。他说他不敢一心嫉妒地去探究爱友到了哪里，也不敢去猜测爱友的情形。相反，在诗中他多次声称自己是爱友的奴隶和仆人。不管爱友做了什么使别人高兴的事情，他总是认为爱友的存心是好的，他对爱友的忠诚是不会改变的。他时刻等候爱友的使唤，甚至自嘲自己像个傻瓜。

在这首诗中，我们再一次看到莎翁谦卑的美德和对朋友宽容的博大胸襟。尽管爱友做了使他不愉快的事情，他还是尽量从好的方面去想，不与爱友计较。虽然我们觉得莎翁这样对待爱友有过于迁就和溺爱之嫌，但这也从另一个方面反映了莎翁的个人修养和思想境界。如果我们能像莎翁那样去对待朋友，去处理问题，凡事尽量从好的方面去想，那么我们在生活中就能免除很多不必要的麻烦和烦恼。心宽一寸，路宽一丈。对待朋友或者他人的一些过失要给予宽容，俗话说，"海纳百川，有容乃大"。心若计较，处处都有怨言；心若放宽，时时都是春天。

译文：

做了你的奴隶，我能干什么，
假如不时刻伺候你，遂你的心愿？
我的时间根本就不算什么，
我也没事情可做，只等你使唤。
我的君王！我为你守着时钟，
可是不敢责骂那不尽的时间，
也不敢老想着别离是多么苦痛，
自从你对你仆人说过了再见；
我也不敢一心忌妒地去探究
你到了哪儿，或猜测你的情形，
只像个悲伤的奴隶，没别的念头，
只想：你使你周围的人们多高兴。
　　爱真像傻瓜，不管你在干什么，
　　他总是以为你存心好，不算什么。

[屠　岸　译]

第 58 首

Sonnet 58

That god forbid that made me first your slave
I should in thought control your times of pleasure,
Or at your hand th' account of hours to crave[1],
Being your vassal[2] bound to stay your leisure.
O, let me suffer, being at your beck,
Th' imprisoned absence of your liberty;
And patience, tame to sufferance, bide each check.
Without accusing you of injury[3].
Be where you list, your charter is so strong
That you yourself may privilege[4] your time
To what you will; to you it doth belong
Yourself to pardon of self-doing crime[5].
  I am to wait, though waiting so be hell,
  Not blame your pleasure, be it ill or well.

注释:
1. crave *vt.* & *vi.* 渴望,热望
2. vassal *n.* (封建时代的) 诸侯;陪臣;奴仆,臣仆
3. injury *n.* 伤害,损害
4. privilege *n.* 特权 *vt.* 给予…特权 (或优惠)
5. self-doing crime 自己所犯的罪行

▎解读：

在这首诗中，诗人称自己是爱友的奴隶和臣仆，而爱友则是"君王"。不管爱友如何对待诗人，他都得忍受，而且也总不怪他的爱友，只是默默地等待着。如在诗中的第二部分，连续出现了三个"忍受"。如在爱友的要求下，诗人要忍受如囚人般的孤独，而让爱友逍遥自在；诗人要忍受爱友对他的一声声责骂；诗人还要忍受，不抱怨爱友把诗人伤害。他还讲到，不管爱友如何随心所欲，比如，爱友爱上哪儿就上哪儿，他有这个特权，爱友爱干什么就干什么，他有权可以赦免他自己的罪行。但我们认为，这些都是太过分了。

俗话说，"严是爱，宽是害"。诗人对爱友的过分容忍和溺爱其实都是在害他。诗人这样做使爱友越来越肆无忌惮，最终导致诗人的情人（黑肤女郎）被爱友夺去，这也是诗人自己种下的"苦果"。诗人这种对爱友过分地宽容和忍耐，甚至是溺爱的做法是不可取的，也是我们应该引以为戒的。无论是在对待爱人、家人、朋友或者教育孩子方面，我们都要谨记"严是爱，宽是害"这个道理。

译文：

造我做你的奴隶的神，禁止我
在我的思想中限制你享乐的光阴，
禁止我要求你算清花费的时刻，
是臣仆，我只能伺候你的闲情！
呵，让我忍受（在你的吩咐下）
囚人的孤独，让你逍遥自在，
我忍受惯了，你对我一声声责骂，
我也忍受，不抱怨你把我伤害。
你爱上哪儿就上哪儿：你的特权
大到允许你随意支配光阴：
你爱干什么就干什么，你也完全
有权赦免你自己干下的罪行。
　　即使是蹲地狱，我也不得不等待；
　　并且不怪你享乐，无论好歹。

[屠 岸 译]

第 59 首

Sonnet 59

If there be nothing new, but that which is
Hath been before, how are our brains beguiled[1],
Which, laboring for invention, bear amiss[2]
The second burden of a former child!
O, that record could with a backward look,
Even of five hundred courses of the sun[3],
Show me your image in some antique book,
Since mind at first in character was done;
That I might see what the old world could say
To this composed wonder[4] of your frame;
Whether we are mended, or whe'r[5] better they,
Or whether revolution be the same.
  O, sure I am the wits of former days
  To subjects worse have given admiring praise.

注释：
1. beguile *vt.* 欺骗；欺诈
2. amiss *adv.* 错误地；不恰当地；不正确地
3. courses of the sun（即 years）太阳的运行　sun *n.*（书）（一）日；（一）年
4. composed wonder 构造的神奇
5. whe'r = whether

▌解读：

　　我们从诗中看到，诗人是不赞同当时流行的"循环说"的，他是在肯定人类的进化和发展的。他说，如果这个世界上除了原有的事物外就没有新的东西，那么我们苦想着要创造就等于是自己骗自己了。我们知道，事物是在不断发展变化中的。如果人类没有创造新的事物，就不会有发展和进步，就没有我们今天如此繁荣的社会和现代化的生活水平。人类本身也是在不断进化发展的。诗人说他希望历史能回头看以往，这样就能明了究竟是今人好，还是古人强，就能明了事物究竟变不变，是不是循环。诗人肯定今人比古人强，因为古代的天才诗人只给次等人呈献赞美词。他觉得他爱友的美是无与伦比的，古代的天才诗人不可能见到像他爱友这样美的人。

　　　译文：

　　假如除原有的事物以外，世界上
　　没新的东西，那么，我们的脑袋，
　　苦着想创造，就等于教自己上当，
　　白白去孕育已经出世的婴孩！
　　呵，但愿历史能回头看已往
　　（它甚至能追溯太阳的五百次运行），
　　为我在古书中显示出你的形象，
　　既然思想从来是文字所表明。
　　这样我就能明了古人会怎样
　　述说你形体的结构是一种奇观；
　　明了究竟是今人好，还是古人强，
　　究竟事物变不变，是不是循环。
　　　　呵！我断言，古代的天才只是
　　　　给次等人物赠送了美言和赞辞。

[屠　岸　译]

第 60 首

Sonnet 60

Like as[1] the waves make towards the pebbled shore[2],
So do our minutes hasten to their end;
Each changing place with that which goes before,
In sequent toil[3] all forwards do contend.
Nativity, once in the main of light,
Crawls to maturity, wherewith being crowned,
Crooked eclipses[4] 'gainst his glory fight,
And Time that gave doth now his gift confound.
Time doth transfix the flourish set on youth,
And delves the parallels[5] in beauty's brow,
Feeds on the rarities of nature's truth,
And nothing stands but for his scythe to mow:
  And yet to times in hope my verse shall stand,
  Praising thy worth, despite his cruel hand.

注释：
1. Like as 正像
2. pebbled shore 鹅卵石海岸，卵石滩头
3. sequent *adj.* [古] 连续（性）的　toil *vi.* 苦干，辛劳从事（于）
4. crooked *adj.* [口] 不正当的，不老实的；欺骗的　eclipse *vt.* [天] 食，掩蔽（天体）的光
5. delves the parallels（在美人的额上）挖沟掘壕　delve *vt. & vi.*

[古、方] 掘，挖

解读：

在这首诗中，诗人再次感叹光阴似箭，人生苦短。同时也表达了"唯有文学可以同时间抗衡"这一思想。诗人说，就如海边的浪涛，涌上卵石滩头，又退下滩去，后一浪代替了前一浪，我们的光阴向终点飞奔。人的一生，从婴儿开始，到进入青少年的青春成熟时期，再到转入中老年时期的衰弱，直至死亡，这是一条自然的客观规律，没有任何力量能够阻挡。诗人感慨时间能摧毁一切美好的东西，如时间会在美人的额头上挖沟掘槽，会摧折风华与青春，会吞噬掉大自然的奇珍异宝。世间的万物，包括人类本身，都逃不过"时间的镰刀"。但诗人又非常自信地说，他的诗章能战胜时间，能屹立在未来，能将爱友的美永久地保存。这又一次印证了"文章千古事"之说。优秀的文学作品既是人类所创造的业绩，因此这又是宣告了人类的伟大与不朽。

译文：
正像海涛向卵石滩头奔涌，
我们的光阴匆匆地奔向灭亡；
后一分钟挤去了前一分种，
接连不断地向前竞争得匆忙。
生命，一朝在光的海洋里诞生，
就慢慢爬上达到极峰的成熟，
不祥的晦食偏偏来和他争胜，
时间就捣毁自己送出的礼物。
时间会刺破青春表面的彩饰，
会在美人的额上掘深沟浅槽；
会吃掉稀世之珍：天生丽质，
什么都逃不过他那横扫的镰刀。
　　可是，去他的毒手吧！我这诗章
　　将屹立在未来，永远地把你颂扬。

[屠 岸 译]

第 61 首

Sonnet 61

Is it thy will thy¹ image should keep open

My heavy eyelids to the weary night?

Dost thou desire my slumbers² should be broken

While shadows like to thee do mock³ my sight?

Is it thy spirit that thou send'st from thee

So far from home into my deeds to pry⁴,

To find out shames and idle hours⁵ in me,

The scope and tenure of thy jealousy⁶?

O no, thy love, though much, is not so great.

It is my love that keeps mine eye awake,

Mine own true love that doth my rest defeat,

To play the watchman ever for thy sake.

  For thee watch I, whilst thou dost wake elsewhere,

  From me far off, with others all too near.

注释：

1. thy *pron.* ［古］［thou 的所有格］你的

2. slumber *n.* 睡眠，酣睡

3. mock *vt.* 嘲弄，玩弄；挖苦

4. pry *vi.* 窥探，盯着看（into, about）　to pry into my deeds 窥探我的行为

5. idle hours 空闲的时间；闲暇时间

6. jealousy *n.* 妒忌；猜忌

> 解读：

在诗中，诗人讲到他因为思念在远方的爱友而失眠。使他失眠的原因是他对爱友的真爱。他每夜都在为爱友扮守夜人，终夜醒着思念爱友。然而爱友却在远方与别人亲热。从这首诗中我们看到诗人对爱友的所作所为表现出不满和抱怨，同时他也感到很无奈。诗人在这里采用的也是一种"以直报怨"的做法。

我们知道，莎翁对爱友有着深厚的感情，他非常爱他的爱友。但我们认为，莎翁这种因为太爱他的爱友以致终夜醒着思念爱友，使自己遭受失眠的煎熬的做法是不可取的。我们认为，一个人对待感情的问题要能"拿得起，放得下"，而不能太过儿女情长，否则会使自己活得很累，会影响自己的正常生活和工作，我们必须引以为戒。

译文：

是你故意用面影来使我面对
漫漫的长夜张着沉重的眼皮？
是你希望能打破我的酣睡，
用你的影子来玩弄我的视力？
是你派出了你的魂灵，老远
从家乡赶来审察我干的事情；
来查明我怎样乱花了空闲的时间，
实现你猜疑的目的，嫉妒的用心？
不啊！你的爱虽然多，还没这样大；
使我睁眼的是我自己的爱；
我对你真爱，这使我休息不下，
使我为你扮守夜人，每夜都在：
   我为你守夜，而在老远的地方，
   你醒着，有别人紧紧靠在你身旁。

[屠 岸 译]

第62首

Sonnet 62

Sin of self-love possesseth all mine eye
And all my soul and all my every part;
And for this sin there is no remedy,
It is so grounded inward in my heart.
Methinks[1] no face so gracious[2] is as mine,
No shape so true, no truth of such account[3],
And for myself mine own worth do define,
As I all other[4] in all worths surmount.
But when my glass shows me myself indeed,
Beated and chopped with tanned antiquity[5],
Mine own self-love quite contrary I read;
Self so self-loving were iniquity[6].
  Tis thee, myself, that for myself I praise,
  Painting my age with beauty of thy days.

注释：
1. methinks *vi.* ［古］［无人称动词］我想，据我看来（= it seems to me）
2. gracious *adj.* 亲切的；宽厚的，仁慈的
3. of such account（即 so valuable）
4. other（即 others）旧时 other 单复数同形。
5. antiquity *n.* （尤指中世纪前的）古代；古人们

6. iniquity *n.* 罪恶；不公正行为；恶劣行为

▌解读：
  在这首诗里，诗人将过分自爱（自恋）称为一种罪恶。因为在诗中，诗人自认为不管是他的正直的形态，还是他的美貌和忠诚，都没有人能与他相比。他觉得自己在各方面都超过任何人。诗人还觉得这种自爱（自恋）的罪恶已经占有他的整个灵魂和全身各部分，已经是无药可治了。当他面对镜子看自己时，才明白自己原来是又黑又苍老，面容也很憔悴，原来他是把他爱友的美当作自己的美了。诗人自我批评地说，他如此自爱（自恋）完全是胡闹，而且是不大正当的。
  莎翁这种勇于进行自我批评的态度再次体现了他谦卑的美德，很值得我们学习。一个人能做到正确地认识自己，客观地评价自己，尤其是能勇于做自我批评，这是一件很不容易的事情。因为这不仅仅需要有勇气，更需要有一定的文化修养和博大的胸怀，莎翁在这方面给我们树立了一个很好的榜样。

译文：
自爱这罪恶占有了我整个眼睛，
整个灵魂，以及我全身各部；
对这种罪恶，没有治疗的药品，
因为它在我的心底里根深蒂固。
我想我正直的形态，美丽的容貌，
无匹的忠诚，天下没有人比得上；
我要是给自己推算优点有多少，
那就是：在任何方面比任谁都强。
但镜子对我显示出：又黑又苍老，
满面风尘，多裂纹，是我的真相，
于是我了解我自爱完全是胡闹，
老这么爱着自己可不大正当。
  我赞美自己，就是赞美你（我自己），
  把你的青春美涂上我衰老的年纪。

[屠 岸 译]

第63首

Sonnet 63

Against my love shall be as I am now,
With Time's injurious hand[1] crushed and o'erworn;
When hours have drained his blood and filled his brow
With lines and wrinkles, when his youthful morn[2]
Hath traveled on to Age's steepy night,
And all those beauties whereof now he's king
Are vanishing or vanished out of sight,
Stealing away the treasure of his spring;
For such a time do I now fortify[3]
Against confounding[4] Age's cruel knife,
That he shall never cut from memory
My sweet love's beauty, though my lover's life.
  His beauty shall in these black lines be seen,
  And they shall live, and he in them still green.

注释：
1. Time's injurious hand 时间的毒手　injurious adj. 有害的，致伤的
2. youthful morn 青春之晨（喻"青春年华"）　morn（即 morning sun）n. [诗、古] 黎明，早晨
3. fortify vt. 筑堡于；设防于
4. confound vt. 挫败，击溃

解读：

诗人在这首诗中再次告诉人们"岁月不饶人"这个道理。同时他也在告诉人们人生短促，因此要抓紧时间，不能虚度年华，要有所作为。在当时，爱友（诗人在这首诗中将他称为"我爱人"）虽然比诗人年轻很多，但岁月催人老，诗人担心时间的毒手会把爱友"揉碎"和"磨损"，会在他的额上刻满皱纹。爱友虽然是一切美的领主，但他的美也会随着时光的流逝而褪去，最终也会消亡。因此，为了使爱友的美能永远地留在后人的心中，诗人做到未雨绸缪，写诗来赞美爱友。他说就如同建造了诗的碉堡，把爱友的美保存在其中，将来爱友老了，离开这个世界了，但爱友的美将与这些诗句一样永存于世。这是诗人对爱友的一份深深的爱。诗人的预言实现了，在几百年后的今天，世界各国的读者仍然能从莎翁的这些诗句中领略到他爱友的美，这就是文学的魅力。

译文：

我爱人将来要同我现在一样，
会被时间的毒手揉碎，磨损；
岁月会吸干他的血，会在他额上
刻满皱纹；他的青春的早晨，
也会走进老年的险峻的黑夜；
他如今是帝王，是一切美的领主，
这些美也会褪去，最后会消灭，
使他失掉他春天的全部宝物；
我怕这时期要来，就现在造碉堡，
预防老年用无情的刀斧来逞威，
使老年只能把他的生命砍掉，
砍不掉他留在后人心中的美。
　　他的美将在我这些诗句中呈现，
　　诗句将长存，他也将永远新鲜。

[屠　岸　译]

第64首

Sonnet 64

When I have seen by Time's fell[1] hand defaced[2]
The rich proud cost of outworn[3] buried age,
When sometime lofty towers I see down-razed[4],
And brass eternal slave to mortal rage[5];
When I have seen the hungry ocean gain
Advantage on the kingdom of the shore,
And the firm soil win of the wat'ry main[6],
Increasing store with loss and loss with store;
When I have seen such interchange of state,
Or state itself confounded to decay,
Ruin hath taught me thus to ruminate
That Time will come and take my love away.
  This thought is as a death, which cannot choose
  But weep to have that which it fears to lose.

注释:
1. fell *adj.* ［古、诗］残忍的,残酷的,凶恶的
2. deface *vt.* 损伤…外观；损坏
3. outworn (outwear 的过去分词) *adj.* 过时的,废弃的
4. down-razed 倒塌 raze *vt.* 把（城市、房屋等）夷为平地；拆毁
5. mortal rage 狂暴的劫数 mortal *adj.* 致命的,致死的 rage *n.* （风、浪等的）狂暴,凶猛

6. wat'ry main 大海，海（wat'ry = watery）watery *adj.* 水的；由水组成的 main *n.* ［诗］海洋；公海

解读：

从这首诗中我们看到，诗人在慨叹时间具有无穷的破坏力，一切美好的事物都逃不脱"时间的镰刀"的刈割。如时间残酷的巨手能捣毁世间一切奇珍异宝，能推倒曾经巍峨的塔楼，能将赤铜化为灰尘，等等。人类在大自然的面前显得多么的渺小，多么的无能为力。诗人由此想到时间也会夺去他的爱友，所以他哭泣着，下决心要及早地把爱友抓牢。诗人在这里再次提醒人们："时间的镰刀"是无情的，岁月不饶人，人生是短暂的，我们必须珍惜，尤其要珍惜友谊。

研读本诗，不仅使我们认识了时间的残酷性和破坏力，而且也使我们意识到人生的短暂。我们要珍惜时间，要珍惜生命和我们所拥有的一切，包括朋友间的友谊。俗话说，"一寸光阴一寸金"，"寸金难买寸光阴"。我们要把握好每一天，要让自己的人生过得有意义，过得充实。这样，当我们回首往事的时候，才不会因为碌碌无为而悲伤。

译文：

我曾经看见：时间的残酷的巨手
捣毁了往古年代的异宝奇珍；
无常刈倒了一度巍峨的塔楼，
狂暴的劫数甚至教赤铜化灰尘；
我又见到：贪婪的海洋不断
进占着大陆王国滨海的领地，
顽强的陆地也掠取大海的地盘，
盈和亏，得和失相互代谢交替；
我见到这些循环变化的情况，
见到庄严的景象向寂灭沉沦；
断垣残壁就教我这样思量——
时间总会来夺去我的爱人。
　　　这念头真像"死"呀，没办法，只好
　　　哭着把唯恐失掉的人儿抓牢。

［屠　岸　译］

第65首

Sonnet 65

Since brass, nor stone, nor earth, nor boundless sea,
But sad mortality o'ersways[1] their power,
How with this rage shall beauty hold a plea[2],
Whose action is no stronger than a flower?
O, how shall summer's honey breath hold out
Against the wrackful siege[3] of batt'ring days,
When rocks impregnable[4] are not so stout,
Nor gates of steel so strong but Time decays?
O, fearful meditation, where, alack,
Shall Time's best jewel from Time's chest lie hid?
Or what strong hand can hold his swift foot back,
Or who his spoil[5] of beauty can forbid?
  O, none, unless this miracle have might,
  That in black ink my love may still shine bright.

注释:
1. mortality *n.* 致命性, 必死性 o'ersways *vt.* 支配, 统治
2. hold a plea 进行抗辩 plea *n.* [律] 答辩, 辩护; 抗辩
3. wrackful *adj.* 毁坏(性)的, 破坏(性)的 siege *n.* 包围, 围攻
4. impregnable *adj.* 坚不可摧的, 攻不破的
5. spoil *vt.* [古] 抢劫, 掠夺

▋解读：

在这首诗中，诗人再次感慨时间具有摧毁一切的威力，以及人类在这"死的暴力"面前的渺小和无奈。诗人说，既然连金石、大地、无涯的海洋都敌不过"无常"的威力，顽石再硬，钢门再牢，最终都要被时间摧垮，更何况纤柔得像花儿一样的爱友的美质呢？莎翁说他想到这些就感到很害怕，但是他又安慰自己，好在他写了赞美爱友的这些十四行诗。不管"沧海桑田"，也不管世界如何变幻，他的爱友将在他的诗中永放光芒。在莎翁离开我们几百年后的今天，我们仍能从他优美的十四行诗中看到他爱友的美质，同时也感受到他对爱友的那份深深的爱。他诗章的艺术魅力和哲学思想仍在继续感染和影响着世界各国的读者。这也再次证明了文学作品的魅力和恒久的生命力。

译文：

就连金石，土地，无涯的海洋，
也奈何不得无常来扬威称霸，
那么美，又怎能向死的暴力对抗——
看她的活力还不过是一朵娇花？
呵，夏天的芳香怎么能抵得住
多少个日子前来猛烈地围攻？
要知道，算顽石坚强，峻岩牢固，
钢门结实，都得被时间磨空！
可怕的想法呵，唉！时间的好宝贝，
哪儿能避免进入时间的万宝箱？
哪只巨手能拖住时间这飞毛腿？
谁能禁止他把美容丽质一抢光？
　　没人能够呵，除非有神通显威灵，
　　我爱人能在墨迹里永远放光明。

[屠　岸　译]

第 66 首

Sonnet 66

Tired with all these. for restful death I cry,
As, to behold desert a beggar born,
And needy nothing trimmed[1] in jollity,
And purest faith unhappily forsworn[2],
And gilded[3] honor shamefully misplaced,
And maiden virtue rudely strumpeted[4],
And right perfection wrongfully disgraced,
And strength by limping sway[5] disabled,
And art made tongue-tied by authority,
And folly (doctorlike) controlling skill,
And simple truth miscalled simplicity,
And captive good attending captain ill.
 Tired with all these, from these would I be gone,
 Save that to die, I leave my love alone.

注释：
1. trimmed vt. （trim 的过去式）装饰，点缀 jollity n. 欢乐，欢闹
2. forsworn（forswear 的过去分词）vt. [古] 使作伪证；使发假誓
3. gilded（gild 的过去式）vt. 把…镀金；给…涂上金色
4. strumpeted（即 turned into a prostitute）strumpet n. [古] 妓女，婊子（这里在 strumpet 后面加了 ed 把它动词化了，表示"沦落为娼妓"）
5. limping sway（即 incompetent authority）瘸腿的权贵；无能的当局

limp *vi.* 一瘸一拐地走，跛行

▎解读：

这首诗在莎翁的全部十四行诗中有着特殊的地位。我们知道，莎翁的这部十四行诗集从表面上看主要是讲时间、讲诗、讲友谊和爱情的，但里面却蕴含着深邃的思想和丰富的人生哲理。唯独这一首莎翁是用尖锐的语言直接控诉当时的英国社会。在莎翁所生活的那个年代，社会上尔虞我诈、弱肉强食的丑恶现象很普遍，正如莎翁在诗中所列举的种种。嫉恶如仇的莎翁对这些现象进行了无情地揭露和批判。在那个年代，伶人和剧作家的社会地位很卑微，他们的人格也受到轻视，作为演员和剧作家的莎士比亚有着切肤之痛。

从这首诗中我们能看出作者愤愤不平的心情，如诗中具有总结性的一句："见到善被俘去给罪恶将军当侍卫"。这种对社会上丑恶现象的公开批判和谴责，在莎翁的十四行诗中也是很罕见的。而当诗人看不惯当时社会上的种种罪恶和不公平的现象而愤慨得不想再活下去的时候，是爱情（友谊）给了他活下去的动力，这说明了爱情（友谊）的力量之大，这也体现了诗人对爱情（友谊）的坚贞不渝的品格。

莎翁在这首诗中所指斥的现象，不仅普遍存在于人类社会中，而且长期存在于人类历史上。我们从现实生活中仍然能够看到他所揭露和批判的一些现象。因此，这首诗的积极意义具有普遍的和恒久的性质。正如评论家刻尔纳（Kellner）所评价的，这首诗是莎士比亚"十四行诗中的一颗明珠；这首诗中没有一个字在今天不具有丰富的含义；整首诗是如此地具有普遍意义，如此地不受时间的局限"。我们希望，随着人类社会文明程度的不断提高，这些丑恶的社会现象能逐步得到消除，最终消灭。我们相信，这也是莎翁所希望看到的结果。

译文：

对这些都倦了，我召唤安息的死亡，——
譬如，见到天才注定了做乞丐，
见到草包穿戴得富丽堂皇，
见到纯洁的盟誓遭恶意破坏，
见到荣誉被可耻地放错了位置，
见到暴徒糟蹋了贞洁的处子，

见到不义玷辱了至高的正义，
见到瘸腿的权贵残害了壮士，
见到文化被当局封住了嘴巴，
见到愚蠢（像博士）控制着聪慧，
见到单纯的真理被瞎称做呆傻，
见到善被俘去给罪恶将军当侍卫，
 　　对这些都倦了，我要离开这人间，
 　　只是，我死了，要使我爱人孤单。

[屠 岸 译]

第 67 首

Sonnet 67

Ah, wherefore with infection should he live[1],
And with his presence grace impiety,
That sin by him advantage should achieve
And lace itself with his society?
Why should false painting[2] imitate his cheek
And steal dead seeing[3] of his living hue?
Why should poor beauty indirectly seek
Roses of shadow[4], since his rose is true?
Why should he live, now Nature bankrupt is,
Beggared[5] of blood to blush through lively veins?
For she hath no exchequer[6] now but his,
And, proud of many, lives upon his gains.
  O, him she stores, to show what wealth she had
  In days long since, before these last so bad.

注释：
1. with infection ... live 跟瘟疫同住（这里的"瘟疫"指"堕落的时代"）
2. false painting 假描，虚饰。指化妆与画像。
3. dead seeing（即 the lifeless appearance）死相，死型
4. Roses of shadow（即 painted roses）玫瑰影
5. beggar vt. 使贫穷；使显得不足

6. exchequer *n.* 财源，富源

▌解读：

如上一首诗所说的，莎士比亚对于当时社会上的一切罪恶和不公平的现象有着强烈的憎恨。他通过十四行诗来进行揭露和批判。在这首诗中，我们再次看到莎翁以愤慨的心情谴责那个道德堕落的时代，批判那些假恶丑的人和社会现象。他也再次赞美他爱友的真与美。诗人觉得，在这个堕落的时代，除了他爱友的美是真正的美，其他那些所谓的"美"都不是真正的美了。他们都是用涂脂抹粉来模仿他爱友的美。那些恶徒们甚至借跟他爱友的交往来掩饰他们的罪行。诗人说大自然原来是美好的，但后来被这些道德堕落的恶徒给破坏了，只剩下他的爱友了。大自然保留了他的爱友是为了证明原来人类是如此的美。他也慨叹，为什么爱友还要活在这个时代而被恶徒们利用呢？

在当今现实生活中也确实存在一些像莎翁所指斥的恶徒，他们道德败坏，干尽了坏事，却还要装作正人君子，还要涂脂抹粉来掩饰自己的罪行。但不管他们如何装扮，如何粉饰，都掩盖不了他们假恶丑的真面目。

译文：

啊！为什么他要跟瘟疫同住，
跟恶徒来往，给他们多少荣幸，
使他们能靠他获得作恶的好处，
用跟他交游这方法来装饰罪行？
为什么化妆术要把他的脸仿造，
从他新鲜的活画中去盗取死画？
为什么可怜的美人要拐个弯去寻找
花儿的假影——就因为他的花是真花？
他何必活呢，既然造化破了产，
穷到没活血红着脸在脉管运行？
原来除了他，造化没别的富源，
她夸称大富，却依赖他的美活命。
　　呵，她是藏了他来证明，古时候，
　　这些人变穷以前，她曾经富有。

[屠 岸 译]

第 68 首

Sonnet 68

Thus is his cheek the map of days outworn[1],
When beauty lived and died as flowers do now,
Before these bastard signs of fair[2] were born,
Or durst inhabit on a living brow;
Before the golden tresses of the dead,
The right of sepulchers[3], were shorn[4] away
To live a second life on second head,
Ere beauty's dead fleece made another gay.
In him those holy antique hours[5] are seen,
Without all ornament, itself and true,
Making no summer of another's green,
Robbing no old to dress his beauty new;
  And him as for a map doth Nature store,
  To show false Art what beauty was of yore.

注释：
1. days outworn（即 past times）往昔
2. bastard signs of fair 美的私生子　bastard n. 私生子；杂种　adj. 私生的；劣质的
3. sepulcher n. 坟墓；墓穴
4. shorn vt. (shear 的过去分词) 剪；剪……的毛（或发）
5. antique hours 古代　antique adj. 古代的；古风的

解读：

在这首诗中，莎翁再次赞美他的爱友，同时也斥责当时戴假发、做美容的人。他认为，在古代，美就像花一般，是自然而没有矫饰的。他赞美爱友的美像花一般，是真正的美，是自然的美，是古代的美的典范："他的脸正显出那个神圣的往昔，没半点装饰，只有本色和真相"。上一首诗说，造化（大自然）用他的爱友来证明人类的本相；而在本首中，诗人说，"造化藏着他做地图（喻典范、样本），教人工美容匠来认清古代的美是什么模样"。莎翁不欣赏美容术，认为那是虚伪的，是"美的私生子"。这表明莎翁赞赏真实的美，反对虚假的美。

今天距莎翁生活的年代已经有四百多年了，人类社会已经发生了很大的变化，人们的观念也在不断变化，尤其是到了21世纪的今天，有越来越多的人喜欢上美容术和整容术，这从另一个方面也反映了社会和科技的进步。"爱美之心人皆有之"，人们为了使自己变得更漂亮，更赏心悦目而去做美容或去做整容术，这都无可厚非，因为这是每个人的权利和自由。但如果一个人过分地依赖或者一味地追求美容术和整容术，而不注重自身的修养和素质的提高，那是不正确的，也是不应该的。因为内在美比外在美更重要，更具有生命力和影响力。

译文：
古代，美像花一般茂盛又衰败，
他的面颊是表明这古代的地图，
那时候，美的私生子徽章没人戴，
也不敢公然在活人额头上居住；
那时候，一座座坟墓夺得的战利品——
死者的金色鬈发，还没被剪下来
装饰在别人头上度第二次生命，
那美发还没来盛装活人的脑袋；
他的脸正显出那个神圣的往昔，
没半点装饰，只有本色和真相，
不利用别人的葱绿来建造夏季，
不强抢古董来做他美貌的新装；
　　　造化藏着他做地图，教人工美容匠
　　　来认清古代的美是什么模样。

[屠　岸　译]

第 69 首

Sonnet 69

Those parts of thee that the world's eye doth view
Want nothing that the thought of hearts can mend;
All tongues, the voice of souls, give thee that due[1],
Utt'ring bare truth, even so as foes commend.
Thy outward thus with outward praise is crowned,
But those same tongues that give thee so thine own[2]
In other accents do this praise confound[3]
By seeing farther than the eye hath shown.
They look into the beauty of thy mind,
And that in guess they measure by thy deeds;
Then, churls[4], their thoughts, although their eyes were kind,
To thy fair flower add the rank smell of weeds;
  But why thy odour[5] matcheth not thy show[6],
  The soil is this, that thou dost common grow.

注释：
1. due *n.* 应有的承认；应得物
2. thine own (= your due) 你应得的东西
3. confound *vt.* 挫败，击溃；推翻
4. churl *n.* [古] 吝啬鬼；（这里指他们的思想"偏狭"）
5. odour *n.* （臭或香的）气味；名声，名望
6. show *n.* 外观，外貌

▋ 解读：

莎翁说爱友的美得到了世人的称赞，就连仇人也不得不承认他爱友的美。但有些人却用不同的观点来评价爱友。他们觉得，爱友的容貌虽好，但内心却相反。甚至说，爱友这朵鲜花，外形虽然好看，但却散发出烂草的臭味。诗人认为这是他们对爱友的一种偏见。产生这种偏见的原因可能是因为爱友生活在尘俗中，那些恶徒们为了从他身上获得好处就借跟他的交往来掩饰他们的罪行。因此，世人不仅看不见他内心的美，还认为爱友也像恶徒一样的可恶可憎。其实，这不是爱友的错，而是社会环境所造成的。诗人慨叹尘俗对爱友的影响，以及一些人对爱友的不公和偏见，因为爱友的内心是美的。

诗人的爱友虽然与社会上的恶徒们来往，但他是被动的，而不是主动的，他是被恶徒们利用的，所以这不是他的错。我们在对待一些人和事的时候，要具体情况具体分析，而不能被一些表面的现象所蒙蔽，要学会透过现象看本质。我们也不能因一时一事而改变对一个人的看法和判断，而是要看这个人的本质和他一贯的表现，唯有这样才不会产生误判，才不会冤枉好人。

译文：

世人的眼睛见到的你的各部分，
并不缺少要心灵补救的东西：
一切舌头（灵魂的声音）都公正，
说你美，这是仇人也首肯的真理。
你的外表就赢得了表面的赞叹；
但那些舌头虽然赞美你容貌好，
却似乎能见得比眼睛见到的更远，
于是就推翻了赞美，改变了语调。
他们对你的内心美详审细察，
并且用猜度来衡量你的行为；
他们的目光温和，思想可偏狭，
说你这鲜花正发着烂草的臭味：
  但是，为什么你的香和色配不拢？
  土壤是这样：你就生长在尘俗中。

[屠岸译]

第 70 首

Sonnet 70

That thou art blamed shall not be thy defect,
For slander's mark[1] was ever yet the fair;
The ornament of beauty is suspect,
A crow that flies in heaven's sweetest air.
So thou be good, slander doth but approve[2]
Thy worth the greater, being wooed of time;
For canker vice[3] the sweetest buds doth love,
And thou present'st a pure unstained prime.
Thou hast passed by the ambush of young days[4],
Either not assailed, or victor being charged;
Yet this thy praise cannot be so thy praise
To tie up envy, evermore enlarged.
  If some suspect of ill masked not thy show,
  Then thou alone kingdoms of hearts shouldst owe.

注释：
1. slander *n.* 诽谤，诋毁　　mark *n.* 箭靶
2. doth but approve（即 only prove）只证明
3. canker vice 恶虫　　canker = cankerworm *n.* 尺蠖　　vice *n.* 罪恶；坏事
4. ambush of young days 青春埋伏线（指青春期所遇到的外界各种诱惑）　　ambush *n.* 埋伏；伏击

■ 解读：

在上几首诗中，诗人讲到爱友跟恶徒们交往，所以有人觉得他就像恶徒一样可恶可憎。爱友被人们责备了，但这并不说明他应受责备。诗人认为这并不是爱友的过失，因为爱友生活在尘俗中，是那些恶徒们为了利用他而来跟他交往的。诗人为爱友辩解道："因为诽谤专爱把美人作箭靶"，"诽谤只证明你有偌大的才德，被时代所钟爱"。所以被别人诽谤不一定是坏事，因为"诽谤"是无中生有说别人坏话，败坏别人的名誉。诗人说，诽谤反而会证明他爱友的价值，使爱友能赢得更多人的爱和尊重。社会上各种各样的诱惑专门袭击年青人，就像恶虫顶爱侵袭花的娇蕾一样。诗人肯定他爱友的青春时代是纯洁无瑕的，因为爱友抵挡住了诱惑。尽管爱友受到赞美，但还是无法阻止别人对他的嫉妒。

俗话说，"妒忌是罪恶的根源"。在现实生活中，很多诽谤都是源于对别人的妒忌。这些人不仅自己不学无术，而且还妒贤嫉能，他们为了达到某种目的而对别人进行诽谤和攻击。所以一个人被别人诽谤并不一定是坏事，它反而会证明被诽谤的人的价值。诽谤如不能毁掉一个人，就反而能使这个人赢得众人的尊重。因此，面对诽谤我们要不屑一顾，要泰然处之。

译文：

你被责备了，这不是你的过失，
因为诽谤专爱把美人作箭靶；
被人猜忌恰好是美人的装饰，
像在明丽的天空中飞翔的乌鸦。
假如你是个好人，诽谤只证明
你有偌大的才德，被时代所钟爱，
因为恶虫顶爱在娇蕾里滋生，
而你有纯洁无瑕的青春时代。
你已经通过了青春年华的伏兵阵，
没遇到袭击，或者征服了对手；
不过这种对你的赞美并不能
缝住那老在扩大的嫉妒的口：
　　恶意若不能把你的美貌遮没，
　　你就将独占多少座心灵的王国。　　［屠　岸　译］

第 71 首

Sonnet 71

No longer mourn for me when I am dead
Than you shall hear the surly sullen bell[1]
Give warning to the world that I am fled
From this vile world[2] with vilest worms to dwell.
Nay[3], if you read this line, remember not
The hand that writ it, for I love you so
That I in your sweet thoughts would be forgot,
If thinking on me then should make you woe[4].
O, if, I say, you look upon this verse,
When I, perhaps, compounded am with clay,
Do not so much as my poor name rehearse,
But let your love even with my life decay,
  Lest the wise world should look into your moan,
  And mock you with me after I am gone.

注释：

1. surly sullen bell 低沉的丧钟　surly adj. 阴郁的　sullen adj. 闷闷不乐的
2. vile adj. 邪恶的；肮脏的，污秽的　vile world 污浊的世界
3. Nay（即 not only so）adv. 不仅如此；[古] 否，不
4. woe n. 悲苦；苦恼

解读：

在这首诗中，诗人要求爱友将来千万别为他的死而悲伤，而苦恼，从而被人嘲笑。因为诗人太爱他的爱友了，如果爱友想起他的死肯定会很伤心，他请爱友把他忘记就行。诗人要求他的爱友不必为他的离开而哭泣，因为他离开的是一个污浊的世界，是一种解脱，所以不必太悲伤了。其实，这也表达了诗人对当时那个社会的不满和控诉。在英国著名作家狄更斯所著的《双城记》一书中有句经典语句："这是一个最好的时代，也是一个最坏的时代。"在那个时代，虽然推翻了封建君主专制，建立了资本主义社会，但由于资产阶级的贪婪、伪善和政治上的腐败，导致了社会上丑恶的现象很多，不少人道德败坏，他们为了获取自己的最大利益而尔虞我诈、弱肉强食、不择手段，如此种种。所以莎翁认为，这个污浊的世界是没有什么值得留恋的。

莎翁与爱友之间的深厚感情和这种生死相依的友谊让人感动。他这种处处为朋友着想的情怀很值得我们学习。在现实生活中，有些人处处只为自己的利益着想，而不考虑他人的利益。莎翁和这些人相比显得更加高尚和伟岸。

译文：
只要你听见丧钟向世人怨抑地
通告说我已经离开恶浊的人世，
要去和更恶的恶虫居住在一起：
你就不要再为我而呜咽不止；
你读这诗的时候，也不要想到
写它的手；因为我这样爱你，
假如一想到我，你就要苦恼，
我愿意被忘记在你甜蜜的思想里。
或者，我说，有一天你看到这首诗，
那时候我也许已经化成土灰，
那么请不要念我可怜的名字；
最好你的爱也跟我生命同毁；
　　怕聪明世界会看穿你的悲恸，
　　在我去后利用我来把你嘲弄。

[屠　岸　译]

第72首

Sonnet 72

O, lest the world should task[1] you to recite

What merit lived in me that you should love

After my death, dear love, forget me quite,

For you in me can nothing worthy prove[2];

Unless you would devise[3] some virtuous lie.

To do more for me than mine own desert,

And hang more praise upon deceased I

Than niggard[4] truth would willingly impart[5].

O, lest your true love may seem false in this,

That you for love speak well of me untrue,

My name be buried where my body is,

And live no more to shame nor me nor[6] you;

  For I am shamed by that which I bring forth,

  And so should you, to love things nothing worth.

注释：
1. task *vt.* 派给…工作；使辛苦
2. prove *vt.* 证明，证实
3. devise *vt.* 想出；编造
4. niggard *adj.* 小气的，吝啬的
5. impart *vt.* 告知；透露
6. nor... nor（即 neither... nor）

解读：

从这首诗中我们再次看到诗人非常谦卑，也淡泊名利。他处处为爱友着想。诗人对他的爱友说，他没有什么值得爱友去爱他的，所以要求爱友把他忘了，不要因为他而影响了爱友。其实，莎翁是一位学识渊博、道德高尚、善良纯真、胸怀宽阔、富有正义感的诗人和剧作家。爱友无论如何颂赞他都不为过。但诗人还是为爱友考虑得多，因为爱友是一位貌美的贵族男青年，而诗人是伶人、剧作家，他所从事的戏剧职业在当时是受到社会的冷遇的，是根本没有社会地位的。他们俩身份悬殊，所以他时时处处为爱友着想，生怕因自己的身份而影响爱友。他甚至说："但愿我姓名跟我的身体同埋，教它别再活下去使你我羞愧。"诗人这种谦卑的美德，以及处处为爱友着想的高尚品德很值得我们学习。

译文：

呵，恐怕世人会向你盘问：
我到底好在哪儿，能够使你在
我死后还爱我——把我忘了吧，爱人
因为你不能发现我值得你爱；
除非你能够造出善意的谎言，
把我吹嘘得比我本人强几倍，
给你的亡友加上过多的颂赞，
超出了吝啬的真实允许的范围；
啊，怕世人又要说你没有真爱，
理由是你把我瞎捧证明你虚伪，
但愿我姓名跟我的身体同埋，
教它别再活下去使你我羞愧。
　　　因为我带来的东西使我羞惭，
　　你爱了不值得爱的，也得赧颜。

[屠　岸　译]

第 73 首

Sonnet 73

That time of year thou mayst[1] in me behold

When yellow leaves, or none, or few. do hang

Upon those boughs which shake against[2] the cold,

Bare ruined choirs[3] where late the sweet birds[4] sang.

In me thou seest the twilight[5] of such day

As after sunset fadeth in the west,

Which by and by black night doth take away,

Death's second self, that seals up[6] all in rest.

In me thou seest the glowing of such fire

That on the ashes of his youth doth lie,

As the deathbed[7] whereon it must expire,

Consumed with that which it was nourished by.

  This thou perceiv'st, which makes thy love more strong,

  To love that well which thou must leave ere long.

注释:
1. mayst = mayest [古] may 的第二人称单数现在时（仅与 thou 连用）
2. against（即 in） *prep.*
3. choir *n.* （教会的）唱诗班，圣乐团
4. bird *n.* [英口] 少女；姑娘；（这里喻指"唱诗班的儿童"）
5. twilight *n.* 暮光；暮色；黄昏

6. seals up（即 encloses）封存
7. death-bed 断气床

解读：

在那个年代，作为伶人和剧作家的莎士比亚，为了生活不得不跟随剧团到处演出，同时他还要写作。长期的熬夜、过度的劳累和失眠使他透支了健康，他感到自己的生命似乎已经到了最后的阶段。但他念念不忘的仍然是爱友，他希望爱友能看到他已经衰老，能抓紧时机好好地爱他。在诗中，诗人委婉地向他的爱友诉说着自己的年龄和身体的状况。他用了三个比喻来形容自己，第一个比喻是深秋或冬季，他觉得自己已经人老珠黄，就像秋冬季节的树木一样，黄叶几乎落光；第二个比喻是黄昏，他就像落日西沉，黑夜（死神的化身）慢慢临近；第三个比喻是即将熄灭的火焰，他觉得自己像燃烧得只剩余烬的火焰，一息奄奄。这种比喻的运用，造成死神日近一日、愈来愈临近的紧迫感。诗人在这里再次提醒人们：人生是短暂的，我们要好好珍惜光阴，更要珍惜朋友彼此间的友情。

这首诗也给了我们这样的启示：在生活中，我们应该多关注、关心身边的亲朋好友，对那些比我们年长的、处境比我们还困难的人，尤其要多加关心和关注，要多给他们温暖和爱。其实，你去关心别人也就是在关心你自己，因为你给予了别人温暖和爱，别人也会回馈给你温暖和爱，爱是会互相感染的。

译文：

你从我身上能看到这个时令：
黄叶落光了，或者还剩下几片
没脱离那乱打冷颤的一簇簇枝梗——
不再有好鸟歌唱的荒凉唱诗坛。
你从我身上能看到这样的黄昏：
落日的回光沉入了西方的天际，
死神的化身——黑夜，慢慢地临近，
挤走夕辉，把一切封进了安息。
你从我身上能看到这种火焰：
它躺在自己青春的余烬上燃烧，

像躺在临终的床上，一息奄奄，
跟供它养料的燃料一同毁灭掉。
　　看出了这个，你的爱会更加坚贞，
　　好好地爱着你快要失去的爱人！

〔屠　岸　译〕

第 74 首

Sonnet 74

But be contented. When that fell arrest[1]
Without all bail[2] shall carry me away.
My life hath in this line[3] some interest
Which for memorial still with thee shall stay.
When thou reviewest this, thou dost review
The very part was consecrate[4] to thee.
The earth can have but earth, which is his due;
My spirit is thine, the better part of me.
So then thou hast butlost the dregs of life
The prey of worms, my body being dead;
The coward conquest of a wretch's knife[5],
Too base of thee to be remembered.
  The worth of that is that which it contains,
  And that is this, and this with thee remains.

注释：
1. arrest *n.* 逮捕，拘捕；这里指死神（亦即时神）的拘捕。
2. bail *n.* ［律］保释；保释金
3. line *n.* （诗、文的）一行
4. consecrate（即 consecrated）*vt.* 奉献，献出（旧时以 -te 结尾的动词的过去分词常省去 d）
5. wretch's knife（即 Death's knife）

■ 解读：

我们知道，"诗歌是文学的精髓，是思想的提炼，是情感的凝聚"。诗人说他身体最有价值的全在他体内的精神，而精神都留在他的这些诗篇中。他的肉体虽然会被死神掠去，但他生命中优秀的一部分——精神，将在他的诗里长存，并将永远伴随着他的爱友。他的这些诗篇是写给爱友的，只要爱友重读这些诗篇，就能够看出诗人早就把自己生命中真正的部分呈献给他了。诗人告诉爱友，他失去的只不过是诗人生命的渣滓（即他的肉体），那是低劣的一部分，不值得爱友铭记，所以爱友不必为此而悲伤。

诗人在诗中告诉我们：生命中最重要的并不是物质，而是精神。能使人们感动的是精神，而不是物质，因为精神是人类生命中的最高层次，也是最宝贵的。莎翁的诗篇是他精神的载体，是人类灵魂的声音，在几百年后的今天依然感动着世界各国的读者。我国中央电视台每年举办的《感动中国》的节目中所表彰的优秀人物，他们的事迹，他们的精神都感动着我们，使我们的心灵受到了很大的震撼，得到了一次洗礼。

译文：

但是，安心吧：尽管那残酷的捕快
到时候不准保释，抓了我就走，
我生命可还有一部分在诗里存在，
而诗是纪念，将在你身边长留。
你只要重读这些诗，就能够看出
我的真正的部分早向你献呈。
泥土只能得到它应有的泥土；
精神将属于你，我那优秀的部分。
那么，你不过失去我生命的渣滓，
蛆虫所捕获的，我的死了的肉体，
被恶棍一刀就征服的卑怯的身子；
它太低劣了，不值得你记在心里。
　　我身体所值，全在体内的精神，
　　而精神就是这些诗，与你共存。

[屠　岸　译]

第75首

Sonnet 75

So are you to my thoughts as food to life,
Or as sweet-seasoned showers[1] are to the ground;
And for the peace of you I hold such strife[2]
As 'twixt[3] a miser and his wealth is found;
Now proud as an enjoyer, and anon[4]
Doubting the filching age will steal his treasure;
Now counting best to be with you alone,
Then bettered that the world may see my pleasure;
Sometime all full with feasting on your sight,
And by and by clean starved for a look;
Possessing or pursuing no delight
Save what is had or must from you be took.
  Thus do I pine and surfeit[5] day by day,
  Or gluttoning[6] on all, or all away.

注释：

1. sweet-seasoned (= of the sweet season, spring) showers 及时雨，及时的甘霖
2. strife *n.* 冲突；争斗
3. 'twixt *prep.* = betwixt ［古］ = between
4. anon *adv.* ［古］不久以后；立刻
5. pine *vi.* 消瘦；渴望　surfeit *vi.* ［古］饮食过度；沉溺；放纵

6. glutton *n.* 贪吃的人，吃得太多的人；贪心的人；（莎士比亚在诗里把这个名词给动词化了）

解读：

一个人生活在社会上不能没有朋友，因为除了自己的爱人、家人和亲戚以外，朋友是我们生命中重要的一部分。如果交上好的朋友，就能为我们的人生增光添彩；如果交上坏的朋友，就会给我们的人生抹黑添乱。在这首诗中，诗人对他的爱友说，他的思想需要爱友就如同生命需要食物营养、大地渴望及时的甘霖一样。因为爱友能给他带来创作的灵感，能给他安慰。诗人像守财奴守着财物一样地守着爱友，他非常眷恋他的爱友，也非常享受跟爱友的单独相处。他只想从爱友那里得到欢乐，而不追求任何别的欢乐。本诗反映了诗人对爱友感情的专一。

我们可以想象，如果诗人没有交上这样一位年轻貌美的贵族男青年，也就不可能写下这部在英国文学史上乃至世界文学史上有如此影响力的十四行诗集。这说明朋友在一个人的一生中所具有的巨大作用和影响力。当然，对交友应有所选择，我们要选择志同道合的益友，因为不是同路人终究是走不到一块的，也是不可能真正交心的。

译文：

我的思想需要你，像生命盼食物，
或者像大地渴望及时的甘霖；
为了你给我的安慰，我斗争，痛苦，
好像守财奴对他的财物不放心：
有时候是个享受者，挺骄傲，立刻——
又害怕老年把他的财物偷去；
刚觉得跟你单独地相处最快乐，
马上又希望世界能看见我欢愉；
有时候我大嚼一顿，把你看个够，
不久又想看，因为我饿得厉害；
任何欢乐我都不追求或占有，
除了从你那儿得到的欢乐以外。
　　我就这样子一天挨饿一天饱，
　　不是没吃的，就是满桌的佳肴。

[屠　岸　译]

第 76 首

Sonnet 76

Why is my verse so barren of[1] new pride[2],
So far from variation or quick change?
Why with the time do I not glance[3] aside
To new-found methods and to compounds strange?
Why write I still all one, ever the same,
And keep invention in a noted weed[4],
That every word doth almost tell my name,
Showing their birth, and where[5] they did proceed?
O, know, sweet love, I always write of you,
And you and love are still[6] my argument.
So all my best is dressing old words new,
Spending again what is already spent:
    For as the sun is daily new and old,
    So is my love still telling what is told.

注释:

1. barren of = lack of 缺乏，没有　barren *adj.* 缺乏的，没有的（of）
2. pride *n.* [诗] 豪华，装饰（这里指华丽的辞藻）
3. glance *vi.* 擦过（off, aside）；掠过
4. noted weed 著名的旧体裁，旧时装　weed *n.* [古] 衣服
5. where（即 whence）
6. still（即 always）

解读：

我们在开始读莎翁的这部十四行诗集的时候可能会感到有些乏味，因为它总是重复着同一个主题——爱和友情。因其内容大同小异，修辞也没有太多的变化，所以不免让人觉得有些审美疲劳。诗人的这部十四行诗集也可能被同时代的一些人批评为千篇一律。诗人在这首诗的前半部分连续用了三个问句来设问：为什么他的诗内容千篇一律，没有新的形式；为什么他的诗没有新的修辞，新的技巧；为什么他的作品所写的是老一套，同样的主题。读者也很容易从作品的风格中看出作者是谁。但诗人又解释道：因为他爱他的爱友，所以坚持用同一形式写这唯一的主题。这主题就是爱友和爱，永远不变。

诗人认为，歌颂友谊和爱的诗歌要朴实无华，要出于真心，抒发真情，才能达到真和美。俗话说，"平平淡淡才是真"。这样的诗歌也才能感动人，才有生命力。这首诗的最后两行"既然太阳每天有新旧的交替，我的爱也就永远把旧话重提"。可以说是莎翁对自己全部十四行诗的形象总结。他的十四行诗所歌颂和论述的都是爱情或友谊，但里面所蕴含的深刻哲理和艺术魅力，历经时间的考验，已证明具有永远新鲜的生命力。

译文：

为什么我诗中缺乏新的华丽？
没有转调，也没有急骤的变化？
为什么我不学时髦，三心二意，
去追求新奇的修辞，复合的章法？
为什么我老写同样的主题，写不累，
又用著名的旧体裁来创制诗篇——
差不多每个字都能说出我是谁，
说出它们的出身和出发的地点？
亲爱的，你得知道我永远在写你，
我的主题是你和爱，永远不变；
我要施展绝技从旧词出新意，
把已经抒发的心意再抒发几遍：
　　既然太阳每天有新旧的交替，
　　我的爱也就永远把旧话重提。

〔屠　岸　译〕

第 77 首

Sonnet 77

Thy glass will show thee how thy beauties wear[1],
Thy dial[2] how thy precious minutes waste;
The vacant leaves[3] thy mind's imprint will bear,
And of this book this learning mayst thou taste.
The wrinkles which thy glass will truly show,
Of mouthed graves, will give thee memory[4];
Thou by thy dial's shady stealth[5] mayst know
Time's thievish progress to eternity.
Look what thy memory cannot contain,
Commit to these waste blanks, and thou shalt find
Those children nursed, delivered from thy brain
To take a new acquaintance[6] of thy mind.
    These offices, so oft as thou wilt look,
    Shall profit thee, and much enrich thy book.

注释：
1. wear *vi.* （即 wear off, fade）凋零，枯萎
2. dial *n.* 日晷，日规
3. the vacant leaves 空白的册页，空白页
4. give thee memory（即 remind you）提醒你
5. shady stealth 潜移的阴影
6. acquaintance *n.* 相识；相识的人

▋ 解读：

在这首诗中，诗人提到了送给爱友的三样礼物：镜子、日规（精巧的小计时器）以及一本空白的记事小册子。为什么他要送给爱友这三样东西呢？因为镜子会告诉爱友人在逐渐变老，日规会告诉爱友光阴在偷偷流逝，而空白的记事小册子可以用来记录爱友的心迹——思想。爱友能从自己的日记中获益。诗人说，只要爱友经常照照镜子，看看日规就会使自己得益。因为他会知道，光阴似箭，岁月不饶人。同时，诗人也强调记录下自己思想的好处，因为这样能使自己的思想不致消亡，便从中得到一些感悟。

本诗告诉我们：光阴荏苒，人生苦短。所以我们不仅要珍惜时间，而且还要有所作为，比如说记录下自己的思想，使自己的思想永恒；记录下自己的思想，不仅能总结经验教训，还能给后人提供一些借鉴和启迪。"经常照照镜子"其实还有另外一层意思，就是一个人要常常审视自己，看看自己有哪些方面做得不够好的，或者是做得还不够的，然后及时给予纠正。一个人如果能经常审视自己，反思自己，及时纠正自己言行中的一些错误，那么人生就会少走弯路，少犯错误，何乐而不为呢？

译文：

镜子会告诉你，你的美貌在凋零，
日规会告诉你，你的光阴在偷移；
空白的册页会负载你心灵的迹印，
你将从这本小册子受到教益。
镜子会忠实地显示出你的皱纹，
会一再提醒你记住开口的坟墓；
凭着日规上潜移的阴影，你也能
知道时间在偷偷地走向亘古。
记忆中包含不了的任何事物，
你可以交给空页，你将看到
你的脑子所产生、养育的子女，
跟你的心灵会重新相识、结交。
　　这两位臣属，只要你时常垂顾，
　　会使你得益，使这本册子丰富。

[屠　岸　译]

第 78 首

Sonnet 78

So oft have I invoked¹ thee for my Muse
And found such fair assistance² in my verse
As every alien pen³ hath got my use
And under thee their poesy⁴ disperse.
Thine eyes, that taught the dumb on high to sing
And heavy ignorance aloft to fly,
Have added feathers to the learned's wing,
And given grace a double majesty⁵.
Yet be most proud of that which I compile,
Whose influence is thine, and born of thee.
In others' works thou dost but mend the style,
And arts with thy sweet graces graced be;
  But thou art all my art and dost advance
  As high as learning my rude ignorance.

注释：
1. invoke *vt.* 召唤；祈求（神灵）保佑；乞求
2. fair assistance 美好帮助
3. alien pen 陌生笔；其他人的笔
4. poesy *n.* ［古］诗，韵文；［总称］诗篇
5. majesty *n.* 雄伟，壮丽；尊严；威严

▌解读：

　　这首诗的内容和主题与第38首有些相似，都是讲爱友给莎翁和其他诗人的创作提供灵感。在第38首中，诗人写道："既然你呼吸着，你本身是诗的意趣，倾注到我诗中，是这样精妙美丽。""你自己给了人家创作的灵感"。而在这一首中，诗人写道："我常常召唤了你来做我的缪斯（指灵感），得到了你对我诗作的美好帮助"，"你是我诗艺的全部"。诗人过去常常从爱友身上得到创作的灵感，但现在有别的诗人得到爱友的青睐，也发表诗作，因此他感到有些妒忌和不满。他要求爱友别忘了他们之间的特殊关系。

　　诗人非常谦卑地说，是爱友使他摆脱了粗俗和愚昧，使他的学识得到了提升，是爱友给了他写诗的灵感。如诗中的"那全是在你的感召下，由你而诞生"。而爱友对于其他诗人的作品只是起了美化的作用。我们从诗中又一次看到诗人谦卑的美德以及对感情的专一。他把自己能写出如此优美的诗作全归功于爱友的美好帮助。我们要学习莎翁这种把自己的成就归功于他人的帮助的谦虚态度。

译文：

我常常召唤了你来做我的缪斯，
得到了你对我诗作的美好帮助，
引得陌生笔都来学我的样子，
并且在你的保护下把诗作发布。
你的眼，教过哑巴高声地唱歌，
教过沉重的愚昧向高空直飞，
却又给学者的翅膀增添了羽翮，
给温文尔雅加上了雍容华贵。
可你该为我的作品而大大骄傲，
那全是在你的感召下，由你而诞生：
别人的作品，你不过改进了笔调，
用你的美质美化了他们的才能；
　　你是我诗艺的全部，我的粗俗
　　和愚昧被你提到了饱学的高度。

[屠　岸　译]

第 79 首

Sonnet 79

Whilst I alone did call upon thy aid,

My verse alone had all thy gentle grace;

But now my gracious numbers[1] are decayed,

And my sick Muse doth give another place[2].

I grant, sweet love, thy lovely argument

Deserves the travail[3] of a worthier pen,

Yet what of thee[4] thy poet doth invent

He robs thee of, and pays it thee again.

He lends thee virtue[5], and he stole that word

From thy behavior; beauty doth he give,

And found it in thy cheek; he can afford

No praise to thee but what in thee doth live.

    Then thank him not for that which he doth say,

    Since what he owes thee thou thyself dost pay.

注释：

1. gracious numbers 佳作　gracious adj. [古] 幸运的；愉快的 numbers (pl.) n. [诗] 诗，韵文

2. give another place 给另一个诗人让位

3. travail n. 辛勤努力，艰苦劳动

4. what of thee（即 what about you）关于你

5. virtue n. 美德；德行

解读：

诗人在这首诗中对爱友说，他以前的诗篇为什么能体现出爱友的一切的美，那是因为只有他一人能从爱友身上获得灵感。但现在有别的诗人代替了他的地位，所以他没有了灵感，写不出好的诗句了。从诗中我们也看出诗人对于其他诗人抢了爱友给他的灵感表现出不满和妒忌。如诗中的，"你的诗人描写你怎样了不起，那是他抢了你又还给你的辞令"。诗人认为，爱友没必要感谢别的诗人对他的赞美，因为这些美质都是爱友本身就有的，只是别的诗人加以利用罢了。

我们除了从诗中看出诗人对夺去他的创作灵感的其他诗人的妒忌和不满外，也看到了这样的事实：艺术和文学来源于生活，来源于自然。不管是文学还是艺术创作，都不能脱离生活，脱离自然。记得中国有位先哲曾说过："艺术来源于生活，又高于生活。"如果不是被描写的人本身有美德，又怎么能产生歌颂美德的作品呢？可以说，这也是我们在艺术创作中必须遵循的一条基本原则。这条原则最重要的就是坚持一个"真"字。

译文：

从前只有我一个人向你求助，
我的诗篇独得了你全部优美；
如今我清新的诗句已变得陈腐，
我的缪斯病倒了，让出了地位。
我承认，亲爱的，你这个可爱的主题
值得让更好的文笔来惨淡经营；
但你的诗人描写你怎样了不起，
那是他抢了你又还给你的辞令。
他给你美德，而这个词儿是他从
你的品行上偷来的；他从你面颊上
拿到了美又还给你：他只能利用
你本来就有的东西来把你颂扬。
  他给予你的，原是你给他的东西，
  你就别为了他的话就对他表谢意。

[屠　岸　译]

第 80 首

Sonnet 80

O, how I faint[1] when I of you do write,
Knowing a better spirit[2] doth use your name,
And in the praise thereof spends all his might,
To make me tongue-tied speaking of your fame.
But since your worth, wide as the ocean is,
The humble[3] as the proudest sail[4] doth bear,
My saucy[5] bark, inferior far to his,
On your broad main doth wilfully appear.
Your shallowest help will hold me up afloat
Whilst he upon your soundless deep doth ride;
Or, being wracked, I am a worthless boat.
He of tall building, and of goodly pride.
  Then if he thrive[6], and I be cast away,
  The worst was this: my love was my decay.

注释：
1. faint *vi.* ［古］变得微弱；失去勇气；犹豫
2. a better spirit 一才子，高手（指另一位诗人）
3. humble *adj.* 谦卑的；恭顺的；地位低下的　the proudest sail 指另一位诗人。
4. saucy *adj.* 莽撞的，冒失的
5. wilfully *adv.* 顽强地；任性地

6. thrive *vi.* 兴旺，旺盛

解读：

从前面的诗中，我们知道有别的诗人从莎翁的爱友身上获得创作的灵感。在这首诗里，莎翁说当他以爱友为主题写诗的时候，他知道有别的诗人在利用爱友的声望写诗。这个高手竭尽所能颂扬爱友，为的是使诗人不能再写诗颂扬自己的爱友，这使他感到非常沮丧。莎翁对于其他诗人得到爱友的青睐和帮助感到妒忌和无奈。他说他爱友的价值大似海洋，无论船只大小都能负载。他谦虚地把自己比喻为一条小船，别的诗人是大船。如果他的小船倾覆了也不足为道。但假如那位诗人得志了，而莎翁被抛弃了，他会为此感到遗憾，因为爱友被莎翁宠坏了，他自己自食爱的苦果。莎翁慨叹他的爱毁了他自己，如诗中的"我的爱正使我衰朽"。我们知道，人生最大的痛苦莫过于被自己所爱的人伤害。我们要牢记这样的教训：对任何人都不能过于溺爱，否则会自食苦果。

译文：

我多么沮丧呵！因为在写你的时候
我知道有高手在利用你的声望，
知道他为了要使我不能再开口，
就使出浑身解数来把你颂扬。
但是，你的德行海一样广大，
不论木筏或锦帆，你一律承担，
我是只莽撞的小舟，远远不如他，
也在你广阔的海上顽强地出现。
你浅浅一帮就能够使我浮泛，
而他正航行在你那无底的洪波上；
或者我倾覆了，是无足轻重的舢板，
而他是雄伟的巨舰，富丽堂皇：
  那么，假如他得意了，而我被一丢，
  最坏的就是：——我的爱正使我衰朽。

[屠 岸 译]

第 81 首

Sonnet 81

Or I shall live your epitaph[1] to make,
Or you survive when I in earth am rotten.
From hence[2] your memory death cannot take.
Although in me each part will be forgotten.
Your name from hence immortal life shall have,
Though I, once gone, to all the world must die.
The earth can yield me but a common grave,
When you entombed[3] in men's eyes shall lie.
Your monument shall be my gentle verse,
Which eyes not yet created shall o'erread,
And tongues to be[4] your being shall rehearse
When all the breathers of this world are dead.
  You still shall live—such virtue[5] hath my pen—
  Where breath most breathes, even in the mouths of men.

注释：
1. epitaph *n.* 墓志铭；纪念死者（或往事）的短篇诗文
2. from hence [古] 从此处；从此时
3. entomb *vt.* 埋葬；作为 … 的坟墓
4. tongues to be （即 future tongues）未来舌，未来的舌头
5. virtue （: power）功效，效力

▌解读：

这首诗再次说明了"唯有文学可以同时间抗衡"这个道理。诗人说，不管是爱友先离开这个世界，还是诗人先离开这个世界，死神是拿不走别人对爱友的怀念的，因为诗人温雅的诗词将是爱友的永久纪念碑。诗人歌颂爱友的诗篇使爱友获得永生，如诗中的"我的千钧笔能使你万寿无疆"。诗人的预言实现了，几百年来，世界各国的人民在传诵着莎翁的这部十四行诗集。人们从诗中看到了诗人爱友的美质，也看到了诗人对爱友的深厚感情。诗人说道，人们会把他忘记干净，而会怀念他的爱友，其实这是莎翁的谦卑。事实是：诗人写下这部十四行诗集不仅使爱友的名字得到永生，人们也会永远记住莎士比亚这个名字，莎士比亚的名字将得到永生。

译文：

不是我活着来写下你的墓志铭，
就是你活着，我已在地里腐烂；
虽然人们会把我忘记干净，
死神可拿不走别人对你的怀念。
你的名字从此将得到永生，
而我呢，一旦死了，就永别人间；
大地只能够给我个普通的坟茔，
你躺的坟墓却是人类的肉眼。
你的纪念碑将是我温雅的诗词，
未来的眼睛将熟读这些诗句，
未来的舌头将传诵你的身世，
哪怕现在的活人都已经死去；
　　我的千钧笔能使你万寿无疆，
　　活在口头——活人透气的地方。

[屠　岸　译]

第 82 首

Sonnet 82

I grant thou wert not married to my Muse,
And therefore mayst without attaint[1] o'erlook
The dedicated words which writers use
Of their fair subject, blessing every book.
Thou art as fair in knowledge[2] as in hue[3],
Finding thy worth a limit past my praise;
And therefore art enforced to seek anew
Some fresher stamp[4] of the time-bettering days.
And do so, love; yet when they have devised
What strained[5] touchesrhetoric can lend,
Thou, truly fair, wert truly sympathized
In true plain words by thy true-telling[6] friend:
  And their gross painting might be better used
  Where cheeks need blood; in thee it is abused.

注释：
1. attaint *vt.* ［古］指责，指控；玷污
2. knowledge *n.* 知识，才学
3. hue *n.* 样子，容貌
4. stamp *n.* （即 impression）印记
5. strain *vt.* 滥用，曲解，歪曲
6. true-telling friend 爱说真话的朋友

■ 解读：

在这首诗中，莎翁强调自己是喜欢说真话的。他的诗真切地再现爱友的美和真。他认为，爱友的美是不需要加以任何装饰的。他赞美爱友，说他才学优秀，正如爱友容貌俊秀。但他发现还是低估了爱友的价值。所以爱友重新去寻求入时的诗人写诗来赞美自己。诗人认为爱友这样做是他自己的权利。但这些诗人是用修辞学技巧，用浮夸的笔法把他爱友的才德描写得更加堂皇一些，这是他们对爱友的奉承阿谀，也是滥用了修辞手法。他认为，他们用错了地方，因为爱友的美和真是不需要任何装饰的。

从这首诗中，我们看到了诗人所提倡的人类生活的最高标准：真、善、美的又一生动例子。同时也看到他反对滥用修辞学技巧的浮夸的文风，他认为这是对自然的歪曲。他主张，艺术必须真实地反映自然，如诗中的"你朋友却爱说真话，他在真话中真实地反映了你的真美实价"。

习近平总书记于2014年10月15日在全国文艺工作座谈会上多次讲到弘扬真善美、抑制假恶丑的重要性。他说："用栩栩如生的作品形象告诉人们什么是应该肯定和赞扬的，什么是必须反对和否定的。"他还强调："追求真善美是文艺的永恒价值。艺术的最高境界就是让人心动，让人们的灵魂经受洗礼，让人们发现自然的美、生活的美、心灵的美。我们要通过文艺作品传递真善美，传递向上向善的价值观。"我们要牢牢记住他的教导，在实践中，尤其是在文艺创作中，我们要多做弘扬真善美、抑制假恶丑的工作，为社会增添更多的正能量。

译文：

我承认你没有跟我的缪斯结亲，
所以作家们把你当美好主题
写出来奉献给你的每一卷诗文，
你可以加恩察阅而无所顾忌。
你才学优秀，正如你容貌俊秀，
却发现我把你称赞得低于实际；
于是你就不得不重新去寻求
进步的时尚刻下的新鲜印记。
可以的，爱；不过他们尽管用
修辞学技巧来经营浮夸的笔法，

你朋友却爱说真话,他在真话中
真实地反映了你的真美实价;
　　他们浓艳的脂粉还是去化妆
　　贫血的脸吧,别错用在你的身上。

[屠　岸　译]

第83首

Sonnet 83

I never saw that you did painting need,
And therefore to your fair[1] no painting set;
I found, or thought I found, you did exceed
The barren tender of a poet's debt[2];
And therefore have I slept in your report,
That you yourself, being extant, well might show
How far a modern quill doth come too short,
Speaking of worth, what worth in you doth grow.
This silence for my sin you did impute[3],
Which shall be most my glory, being dumb;
For I impair[4] not beauty, being mute,
When others[5] would give life and bring a tomb.
  There lives more life in one of your fair eyes
  Than both your poets can in praise devise.

注释：
1. fair *adj.* ［古、诗］美丽悦目的；（皮肤）白嫩的
2. The barren tender... debt：当时诗人写诗歌颂庇护人，表示感恩图报，被看作是还债。barren *adj.* 无趣的；无聊的　tender *n.* 偿还
3. impute *vt.* 把…归咎于；把（罪名、责任等）推于
4. impair *vt.* 损害，损伤
5. others（即 other poets）其他诗人

▌解读：

诗人认为爱友的美和价值是不需要别人来做任何评价的，也不需要做任何的装扮和美化的，诗人自己就不这样做。他觉得爱友的美和德远远超过别的诗人对爱友的颂赞。他认为，爱友自己能证明自己的价值，因此他停止去评价爱友。诗人认为，平庸的文字是无法体现爱友的真正价值的。如果吹捧得越高、越好，就越不行。但诗人的爱友责怪诗人保持沉默。诗人却认为他不作声就是他的功勋，因为他的缄默没有破坏爱友的美，而别的诗人给爱友"涂脂抹粉"的结果是弄巧成拙，葬送了爱友的美和价值。

诗人在这首诗中再次强调他所主张的真和美的观点，即自然的、真实的就是最美的。我们赞成他的这种观点。真正的美是不需要做任何人工装饰的，这和我们中文里的"天然去雕饰"这一说法不谋而合。诗人在这里还表达了这样一种观点，即自然美胜过人工美。其实，自然的和真实的都胜过一切人工的产物，这包括时下一些人所追求的美容术和整容术。

译文：

我从来没感到你需要涂脂抹粉，
所以我从来不装扮你的秀颊。
我发觉，或者自以为发觉，你远胜
那诗人奉献给你的一纸贫乏：
因此我就把对你的好评休止，
有你自己在，就让你自己来证明
寻常的羽管笔说不好你的价值，
听它说得愈高妙而其实愈不行。
你认为我沉默寡言是我的过失，
其实我哑着正是我最大的荣誉；
因为我没响，就没破坏美，可是
别人要给你生命，给了你坟墓。
　　比起你两位诗人曲意的赞美来，
　　你一只明眸里有着更多的生命在。

[屠 岸 译]

第84首

Sonnet 84

Who is it that says most, which can say more
Than this rich praise, that you alone are you,
In whose confine immured¹ is the store
Which should example where your equal grew?
Lean penury² within that pen doth dwell,
That to his subject lends not some small glory,
But he that writes of you, if he can tell
That you are you, so dignifies his story.
Let him but copy what in you is writ,
Not making worse what nature made so clear,
And such a counterpart shall fame his wit³,
Making his style admired everywhere.
  You to your beauteous blessings add a curse,
  Being fond on⁴ praise, which makes your praises worse.

注释:

1. confine *n.* 边界, 界限; [古] 限制 immure *vt.* 禁闭, 监禁
2. lean penury 过于贫乏, 十分枯涩 lean *adj.* 贫弱的（才能等）; 枯燥无味的（文章等）
3. fame his wit 使他的匠心驰名（于世）。 fame *n.* 名声, 声望 wit *n.* 智慧, 才智
4. fond on（即 fond of）爱好, 喜欢

解读:

本诗强调在艺术创作中讲真话讲实话的重要性。诗人认为，没有什么赞辞能比"你才是你自己"这句朴实无华的话更丰美，更能打动人，因为这种大实话才是对描写对象最美的赞辞。文艺作品如能做到尊重自然、朴实无华、真实地反映生活，就会受到大众的欢迎和喜爱："实录的肖像会使他艺名特具，使他作品的风格到处受称道。"

诗人在诗中也批评爱友有虚荣心，太喜欢被人恭维，所以就有阿谀奉承之辈对爱友胡乱吹捧，但他们的赞辞都显得很粗俗，这就等于爱友自己给自己的幸福设置了巨大的障碍。这些阿谀奉承之辈就相当于孔子在《论语》里所提到的"损者三友"之一的"友便辟"。这种人喜欢谄媚逢迎，溜须拍马。他们恭维你，奉承你，目的就是让你高兴，以便从中得利。孔子说，和这种人交朋友太有害了，因为这种人其实就是心灵的慢性毒药。因为你好话听多了，马屁拍得舒心了，头脑就发昏了，自我就会恶性膨胀，就会目中无人，从而失去了基本的自省能力，这样离招致灾难也就不远了。现实生活中，不乏这样的人，他们喜欢被人恭维，结果被吹捧得飘飘然，忘乎所以，从而迷失了方向，最后坠入了万劫不复的深渊。

译文:

谁赞得最好？什么赞辞能够比
"你才是你自己"这赞辞更丰美，更强？
在谁的身上保存着你的匹敌，
如果这匹敌不在你自己身上？
一支笔假如不能够给他的人物
一点儿光彩，就显得十分枯涩；
但是，假如他描写起你来能说出
"你是你自己"，这作品就极为出色；
让他照抄你身上原有的文句，
不任意糟蹋造化的清新的手稿，
实录的肖像会使他艺名特具，
使他作品的风格到处受称道。
　　你把诅咒加上了你美妙的幸福，
　　爱受人称赞，那赞辞就因此粗俗。

[屠　岸　译]

第 85 首

Sonnet 85

My tongue-tied Muse in manners¹ holds her still
While comments of your praise, richly compiled,
Reserve their character with golden quill²
And precious phrase by all the Muses filed.
I think good thoughts whilst other write good words,
And, like unlettered clerk³, still cry 'Amen'
To every hymn that able spirit⁴ affords
In polished form of well-refined pen⁵.
Hearing you praised, I say, "'Tis so, 'tis true,"
And to the most of praise add something more;
But that is in my thought, whose love to you,
Though words come hindmost, holds his rank before.
  Then others for the breath of words respect,
  Me for my dumb thoughts, speaking in effect.

注释：
1. tongue-tied *adj.* 缄默的，寡言的 manners *n.* 礼貌；规矩 in manners 守礼貌
2. with golden quill 用羽管笔写的金字 quill *n.* 羽毛管
3. unlettered clerk 肤浅的牧师，不学无术的牧师 unlettered *adj.* 无学问的，无学识的 clerk *n.* [古] 牧师，教士
4. able spirit 机灵神；天才诗人

5. well-refined pen 高雅笔触

▌解读：

诗人说他的诗神——缪斯守礼貌，保持沉默，对爱友缄口不言了。是诗人对爱友不再爱了吗？不是的。其实诗人对爱友的爱比任何别的诗人都更强烈，只不过他如今默不作声，只是在静静地听着"全体缪斯们"——全体别的诗人，用清辞和丽句赞美他的爱友。他说，别的诗人写了佳句，而他却敏于思维。他也赞同别人的赞辞，但他只在心中默默地对爱友说着更多更美的赞辞。他希望爱友在注意别人的言辞时，也关注他的沉默。莎翁对爱友表白：我没有新作品献给你，但在沉思中，我对你仍抱有炽热的爱情。朋友，你可知道，从心中脉脉流出的爱，比从口中直接说出的爱不知道要深沉、浓烈多少倍呢！此时无声胜有声啊！所以，朋友，请别光顾着欣赏别人口头上或者通过优美的文笔来对你的赞美，其实你更应该注意和欣赏你挚友的沉默，有时这种沉默才真正如金子般弥足珍贵啊！

译文：

我的缪斯守礼貌，缄口不响，
黄金的羽管笔底下却有了记录：
录下了大量对你的啧啧称扬——
全体缪斯们吟成的清辞和丽句。
别人是文章写得好，可我是思想好，
像不学无术的牧师，总让机灵神
挥动他文雅精巧的文笔来编造
一首首赞美诗而我在后头喊"阿门"。
我听见人家称赞你，就说"对，正是"，
添些东西到赞美的极峰上来；
不过那只在我的沉思中，这沉思
爱你，说得慢，可想得比谁都快。
　　那么对别人呢，留意他们的言辞吧，
　　对我呢，留意我哑口而雄辩的沉思吧。

[屠 岸 译]

第 86 首

Sonnet 86

Was it the proud full sail of his great verse,

Bound¹ for the prize of all too precious you,

That did my ripe thoughts in my brain inhearse,

Making their tomb the womb wherein they grew?

Was it his spirit, by spirits taught to write

Above a mortal² pitch, that struck me dead³?

No, neither he, nor his compeers⁴ by night

Giving him aid, my verse astonished.

He, nor that affable⁵ familiar ghost

Which nightly gulls him with intelligence,

As victors⁶, of my silence cannot boast;

I was not sick of any fear from thence.

  But when your countenance⁷ filled up his line,

  Then lacked I matter, that enfeebled mine.

注释：
1. bound *adj.* （车、船等）开往……的 (for, to)
2. mortal *adj.* 世间的；凡人的
3. struck me dead（即 made me tongue-tied）教我结舌
4. compeer *n.* ［古］同伴，伙伴
5. affable *adj.* 和蔼可亲的；亲切友好的
6. victor *n.* 胜利者，征服者

7. countenance *n.* 面容；面目

解读：

诗人为什么"缄口"？并不是因为另一诗人写出的什么"华章"。那个"在精灵传授下字字珠玑、笔笔神来"的诗人并不能"骇呆"诗人的诗思，也并不能够把诗人打得"致死"。使诗人缄口的真正原因是诗人的爱友本人，因为他抛弃了挚友诗人而去垂青另一诗人的诗作。爱友的这种行为使诗人的心真的冷了。俗话说，"哀莫大于心死"，于是诗人意兴索然而默不作声了。

在现实生活中我们看到，无论多么强大的敌人都无法把一个人打垮，而往往是来自亲人或者朋友的背叛却可以把一个人彻底地打垮。"堡垒最容易从内部攻破"，说的就是这个道理。所以，面对形形色色的诱惑，你千万别做出让亲人和朋友感到寒心的事情。假若你让你的亲人和朋友的心都死了，真正可悲的不是别人，而是你自己，因为你离众叛亲离已经不远了。

译文：
难道是他的华章，春风得意，
扬帆驶去抓你做珍贵的俘虏，
才使我成熟的思想埋在脑子里，
使它的出生地变成了它的坟墓？
难道是在精灵传授下字字珠玑、
笔笔神来的诗人——他打我致死？
不是他，也不是夜里帮他的伙计——
并不是他们骇呆了我的诗思。
他，和每夜把才智教给他同时又
欺骗了他的、那个殷勤的幽灵，
都不能夸称征服者，迫使我缄口；
因此我一点儿也不胆战心惊。
　　但是，你的脸转向了他的诗篇，
　　我就没话说；我的诗就意兴索然。

[屠　岸　译]

第 87 首

Sonnet 87

Farewell, thou art too dear for my possessing,

And like enough[1] thou know'st thy estimate[2].

The charter[3] of thy worth gives thee releasing[4];

My bonds in thee are all determinate[5].

For how do I hold thee but by thy granting,

And for that riches where is my deserving?

The cause of this fair gift in me is wanting,

And so my patent back again is swerving.

Thyself thou gav'st, thy own worth then not knowing,

Or me, to whom thou gav'st it, else mistaking;

So thy great gift, upon misprision[6] growing,

Comes home again, on better judgement making.

  Thus have I had thee as a dream doth flatter,

  In sleep a king, but waking no such matter.

注释：

1. like enough（即 very likely）可能，多半，也许
2. estimate n. 价值；估价
3. charter n. 权利，特权
4. releasing 免除，解除（release vt. 使解除，使免除）
5. determinate adj. 确定的，限定的
6. misprision n. 源自法语 mesprison（即 mistake）[古] 误解，错误

■ 解读：

　　莎翁发觉，他的爱友变了心，两人过去在热恋中订下的山盟海誓作废了，因此只好提出分手。诗人知道，既然爱友明白了"自己的价值"，选择垂顾别的诗人（见第86首），那就意味着诗人再也不配享有与爱友为盟的"福气"了，因此诗人就将爱友以前对他的"错爱"这份"厚礼"交回到爱友那里，诗人认为这是明智的决定。因为他觉得，他与爱友之间为盟像是一场"阿谀的迷梦"。诗人在那梦里称了王，但当他醒来却是一场空。我们也说诗人的决定是明智的，但我们更要说，爱友是可悲的。因为一个见异思迁、背离朋友的人，日后还会有朋友吗？在这首诗中，我们也处处能看到莎翁谦卑的美德，这也是莎翁的可敬之处。

　　译文：

再会！你太贵重了，我没法保有你，
你也多半明白你自己的价值：
你的才德给予你自由的权利；
我跟你订的盟约就到此为止。
你不答应，我怎能把你占有？
对于这样的福气，我哪儿相配？
我没有接受这美好礼物的理由，
给我的特许证因而就掉头而归。
你当时不知道自己有多高的身价，
或者是把我看错了，才给我深情；
所以，你这份厚礼，送错了人家，
终于回家了，算得是明智的决定。
　　我曾经有过你，像一场阿谀的迷梦，
　　我在那梦里称了王，醒来一场空。

[屠　岸　译]

第 88 首

Sonnet 88

When thou shalt be disposed to set me light[1]
And place my merit[2] in the eye of scorn[3],
Upon thy side against myself I'll fight
And prove thee virtuous[4], though thou art forsworn[5].
With mine own weakness being best acquainted,
Upon thy part I can set down a story
Of faults concealed wherein I am attainted[6],
That thou in losing me shall win much glory.
And I by this will be a gainer too,
For, bending all my loving thoughts on thee,
The injuries that to myself I do,
Doing thee vantage, double-vantage[7] me.
  Such is my love, to thee I so belong,
  That for thy right myself will bear all wrong.

注释：
1. set me light（即 slight me）瞧我不起，轻视我
2. merit *n.* 长处，优点；功绩
3. scorn *n.* 轻蔑；鄙视
4. virtuous *adj.* 有道德的，善良的
5. forsworn *adj.* 背弃誓言的
6. attaint *vt.* [古] 指责；证明…有罪

7. vantage *n.* （竞赛中的）优势；有利

▌解读：
诗人说，尽管爱友已经对他"负义"，但他还是为了爱友的好而甘愿自己受打击，让自己"担当一切恶名"。如，编造自己的故事，说自己犯下了过失，自己卑污，等等，以此来证明爱友的所谓"正直"，使爱友能够因为失去了他反而能赢得荣耀。由于诗人太爱他的爱友了，所以他甚至认为，这样做对爱友有利，对诗人自己也加倍地有利。但我们觉得，诗人对爱友的这种爱是盲目的，无原则的，是不值得提倡的。但诗人对爱友的真挚感情，以及不惜牺牲自己以成全他人的宽阔胸怀和高尚品德也确实令人感动。当今社会物欲横流，品读莎翁的这首诗，相信对于每一位读者都应该有所教益。朋友，你是否也愿意为了你朋友或者他人的利益而牺牲你自己呢？

译文：
如果有一天你想要把我看轻，
带一眼侮慢来审视我的功绩，
我就要为了你好而打击我自身，
证明你正直，尽管你已经负义。
我要支持你而编我自己的故事，
好在自己的弱点我自己最明了，
我说我卑污，暗中犯下了过失；
使你失去我反而能赢得荣耀：
这样，我也将获得一些东西；
既然我全部的相思都倾向于你，
那么，我把损害加给我自己，
对你有利，对我也加倍地有利。
  我是你的，我这样爱你：我要
  担当一切恶名，来保证你好。

[屠　岸　译]

第89首

Sonnet 89

Say that thou didst forsake[1] me for some fault,
And I will comment upon that offense.
Speak of my lameness, and I straight[2] will halt[3],
Against thy reasons making no defense.
Thou canst not, love, disgrace[4] me half so ill[5],
To set a form upon desired change,
As I'll myself disgrace, knowing thy will,
I will acquaintance strangle and look strange;
Be absent from thy walks, and in my tongue
Thy sweet beloved name no more shall dwell,
Lest I, too much profane[6], should do it wrong
And haply[7] of our old acquaintance tell.
  For thee, against myself I'll vow debate,
  For I must ne'er love him whom thou dost hate.

注释:
1. forsake *vt.* 抛弃;遗弃
2. straight *adv.* 马上,立刻
3. halt *vi.* 跛行;蹒跚
4. disgrace *vt.* 使丢脸,使受耻辱
5. ill *adv.* (即 badly, cruelly) 粗暴地;冷酷无情地
6. profane *adj.* 渎神的,亵渎的

7. haply *adv.* （即 by chance）［古］偶然地，碰巧地

▎解读：

在本诗里，诗人进一步阐述了自己对爱友的真挚情怀，他甚至愿意承认他爱友对他的侮辱，以证实他爱友是对的。爱友说诗人"拐腿"，诗人便愿意马上做跛子；爱友"变了心肠"，诗人便与爱友断绝来往，还装作互不相识。诗人甚至为此而不再去散步，以免想起往日同爱友一起散步的快乐情景而感到痛苦，或者避免在散步时与爱友相遇而使爱友感到不愉快。诗人也不再叫爱友的"芳名"了，怕对它造成亵渎，更怕会说出他们的旧情来。爱友恨诗人，诗人也就憎恨自己，与自己为敌。总之，在诗人的心目中，爱友就是他的一切，为了爱友，诗人可以毫不犹豫地付出，甚至牺牲自己的一切。

读了这首诗，我们不禁为这位爱友感到惋惜，有诗人这么好的朋友，你为什么偏偏就要移情别顾呢？但我们觉得诗人对爱友的这种无原则的爱，以及一味地宽容和忍让是不应该的。因为这样做不仅对爱友毫无好处，而且还会害了爱友。要谨记："严是爱，宽是害"。

译文：

你说你丢弃我是因为我有过失，
我愿意阐释这种对我的侮辱：
说我拐腿，我愿意马上做跛子，
绝不反对你，来为我自己辩护。
爱呵，你变了心肠却寻找口实，
这样侮辱我，远不如我侮辱自身
来得厉害；我懂了你的意愿，
就断绝和你的往来，装做陌路人；
不要再去散步了；你的芳名，
也不必继续在我的舌头上居住；
否则我（过于冒渎了）会对它不敬，
说不定会把你我的旧谊说出。
　　为了你呵，我发誓驳倒我自己，
　　你所憎恨的人，我决不爱惜。

[屠　岸　译]

第 90 首

Sonnet 90

Then hate me when thou wilt[1]; if ever, now;
Now, while the world is bent my deeds to cross[2],
Join with the spite of fortune, make me bow[3],
And do not drop in for an after-loss[4].
Ah do not, when my heart hath 'scaped this sorrow,
Come in the rearward of a conquered woe;
Give not a windy night a rainy morrow,
To linger out[5] a purposed overthrow.
If thou wilt leave me, do not leave me last,
When other petty griefs have done their spite,
But in the onset come; so shall I taste
At first the very worst of fortune's might,
  And other strains[6] of woe[7], which now seem woe,
  Compared with loss of thee will not seem so.

注释：
1. wilt（即 wish to）想要
2. my deeds to cross（即 to oppose me）和我作对　deeds n.（做的）事情；行为
3. make me bow 压我低头，战胜我
4. after-loss（即 loss upon loss）落井下石
5. linger out 拖延　linger vi. 拖延；苟延

6. strains *n.* 诗,诗节;笔调
7. woe n 悲苦;不幸

> 解读:

由于厄运所阻,诗人的事业失败,抱负不能实现。但他的心已经躲开了悲郁。就在此时,诗人对他的爱友说,如果要憎恨他,要丢弃他,就趁现在,别等到诗人攻克了忧伤之后再来折磨他。因为那样会雪上加霜而把他给毁灭。在诗人的心目中,失去爱友才是他的"极端的厄运"。诗人说,与失去爱友相比,什么厄运、失败等等的"忧伤",其实都"没有忧伤的分量"。品读本诗,我们再一次感受到诗人对爱友的真挚感情,同时也看到爱友在诗人心目中的地位。

莎翁把爱友看得比自己的事业和命运更为重要,这实在令人感动。在现实生活中有几个人能做到像他这样呢?相比之下,那些为了自己的前途和利益而不惜牺牲和出卖朋友的人是非常可鄙和渺小的。

译文:

你要憎恨我,现在就憎恨我吧,
趁世人希望我事业失败的时光,
你串通厄运一同来战胜我吧,
别过后再下手,教我猝不及防:
啊别——我的心已经躲开了悲郁,
别等我攻克了忧伤再向我肆虐;
一夜狂风后,别再来早晨的阴雨,
拖到头来,存心要把我毁灭。
你要丢弃我,别等到最后才丢,
别让其他的小悲哀先耀武扬威,
顶好一下子全来;我这才能够
首先尝一下极端厄运的滋味;
  其他的忧伤,现在挺像是忧伤,
  比之于失掉你,就没有忧伤的分量。

[屠 岸 译]

第 91 首

Sonnet 91

Some glory in their birth, some in their skill,
Some in their wealth, some in their body's force,
Some in their garments, though newfangled ill[1],
Some in their hawks and hounds, some in their hors
And every humor hath his adjunct[2] pleasure,
Wherein it finds a joy above the rest,
But these particulars are not my measure[3];
All these I better in one general best.
Thy love is better than high birth to me,
Richer than wealth, prouder than garments' cost,
Of more delight than hawks and horses be;
And having thee, of all men's pride I boast:
  Wretched[4] in this alone, that thou mayst take
  All this away, and me most wretched make.

注释：
1. newfangled ill 怪样的时髦；奇装太难看　newfangled *adj.* 最新式的；最近流行的
2. adjunct *adj.* 附属的
3. measure *n.* (即 standard) (衡量) 标准
4. wretched *adj.* 可怜的；悲惨的；使人难受的

■ 解读：

每个人活在世上都有自己的追求，或物质上的，或精神上的，各不相同。诗人在诗里说，各人有各人的享受，各人能从各自的享受中找到"独有的欢乐"。人各有夸耀，有的人夸出身，有的人夸才干，有的人夸体魄，有的人夸财富，有的人夸新装，也有人夸骏马，夸猎狗，夸猎鹰，等等。然而，这些世俗的"愉悦"并不符合诗人的"胃口"，诗人"自有极乐"，那就是对爱友的爱。只要有了爱友，诗人就可以"笑傲全人类"，而一旦失去爱友，诗人就觉得自己变成了"可怜虫"，"比任何谁都穷"。

从诗中我们看到了诗人的高尚情操，他不齿于世俗的种种所谓"享受"，而唯独钟情于对爱友的诚挚感情。他觉得，爱友的爱"远胜过高门显爵；远胜过家财万贯，锦衣千柜；比猎鹰和骏马给人更多的喜悦"。诗人的这种高尚情操，对于当今的人们，特别是年轻的一代具有一定的启迪和教育作用。

我们能从一个人的喜好和追求看出这个人的人生观、世界观和价值观，同时也可以看出这个人的学识和修养的程度。台湾佛光山开山宗长、"人间佛教"的倡导者星云大师曾说过"人有三个层次"。第一个层次是对物欲上的追求，这是人类最初级的层次；第二个层次是对于精神上的追求，这是较高的层次；第三个层次是对于灵魂上的追求，这是最高的层次。因此，希望朋友们除了在物欲上的追求外，在精神上和灵魂上都应该有所追求，从而使自己的精神世界更加富有，使自己的灵魂更加纯洁和高尚。

译文：

人们各有夸耀：夸出身，夸技巧，
夸身强力壮，或者夸财源茂盛；
也有人夸新装，虽然是怪样的时髦；
有人夸骏马，有人夸猎狗、猎鹰；
各别的生性有着各别的享受，
各在其中找到了独有的欢乐；
个别的愉悦却不合我的胃口，
我自有极乐，把上述一切都超过。
对于我，你的爱远胜过高门显爵，

远胜过家财万贯，锦衣千柜，
比猎鹰和骏马给人更多的喜悦；
我只要有了你呵，就笑傲全人类。
　　只要失去你，我就会变成可怜虫，
　　你带走一切，会教我比任谁都穷。

〔屠　岸　译〕

第 92 首

Sonnet 92

But do thy worst to steal thyself away[1],
For term of life thou art assured mine,
And life no longer than thy love will stay,
For it depends upon that love of thine.
Then need I not to fear the worst of wrongs[2],
When in the least of them my life hath end.
I see a better state[3] to me belongs
Than that which on thy humor doth depend.
Thou canst not vex me with inconstant mind,
Since that my life on thy revolt doth lie.
O, what a happy title[4] do I find,
Happy to have thy love, happy to die!
  But what's so blessed-fair[5] that fears no blot?
  Thou mayst be false, and yet I know it not.

注释：

1. steal thyself away 把自己偷走　steal away 溜掉
2. need I not to fear（即 I need not fear.）the worst of wrongs 最坏的事态，最大的厄运
3. a better state 更好的境界
4. happy title（即 right to be happy）幸福的权利
5. blessed-fair 幸福　blessed *adj.* 幸福的；幸运的

解读：

在本诗中，诗人憧憬着从失去爱友的爱这件事中寻得安慰。爱友当初将诗人的感情"偷走"，使诗人靠着爱友之爱而活着。然后，爱友又"背叛"了诗人，使诗人遭遇失去爱友的"最大的厄运"。此时爱友的爱已经决定着诗人生命的期限。诗人认为失去爱友的爱之后，他不如一死，方能进入较好的境况。在诗人看来，有爱友的爱，诗人就在人间活着，这是幸福的；失去了爱友的爱，诗人就结束尘世生活而去度天堂的生涯，依然是幸福的。诗人虽然是这么憧憬着，但他还是心中存疑：爱友可能变了心，而诗人还未知悉。

从这首诗中我们看到，一个人的爱对朋友是多么的重要。所以，对朋友我们不要吝啬我们的爱，要多关心朋友，多给予朋友爱，因为爱的力量是无穷的。朋友的爱能使一个人生活得很幸福，能给一个身处逆境的人带来光明和希望。

译文：

你可以不择手段，把自己偷走，
原是你决定着我的生命的期限；
我的生命不会比你的爱更长久，
它原是靠着你的爱才苟延残喘。
因此我无需害怕最大的厄运，
既然我能在最小的厄运中身亡。
我想，与其靠你的任性而生存，
倒不如一死能进入较好的境况。
你反复无常也不能再来烦恼我，
我已让生命听你的背叛摆布。
我得到真正幸福的权利了，哦，
幸福地获得你的爱，幸福地死去！
　　但谁能这么幸福，不怕受蒙蔽？——
　　你可能变了心，而我还未曾知悉。

[屠　岸　译]

第93首

Sonnet 93

So shall I live, supposing thou art true,

Like a deceived husband¹; so love's face

May still seem love to me, though altered new,

Thy looks with me, thy heart in other place.

For there can live no hatred in thine eye;

Therefore in that I cannot know thy change².

In many's looks, the false heart's history

Is writ in moods and frowns and wrinkles strange,

But heaven in thy creation did decree

That in thy face sweet love should ever dwell;

Whate'er thy thoughts or thy heart's workings be,

Thy looks should nothing thence but sweetness tell.

  How like Eve's apple³ doth thy beauty grow

  If thy sweet virtue answer not thy show.

注释：

1. a deceived husband 受骗的丈夫

2. change（即 change of heart）这里指"变心"。

3. Eve's apple 夏娃的苹果；Eve 夏娃（基督教《圣经》人物，亚当之妻）根据《圣经》故事，夏娃和亚当在蛇（魔鬼撒旦）的引诱下偷吃了禁果。亚当偷吃的苹果哽在喉咙里变成了喉结，因此男人的喉结被称做"亚当苹果"（Adam's apple）。莎翁在这里巧妙地化用旧典故成语，把"Adam's apple"改成"Eve's apple"。女人长了喉结,岂不是很丑?这里指美变成了丑。

解读:

诗人说,如果爱友已经变了心而他尚未觉察,那么诗人会像个"受骗的丈夫"那样,心里假想着爱友还是忠实的,而在尘世上继续活下来。因为上帝在创造爱友的时候,让他的脸上永远居住着甜爱。所以,尽管爱友的心里已经在爱着别人,但他的样子仍然很可爱,仍然像在爱着诗人。诗人不可能从爱友的脸上看出爱友已经变了心。然而,诗人在此时好像已经对爱友有所认识,觉得爱友的品德跟外貌不相称,不和谐。诗人说,爱友的美貌真像伊甸园中"夏娃的智慧果",虽然表面看起来很好看,但是却会给吃它的人带来不幸。其实诗人是在批评爱友对朋友的不忠。从诗的字里行间,我们看到的是诗人对于爱友移情别恋的不满和无奈。这首诗也再次印证了"人不可貌相"这句话。俗话说,"知人知面不知心",无论什么时候我们都不要被一些表面的、甜美的现象所蒙蔽和欺骗。

译文:

那我就活下去,像个受骗的丈夫,
假想着你还忠实;于是表面上
你继续爱我,实际上已有了变故;
你样子在爱我,心却在别的地方:
因为在你的眼睛里不可能有恨毒,
所以我不可能在那儿看出你变心。
许多人变了心,被人一眼就看出,
古怪的皱眉和神态露出了真情;
但是上帝决定在造你的时候
就教甜爱永远居住在你脸上;
于是无论你心里动什么念头,
你的模样儿总是可爱的形象。
  假如你品德跟外貌不相称,不谐和,
  那你的美貌就真像夏娃的智慧果!

[屠 岸 译]

第 94 首

Sonnet 94

They that[1] have pow'r to hurt, and will do none,
That do not do the thing they most do show,
Who, moving others, are themselves as stone,
Unmoved, cold, and to temptation slow;
They rightly do inherit heaven's graces
And husband[2] nature's riches from expense;
They are the lords and owners of their faces,
Others but stewards of their excellence.
The summer's flow'r is to the summer sweet,
Though to itself it only live and die[3];
But if that flow'r with base infection meet,
The basest weed outbraves[4] his dignity:
    For sweetest things turn sourest by their deeds;
    Lilies that fester smell far worse than weeds.

注释：
1. They that（即 those who）
2. husband *vt.* 节俭地使用（或经营）
3. live and die（即 blooms and withers）自开又自谢
4. outbrave *vt.* （在美丽、华丽等方面）超过

▎解读：

莎翁在这首诗里推崇和赞美那种容貌姣好但又能够控制自己的情感、抵御外界的诱惑、做到洁身自好的人。这种人既不滥用美貌去诱惑别人，又不被别人所诱惑。他们不仅仪表美，内心也很美。诗人赞赏他们才是自己美貌的主子。诗人认为，只有能控制自己感情的人（即忠于爱的人）才配承受上天赐给他们的美貌，否则就是滥用情感、挥霍美貌的浪子。其实，他是在委婉地批评爱友凭借自己的美貌，滥用自己的情感移情别恋。莎翁认为，如果天生丽质的人在感情上放纵自己，从而导致在道德上失去检点，就犹如花染上了卑贱的瘟病，连最贱的野草也要比它更高贵。他在诗的最后指出，高贵的人格的堕落，比原来是不高贵者更可鄙。诗人的批评是尖锐而猛烈的。我们不仅叹服于莎翁鲜明而又形象的比喻，更折服于他人类灵魂导师般的睿智。

在物欲横流、到处都有诱惑的现实社会里，要做到洁身自好、独善其身确实很不容易。我们看到有的人凭借自己的美貌去诱惑别人，从而获得自己想要的东西；也有的人抵御不了各种诱惑而出卖了自己高贵的人格和灵魂；还有的人在感情上放纵自己，自甘堕落，背叛了自己所爱的人。这些人的行为都是莎翁所指斥和批判的。

译文：

有种人，有权力害人，而不去加害，
看来是易如反掌，他们却不做，
使别人动情，而自己是石头一块，
冷若冰霜，不受人家的诱惑；
他们，无愧地承受了天生丽质，
栽培着自然的财富，不浪费点滴；
他们才是自己的美貌的主子，
别人，不过是经手美色的仆役。
夏天的花儿对夏天总芬芳可亲，
尽管它只是独自茂盛又枯萎；
但那花要是染上了卑贱的瘟病，
最贱的野草也要比它更高贵；
　　甜东西做了贱事就酸苦难尝；
　　发霉的百合远不如野草芳香。

[屠　岸　译]

第 95 首

Sonnet 95

How sweet and lovely dost thou make the shame
Which, like a canker in the fragrant rose,
Doth spot the beauty of thy budding name[1]!
O, in what sweets[2] dost thou thy sins enclose!
That tongue that tells the story of thy days,
Making lascivious[3] comments on thy sport,
Cannot dispraise, but in a kind of praise;
Naming thy name blesses an ill report[4].
O, what a mansion have those vices got
Which for their habitation chose out thee,
Where beauty's veil[5] doth cover every blot,
And all things turns to fair that eyes can see!
  Take heed, dear heart, of this large privilege;
  The hardest knife ill-used doth lose his edge.

注释：
1. budding name 如花初放的美名　budding adj. 正发芽的；含苞待放的
2. sweets n. 甜美，芳香
3. lascivious adj. 淫荡的；淫乱的
4. an ill report 坏名声（report = reputation）
5. beauty's veil 美的面纱　veil n. 面纱；面罩

■ 解读：

诗人在上一首诗里赞扬了能控制自己的情感、洁身自好、自觉抵御外界诱惑的高尚行为之后，在本诗里为爱友行为的不检点而感到悲哀。诗人说，爱友利用自己的美貌移情别恋，其行为是对诗人的不忠。其实爱友的行为也玷污了自己年轻的美名。爱友还用其"甜美"来"包藏"其"恶行"。诗人规劝爱友，千万要警惕利用自身的美貌来隐蔽自身的恶行的后果。他说，"快刀子滥用了，也会失去其锋利"。诗人的规劝富含哲理，让人振聋发聩。

莎翁在这两首诗中都在批评他的爱友凭借自己的美貌，滥用自己的感情做出对朋友不忠的事情，使自己的人格堕落，玷污了自己的美名。同时，他也在规劝爱友要洁身自好，要爱惜自己的人格和美名。其实，不仅仅滥用感情的人会有不良的后果，但凡滥用了自身的资源和特权的人都会产生种种恶果。如有的人在情欲上放纵自己，不懂得爱惜自己的身体，年纪轻轻就百病丛生，未老先衰；有的人滥用了手中的权力，为自己和他人谋取私利，结果身败名裂。这些惨痛的教训我们应该深刻吸取。

译文：

耻辱，像蛀虫在芬芳的玫瑰花心，
把点点污斑染上你含苞的美名，
而你把那耻辱变得多可爱，可亲！
你用何等的甜美包藏了恶行！
那讲出你日常生活故事的舌头，
把你的游乐评论为放荡的嬉戏，
好像是责难，其实是赞不绝口，
一提你姓名，坏名气就有了福气。
那些罪恶要住房，你就入了选，
它们呵，得到了一座多大的厅堂！
在那儿，美的纱幕把污点全遮掩，
眼见那一切都变得美丽辉煌！
　　亲爱的心呵，请警惕这个大权力；
　　快刀子滥用了，也会失去其锋利。

[屠　岸　译]

第 96 首

Sonnet 96

Some say thy fault is youth, some wantonness[1],
Some say thy grace is youth and gentle sport[2];
Both grace and faults are loved of more and less;
Thou mak'st faults graces that to thee resort.
As on the finger of a throned queen
The basest jewel will be well esteemed,
So are those errors that in thee are seen
To truths translated and for true things deemed.
How many lambs might the stern[3] wolf betray[4],
If like a lamb he could his looks translate;
How many gazers[5] might'st thou lead away,
If thou wouldst use the strength of all thy state!
  But do not so; I love thee in such sort
  As, thou being mine, mine is thy good report.

注释：
1. wantonness *n.* 淫乱，淫荡；放荡；［古］淫乱的人
2. gentle sport 风流倜傥；多情
3. stern *adj.* 严厉的；苛刻的；粗暴的
4. betray *vt.* 背叛；陷害
5. gazer *n.* 爱慕者

▋ 解读：

诗人在本诗中对爱友再次进行规劝。诗人劝告爱友改变作风，不要放纵自己，因为有人在议论他的行为了。对于爱友的青春，不同的人持不同的看法。有人说他美在青春，因为风流倜傥；有人说他错在青春，因为有点纵情。爱友自己把常犯的过错变成了荣光。诗人指出：如果恶狼能变做羔羊的模样，就会更加凶狠，而爱友就像羔羊。如果爱友使出全部美丽的力量来，那么他将会把许多爱慕他的人引坏，因为爱友外表的美包藏了他的恶，诗人规劝爱友别这么做。他希望爱友能注意自己的行为，不要以自己的美来放纵自己，给自己和朋友抹黑。因为诗人是那么地热爱爱友以至把爱友的一切都看成是自己的，如果爱友有了恶名，诗人也就承担了爱友的恶名了。

诗人苦口婆心地规劝爱友弃恶向善的情怀确实令人感动。莎翁既是一位诤友，也是一位富有正义感的人。其实，他也是在斥责那些表面优美而内心丑恶的人，这些人就像是披着羊皮的狼。在莎翁生活的年代，由于资产阶级的贪婪和伪善，英国社会上充斥着尔虞我诈、弱肉强食、贪婪和堕落等各种丑恶的现象，莎翁对这些现象进行了无情地揭露和批判。

译文：

有人说，你错在青春，有点儿纵情；
有人说，你美在青春，风流倜傥；
你的美和过错见爱于各色人等：
你把常犯的过错变成了荣光。
好比劣等的宝石只要能装饰
宝座上女王的手指就会受尊敬；
这些能在你身上见到的过失
也都变成了正理，被当做好事情。
多少羔羊将要被恶狼陷害呵，
假如那恶狼能变做羔羊的模样！
多少爱慕者将要被你引坏呵，
假如你使出了全部美丽的力量！
　　但是别这样；我这么爱你，我想：
　　你既然是我的，我就有你的名望。　　　［屠　岸　译］

第 97 首

Sonnet 97

How like a winter hath my absence been
From thee, the pleasure of the fleeting year^1!
What freezings have I felt, what dark days seen,
What old December's bareness everywhere!
And yet this time removed was summer's time,
The teeming^2 autumn, big with rich increase,
Bearing the wanton burden of the prime,
Like widowed wombs^3 after their lords' decease.
Yet this abundant^4 issue^5 seemed to me
But hope of orphans^5 and unfathered fruit;
For summer and his pleasures wait on thee,
And, thou away, the very birds are mute;
  Or, if they sing, 'tis with so dull a cheer,
  That leaves look pale, dreading the winter's near.

注释：
1. fleeting year 迅疾的岁月　fleeting adj. 疾驰的；飞逝的
2. teeming adj. 多产的；丰收的
3. widowed wombs（即 pregnant widows）怀着遗腹子的寡妇
4. abundant adj. 富有的；富裕的
5. issue n.（即 offspring）[律] 后代，子女
6. hope of orphans（即 unborn orphans）

解读：

诗人说，爱友是诗人在一年四季中唯一的欢乐的源泉。爱友一旦不在诗人身边，诗人的生活就如同冬天般的寒冷和寂寞，尽管爱友离开诗人的时候正值夏日炎炎。在本诗里，诗人借物言情，把他与爱友在一起的时光比喻为孕育欢乐种子的春天。但夏天爱友离开了，诗人就感到很孤独，连秋天的繁茂产物都像是一群失去父亲的孤儿。诗人说，爱友离开他后，连鸟儿都不爱歌唱了，即使歌唱，其调子也是悲哀的，连树叶也苍黄了，似乎冬天就要到来了。其实，这是诗人心情郁闷、悲伤的写照。

读了这首诗，我们在为诗人对爱友的深厚情谊而感动的同时，也领略到诗人丰富的想象力和深厚的文学素养。但诗人如此地迷恋爱友以致不能自拔，一旦爱友不在身边情绪就很低落、郁闷，我们觉得这是不可取的。

译文：

不在你身边，我就生活在冬天，
你呵，迅疾的年月里唯一的欢乐！
啊！我感到冰冷，见到阴冻天！
到处是衰老的十二月，荒凉寂寞！
可是，分离的时期，正夏日炎炎；
多产的秋天呢，因受益丰富而充实，
像死了丈夫的寡妇，大腹便便，
孕育着春天留下的丰沛的种子：
可是我看这繁茂的产物一齐
要做孤儿——生来就没有父亲；
夏天和夏天的欢娱都在伺候你，
你不在这里，连鸟儿都不爱歌吟；
　　鸟即使歌唱，也带着一肚子阴霾，
　　使树叶苍黄，怕冬天就要到来。

[屠　岸　译]

第 98 首

Sonnet 98

From you have I been absent in the spring,

When proud-pied¹ April, dressed in all his trim²,

Hath put a spirit of youth in everything,

That heavy Saturn³ laughed and leaped with him.

Yet nor the lays of birds, nor the sweet smell

Of different flowers in odor and in hue,

Could make me any summer's story tell,

Or from their proud⁴ lap pluck them where they grew.

Nor did I wonder⁵ at the lily's white,

Nor praise the deep vermilion⁶ in the rose;

They were but sweet, but figures of delight,

Drawn after you, you pattern of all those.

  Yet seemed it winter still, and, you away,

  As with your shadow I with these did play.

注释：
1. proud-pied 绚丽的；缤纷的
2. trim n. (= fine clothing) 盛装
3. Saturn n. [天] 土星。在星相学中，土星是沉闷、忧郁的象征。
4. proud adj. (= splendid) 辉煌的；壮丽的
5. wonder at (= admire) 惊羡，惊叹
6. deep vermilion 深湛的红色　vermilion n. 朱红色

■ 解读：

诗人和爱友在春天分开了。因为爱友不在身边，诗人就兴意索然，春天的一切美都不能打动诗人，尽管当时正值"缤纷的四月"，大自然的一切都是那么的美。不论是鸟儿的歌唱，或是美丽花朵的芳香，都没法引动诗人讲述夏天愉快的故事。因为在诗人看来，与爱友分开的日子，不管景色有多么美丽，都像是冬天。不论是"晶莹洁白的百合花"还是"深湛红色的玫瑰花"，都不值得诗人"惊叹"和"赞美"。因为在诗人看来，它们只不过是在仿造爱友"喜悦的体态"和娇美。诗人再次赞美爱友，说爱友是一切美的准则。他觉得跟这些花玩，就像是在跟爱友的影子玩。从诗中我们看到爱友在诗人心目中的地位有多高以及爱友对诗人的影响有多大。诗人对爱友的这份深厚情谊确实令人感动。

译文：

在春天，我一直没有跟你在一起，
但见缤纷的四月，全副盛装，
在每样东西的心头点燃起春意，
教那悲哀的土星也同他跳，笑嚷。
可是，无论是鸟儿的歌谣，或是
那异彩夺目、奇香扑鼻的繁花
都不能使我讲任何夏天的故事，
或者把花儿从轩昂的茎上采下：
我也不惊叹百合花晶莹洁白，
也不赞美玫瑰花深湛的红色；
它们不过是仿造你喜悦的体态
跟娇美罢了，你是一切的准则。
　　现在依然像冬天，你不在旁边，
　　我跟它们玩，像是跟你的影子玩。

[屠　岸　译]

第99首

Sonnet 99

The forward[1] violet thus did I chide:
Sweet thief, whence didst thou steal thy sweet that smells
If not from my love's breath? The purple pride[2]
Which on thy soft cheek for complexion dwells
In my love's veins thou hast too grossly dyed.
The lily I condemned for thy hand,
And buds of marjoram[3] had stol'n thy hair;
The roses fearfully[4] on thorns did stand,
One blushing shame, another white despair;
A third, nor red nor[5] white, had stol'n of both,
And to his robb'ry had annexed thy breath;
But for his theft, in pride of all his growth[6]
A vengeful canker eat him up to death.
  More flowers I noted, yet I none could see,
  But sweet or color it had stol'n from thee.

注释：
1. forward *adj.* （即 early blooming）早熟的；早开的
2. pride *n.* [古] 美观；壮观；华丽
3. marjoram *n.* [植] 墨角兰；薄荷
4. fearfully *adv.* 畏惧地；胆怯地
5. nor... nor 即 neither... nor

6. in pride of all his growth 在他盛开时　pride n. 全盛（期）

▌解读：

　　这是一首比较特殊的诗，一共有十五行（在第一个四行组中多出一行来），也是莎士比亚十四行诗集里唯一的一首。在这首诗中，诗人赞美他的爱友的美如同各种各样美丽芬芳的花。诗人说他见过很多的花，觉得所有的花都是爱友的影子，因为在万紫千红的花中，无一不是窃取了爱友的颜色，就是窃取了爱友的香气的。诗人对爱友说，他曾责备早开的紫罗兰，说它的清香是从爱友的呼吸里偷来的，而花朵上华丽的紫红是来自于爱友的血管的。他还责备百合花偷了爱友的玉手，薄荷的蓓蕾偷了爱友的秀发，等等。诗人借用各种美丽芳香的花来形容爱友，说明爱友的美貌确实令人赏心悦目，也说明诗人对爱友的感情至深。

译文：

对着早开的紫罗兰，我这样责备：
"你的香是哪儿来的，假如不是从
我爱人呼吸里偷来的，可爱的盗贼？
紫红驻在你嫩颊上，正是你从
我爱人脉管里唐突地染来的华美。"
我申斥盗用了你的素手的百合，
还有偷了你头发的薄荷花苞：
畏惧地站在枝头的玫瑰，白的，
偷你的绝望，红的，偷你的羞臊；
不红不白的，就把这两样都偷，
并且在赃物中加上你呼出的芳香；
但是，正当他生意蓬勃的时候，
向盗贼复仇的蛀虫就把他吃光。
　　我见过更多的鲜花，但从没见过
　　不偷盗你的香味和颜色的花朵。

　　　　　　　　　　　　　　［屠　岸　译］

第 100 首

Sonnet 100

Where art thou, Muse, that thou forget'st so long
To speak of that which gives thee all thy might?
Spend'st thou thy fury[1] on some worthless song,
Dark'ning[2] thy pow'r to lend base subjects light?
Return, forgetful Muse, and straight redeem,
In gentle numbers[3] time so idly spent,
Sing to the ear that doth thy lays[4] esteem.
And gives thy pen both skill and argument[5].
Rise, resty[6] Muse, my love's sweet face survey,
If Time have any wrinkle graven there;
If any, be a satire to decay
And make Time's spoils despised everywhere.
  Give my love fame faster than Time wastes life;
  So thou prevent'st his scythe and crooked knife.

注释：
1. fury *n.* ［古］灵感；这里指"诗情"
2. Dark'ning（即 Reducing）消耗；减少
3. gentle numbers（即 noble verses）高贵的韵律，高雅诗句
4. lay *n.* （吟唱的）短叙事诗；短抒情诗
5. argument *n.* ［古］（文学作品等的）概要，梗概；主题
6. resty *adj.* （即 inactive）懒散的

解读：

从前面的诗篇中，我们知道了诗人爱友的美给了诗人创作的灵感。诗人对爱友说，"你自己给了人家创作的灵感"，"你本身是诗的意趣"。我们也知道诗人对于爱友滥用自己的感情、移情别恋表示了不满并委婉地批评了他。所以诗人与爱友之间似乎已经产生了隔膜。他已经有段时间不为爱友写诗了，爱友感到不解，诗人以此诗作答。

从本诗中我们看到诗人多次在呼唤缪斯，希望她能回来，给他创作的灵感。我们是否可以这样认为，诗人在诗中多次呼唤缪斯，一方面是在为自己长久没有为爱友写诗辩解，因为他没有灵感了；另一方面诗人也希望通过召唤缪斯，能给自己创作的灵感，使他写出讽刺衰老的诗，即对时光的讽刺诗。同时，他认为歌颂爱友的诗篇能挡住"时间的镰刀"，所以要抓紧写出来。但我们也不难看出，爱友的移情别恋确实伤害了诗人，使诗人没有了创作的灵感。我们从这首诗中应该得到一些什么启示呢？首先，在与他人的相处中，我们是否要注意不能轻易或随便就伤害别人呢？另外，莎翁在诗中是否也在告诉我们要写高贵的、有格调的诗歌，而不要在"俗歌滥调"和"渺小的题目"里浪费热情和时间呢？

译文：

你在哪儿呵，缪斯，竟长久忘记了
把你全部力量的源泉来描述？
你可曾在俗歌滥调里把热情浪费了，
让文采失色，借光给渺小的题目？
回来吧，健忘的缪斯，立刻回来用
高贵的韵律去赎回空度的时日；
向那只耳朵歌唱吧——那耳朵敬重
你的曲调，给了你技巧和题旨。
起来，懒缪斯，看看我爱人的甜脸吧，
看时光有没有在那儿刻上皱纹；
假如有，你就写嘲笑衰老的诗篇吧，
教时光的抢劫行为到处被看轻。
　　快给我爱人扬名，比时光消耗
　　生命更快，你就能挡住那镰刀。

［屠　岸　译］

第 *101* 首

Sonnet 101

O truant[1] Muse, what shall be thy amends[2]
For thy neglect of truth in beauty dyed?
Both truth and beauty on my love[3] depends;
So dost thou too, and therein dignified[4].
Make answer, Muse, wilt thou not haply[5] say,
'Truth needs no color, with his colour fixed,
Beauty no pencil, beauty's truth to lay;
But best is best, if never intermixed[6]?'
Because he needs no praise, wilt thou be dumb?
Excuse not silence so, for't lies in thee
To make him much outlive a gilded tomb[7],
And to be praised of ages yet to be.
  Then do thy office, Muse; I teach thee how
  To make him seem, long hence, as he shows now.

注释：
1. truant *adj.* 逃学的；偷懒的
2. amends［复］*n.*［用作单或复］赔偿；赔罪
3. love *n.*（即 beloved）这里指"我的爱人"；"亲爱的"（夫妇、情侣间或对孩子的爱称）
4. dignified *adj.* 尊严的，高贵的
5. haply *adv.*（即 perhaps）［古］或许，也许

6. intermix *vi.* 混合，混杂
7. a gilded tomb 金墓　gilded *adj.* 镀了金的

解读：
　　在上一首诗中，诗人不断地呼唤缪斯的归来。而在这一首中，诗人则责备他的缪斯太怠慢了，没有写诗来赞美他的爱友。但诗人又替缪斯回答道，她（缪斯）之所以怠慢，是因为诗人的爱友根本就不需要赞美。他认为，爱友的容貌美丽，内心纯真，是真与美的标准和代表。诗人又提醒他的缪斯，不要为沉默辩护，因为她有责任使诗人爱友的美得到永生，也即是将爱友的美质留在诗人的诗篇中，使爱友永远受后代的赞美和讴歌。在这首诗里，诗人再次赞美爱友是真和美的标准和化身，如诗中的"浸染着美的真"，"真和美都依赖着我的爱人"。同时，他还认为，真和美就应该用文学作品来记录和表现，而讴歌真和美的作品才是好的作品，如诗中的"你也要靠他才会有文采风流"。我们认为，莎翁的这部十四行诗集就是好的作品，因为它讴歌了人类的真、善、美。

译文：
　　逃学的缪斯呵，对浸染着美的真，
　　你太怠慢了，你用什么来补救？
　　真和美都依赖着我的爱人；
　　你也要靠他才会有文采风流。
　　回答呵，缪斯：也许你会这样说，
　　"真，有它的本色，不用彩饰，
　　美，真正的美，也不用着色；
　　不经过加工，极致仍然是极致？"
　　因为他不需要赞美，你就不开口？
　　别这样代沉默辩护；你有职责
　　使他长久生活在金墓变灰后，
　　使他永远受后代的赞美和讴歌。
　　　　担当任务吧，缪斯；我教你怎样
　　　　使他在万代后跟现在一样辉煌。

[屠　岸　译]

第102首

Sonnet 102

My love is strength'ned, though more weak in seeming;
I love not less, though less the show appear.
That love is merchandized whose rich esteeming[1]
The owner's tongue doth publish every where.
Our love was new, and then but in the spring,
When I was wont to[2] greet it with my lays[3],
As Philomel[4] in summer's front doth sing
And stops his pipe in growth of riper days.
Not that the summer is less pleasant now
Than when her mournful hymns did hush the night[5],
But that wild music burdens every bough,
And sweets grown common lose their dear delight.
　　Therefore, like her, I sometime hold my tongue,
　　Because I would not dull you with my song.

注释：
1. rich esteeming 标高价　esteem vt. 估计…的价值；评价
2. was wont to（即 used to）惯于
3. lays n. 歌曲；曲调
4. Philomel n.（即 the nightingale）［古］［诗］夜莺（据古希腊神话，雅典王 Pandion 的次女 Philomela（菲洛梅拉）被姐夫奸污，又被割舌，后在被姐夫追杀的途中，神使她变为夜莺。她以不绝的歌声申诉自己的

不幸遭遇）

5. hush the night 静抚黑夜　hush vt. 使静下来；使沉默

▌解读：

在这首诗中，诗人向爱友解释他为什么一段时间以来比较少写诗赞美爱友的原因。他借用夜莺来进行比喻，说他像夜莺那样只在初夏（也即他们刚认识、开始建立情谊的时候）歌唱（他常用歌声来欢庆他们的友情），但到了盛夏（也即他们的情谊成熟的时候）就不再歌吟了。但这并不是说现在他们的感情不如当初好，而是他担心唱多了反而会使爱友感到厌倦。如诗中的"优美变成了凡俗就不再可爱"。诗人说，虽然他现在对爱友少了些赞美，但他对爱友的爱并没有减少，反而是加强了。此时无声胜有声啊！其实，爱一个人并不一定总是要把她（他）挂在嘴上，真正的爱是心照不宣的，这样的爱也才是深沉的。有时候一个简单的眼神、一个微笑就足以说明一切了。

译文：

我的爱加强了，虽然看来弱了些；
我没减少爱，虽然少了些表达；
除非把爱当商品，那卖主才力竭
声嘶地把爱的价值告遍人家。
我只在春季，我们初恋的时候，
才惯于用歌儿来迎接我们的爱情；
像夜莺只是讴唱在夏天的开头，
到了成熟的日子就不再歌吟：
并不是如今的夏天比不上她用
哀诗来催眠长夜的时候愉快，
是狂歌教每根树枝负担过重，
优美变成了凡俗就不再可爱。
　　所以，我有时就学她把嗓子收起，
　　因为我不愿老是唱得你发腻。

[屠　岸　译]

第103首

Sonnet 103

Alack, what poverty[1] my Muse brings forth[2],

That, having such a scope to show her pride[3],

The argument all bare is of more worth

Than when it hath my added praise beside.

O, blame me not if I no more can write!

Look in your glass, and there appears a face

That overgoes[4] my blunt invention[5] quite,

Dulling my lines and doing me disgrace.

Were it not sinful then, striving to mend[6],

To mar the subject that before was well?

For to no other pass my verses tend

Than of your graces and your gifts to tell;

  And more, much more, than in my verse can sit

  Your own glass shows you when you look in it.

注释：
1. poverty *n.* 贫乏；拙劣
2. bring forth 发表；产生
3. pride *n.* 引以自豪的人（或事物）；[书] 最优秀部分
4. overgoes *vt.* (＝exceeds) 超过；胜过
5. blunt invention 粗拙的创作
6. mend *vt.* (＝improve) 修补；纠正；改善，改进

解读：

诗人说，本来他的创作灵感（缪斯）有好主题，可是面对爱友，诗人的脑子却显得很贫乏，拿不出好的东西。诗人请求爱友别责备诗人不为他写诗，因为诗人觉得"全然本色"的爱友要比加上了诗人的赞美后价值更大，要胜过诗人"愚拙的诗作"。如果硬要写诗去补缀爱友"原来是好好的东西"，诗人觉得那是一种"毁坏"，是"犯罪"。诗人说，爱友只要对着镜子看看自己，就会知道他本人比诗人的诗不知要胜过多少倍。

读了本诗，除了让我们看到诗人对爱友的赞美和谦卑的态度以外，还让我们看到莎翁求实认真的态度和精神。莎翁坚持"自然美胜于一切"这一观点，他绝不搜肠刮肚去作无病呻吟。如果大家都能够坚持莎翁的这种态度和精神，相信我们的文坛，乃至整个社会都会风清气正，而不会乱象丛生。

译文：

唉，我的缪斯有的是用武之地，
可是她拿出的却是怎样的贫乏！
那主题，在全然本色的时候要比
加上了我的赞美后价值更大。
假如我不能再写作，你别责备我！
朝镜子看吧，那儿有脸儿出现，
那脸儿大大胜过我愚拙的诗作，
使我的诗句失色，尽丢我的脸。
那么，去把原来是好好的东西
拚命补缀，毁坏，不就是犯罪？
我的诗本来就没有其他目的，
除了来述说你的天赋，你的美；
　　比之于我的诗中的一切描摹，
　　镜子给你看到的东西多得多。

[屠　岸　译]

第104首

Sonnet 104

To me, fair friend, you never can be old,

For as you were when first your eye I eyed,

Such seems your beauty still. Three winters cold

Have from the forests shook three summers' pride,

Three beauteous springs to yellow autumn turned

In process of¹ the seasons have I seen,

Three April perfumes in three hot Junes burned,

Since first I saw you fresh, which yet are green.

Ah, yet doth beauty, like a dial hand²,

Steal³ from his figure, and no pace perceived;

So your sweet hue⁴, which methinks⁵ still doth stand,

Hath motion, and mine eye may be deceived;

  For fear of which, hear this, thou age unbred:

  Ere you were born was beauty's summer dead.

注释:

1. process n. 过程，进程；变化过程　in (the) process of 在…的进程中
2. dial hand 罗盘针，指针
3. steal vt.（即 move unseen）偷偷地溜走
4. sweet hue 美貌　hue n. [废] 形式，外表
5. methinks vi. [古][无人称动词] 我想，据我看来（= it seems to

me）

▌ 解读：

三年前，诗人和爱友建立了友谊。三年过去了，冬风三度吹落了夏叶，苍秋三度改变了阳春，骄阳三度烧光了花香，而诗人的爱友却始终鲜丽。不过诗人认为，虽然诗人希望爱友的美"留驻恒久"，但爱友的美也会瞒着诗人的眼睛"慢慢地变化"，"偷偷地溜走"。诗人在他的这部十四行诗集中有九首提到他爱友的美质将在他的诗中得到永生，但在这首诗中他却慨叹时间使他的爱友变老，使后代子孙见不到真正的美了。其实，这是从另一个角度——从对爱友的美的无限眷恋，表达了诗人对爱友的深厚感情和无奈的心情。

诗人在诗中揭示：人在自然界和生命规律的面前永远是无能为力的。同时也表达了他对人生的美好时光终将"青山遮不住，毕竟东流去"的无奈和感叹。诗人也似乎在告诉我们：人生是短暂的，我们要珍惜稍纵即逝的美好时光和生活中一切美好的东西。

译文：

我看，美友呵，你永远不会老迈，
你现在还是那样美，跟最初我看见
你眼睛那时候一样。从见你以来，
我见过四季的周行：三个冷冬天
把三个盛夏从林子里吹落、摇光了；
三度阳春，都成了苍黄的秋季；
六月的骄阳，也已经三次烧光了
四月的花香：而你却始终鲜丽。
啊！不过，美也会偷偷地溜走，
像指针在钟面瞒着人离开字码，
你的美，虽然我相信它留驻恒久，
也会瞒着我眼睛，慢慢地变化。

　　生怕这样，后代呵，请听这首诗：
　　你还没出世，美的夏天早谢世。

[屠　岸　译]

第 105 首

Sonnet 105

Let not my love be called idolatry[1],
Nor my beloved as an idol show,
Since all alike my songs and praises be[2]
To one, of one, still such, and ever so.
Kind[3] is my love today, tomorrow kind,
Still constant in a wondrous excellence;
Therefore my verse, to constancy confined[4],
One thing expressing, leaves out difference.
Fair, kind, and true is all my argument,
Fair kind, and true, varying to other words;
And in this change is my invention spent,
Three themes in one, which wondrous[5] scope affords.
　　Fair, kind, and true have often lived alone,
　　Which three till now never kept seat in one.

注释：
1. idolatry n. 偶像崇拜
2. be（即 are written）
3. kind adj. 仁慈的；和蔼的
4. to constancy confined（即 sticking to the theme of faithfulness in love）只吟忠贞赞　constancy n. 坚贞不渝，忠诚
5. wondrous adj. [书] 令人惊奇的，奇妙的

■ 解读：

莎翁通过对一系列事物的歌颂和贬斥，表达了他积极的、进步的宇宙观、人生观和艺术观。在歌颂真、善、美的同时，批判了假、恶、丑。诗人说，尽管他所有的歌颂和赞美都总是献给爱友一个人，总是讲他对爱友的情谊这一件事，但这并不是"偶像崇拜"。诗人的诗"全部的主题"是真、善、美。因为诗人认为，他的爱友身上集合了真、善、美这三种元素，他的爱友是值得永远歌颂的。诗人把真、善、美"变化成不同的辞章"，而且通过这种变化，使过去"各不相关"的真、善、美"三题合一""三位同座"。

在这首诗中，莎翁借着对爱友的歌颂来表达自己的人生追求，即人生的最高准则：真、善、美，以及这三者的结合。这种理想正是欧洲文艺复兴时期人文主义思想的典型表现。有的学者把这首诗看作是莎翁这些十四行诗所放射出的思想光芒所凝聚的焦点。其实不仅仅是这首诗，莎翁的所有作品都是对真、善、美的热情颂歌。今天我们重读莎翁的这些佳作倍感亲切，因为里面所歌颂的真、善、美的境界是我们孜孜以求的，也是我们的社会所需要的。

译文：

别把我的爱唤做偶像崇拜，
也别把我爱人看成是一座偶像，
尽管我所有的歌和赞美都用来
献给一个人，讲一件事情，不改样。
我爱人今天有情，明天也仁慈，
拥有卓越的美德，永远不变心；
所以，我的只歌颂忠贞的诗词，
就排除驳杂，单表达一件事情。
真，善，美，就是我全部的主题，
真，善，美，变化成不同的辞章；
我的创造力就用在这种变化里，
三题合一，产生瑰丽的景象。
　　　真，善，美，过去是各不相关，
　　　现在呢，三位同座，真是空前。

[屠　岸　译]

第 106 首

Sonnet 106

When in the chronicle[1] of wasted time[2]
I see descriptions of the fairest wights[3],
And beauty making beautiful old thyme
In praise of ladies dead and lovely knights;
Then, in the blazon[4] of sweet beauty's best,
Of hand, of foot, of lip, of eye, of brow,
I see their antique pen would have expressed
Even such a beauty as you master now.
So all their praises are but prophecies
Of this our time, all you prefiguring[5],
And, for they looked but with divining[6] eyes,
They had not skill enough your worth to sing:
  For we, which now behold these present days,
  Have eyes to wonder[7], but lack tongues to praise.

注释：

1. chronicle *n.* 历史；记事；编年史
2. wasted time（即 past time）往时往日
3. wights *n.* ［古、谑］人；妖精
4. blazon *n.* 纹章。源自中世纪英语 blason (shield)。
5. prefigure *vt.* ［古］预想；预见
6. divine *vt.* & *vi.* 预测；占卜；推测

7. wonder *vt.* （即 admire）观赏，惊羡

▌ 解读：

诗人翻阅了远古时代人们关于美人的描绘和记载，发现如爱友的美早在古代就已经有人"描摹尽致"。美也使得古代的诗歌美丽多彩。但是，诗人认为，古人的赞辞只是对像爱友在"仪态"方面的"美"的预言，还不能够充分歌唱出他爱友的价值，即诗人的爱友在行为、品德方面的"真"与"善"。今天，诗人看到了爱友真、善、美"三位同座"的景象之后，也只有"眼睛惊羡"，而"没有舌头来颂扬"。因为爱友实在太完美了，诗人实在没法找到恰当的言词来形容和颂扬。

在本诗中，莎翁借助歌颂爱友完美的"仪态"和"价值"，表达了他对人间真、善、美的讴歌和追求。生活在17世纪的莎士比亚对人间的真、善、美就有如此强烈的追求，而对于生活在21世纪的我们来说，就更应该有责任和担当去努力追求并积极践行真、善、美了。

译文：

我翻阅远古时代的历史记载，
见到最美的人物被描摹尽致，
美使得古代的诗歌也美丽多彩，
歌颂着已往的贵妇，可爱的骑士；
见到古人夸奖说最美的美人有
怎样的手足，嘴唇，眼睛和眉毛，
于是我发现古代的文笔早就
表达出来了你今天具有的美貌。
那么，古人的赞辞都只是预言——
预言了我们这时代：你的仪态；
但古人只能用理想的眼睛测看，
还不能充分歌唱出你的价值来：
　　至于我们呢，看见了今天的景象，
　　有眼睛惊羡，却没有舌头来颂扬。

[屠　岸　译]

第 *107* 首

Sonnet 107

Not mine own fears nor the prophetic soul[1]
Of the wide world dreaming on things to come
Can yet the lease of my true love control,
Supposed as forfeit[2] to a confined doom.
The mortal moon[3] hath her eclipse endured,
And the sad augurs[4] mock their own presage,
Incertainties now crown themselves assured,
And peace proclaims olives of endless age.
Now with the drops of this most balmy time
My love looks fresh, and Death to me subscribes[5],
Since, spite of him, I'll live in this poor rhyme,
While he insults o'er dull and speechless tribes:
    And thou in this shalt find thy monument,
    When tyrants' crests and tombs of brass are spent.

注释：
1. prophetic soul 预言的灵魂　prophetic *adj.* 预言的；预示的
2. forfeit *adj.* （要）丧失的
3. The mortal moon 指伊丽莎白女王。当时诗人都称她为 Cynthia （月亮，女神 Diana 的别名）。　mortal *adj.* 凡人的，人间的
4. augur *n.* （古罗马用观察飞鸟等方法预卜未来的）占卜官
5. to me subscribes (= yields to me)；subscribe to 屈服；投降

■ 解读：

本诗是诗人对爱友深厚情谊的铿锵誓言。诗人说，不管是古人对如爱友的美的预言，还是诗人怕爱友的美将失去的恐慌，都不能为诗人对爱友的情谊设定任何期限。诗人对爱友真心诚意的爱是永恒的。因为像月亮熬过月蚀一样，诗人与爱友之间也有不愉快的时候，但一切都已经过去了，他们已经和解并恢复了友谊。象征和平的"橄榄枝"将要"万代绵延"，连死神也对他臣服。诗人将活在他自己的诗中，诗人的爱友将是诗人在诗中竖立起来的"纪念碑"，而企图破坏诗人和爱友之间的情谊的"暴君的饰章"和企图埋葬诗人和爱友情谊的"铜墓"将"变成灰"。

我们看到诗人对爱友的爱，以及他们之间的友谊是经得起时间的考验的。而当今社会上那些为了一己之私而背叛朋友、出卖朋友的人，他们在莎翁的面前显得是何等的渺小和可悲。此外，综观历史，人类社会的发展也是历经曲折和动荡的，但和平与发展是历史的潮流，是任何力量也阻挡不了的。象征和平的橄榄枝是要世代传承和绵延的。我们应当为促进世界的和平、进步与发展做出我们应有的贡献。

译文：

梦想着未来事物的这大千世界的
预言的灵魂，或者我自己的恐慌，
都不能为我的真爱定任何限期，
尽管它假定要牺牲于命定的灭亡。
人间的月亮已经熬过了月蚀，
阴郁的卜者们嘲笑自己的预言；
无常，如今到了顶，变为确实，
和平就宣布橄榄枝要万代绵延。
如今，带着芬芳时节的涓滴，
我的爱多鲜艳，死神也对我臣服，
因为，不管他，我要活在这拗韵里，
尽管他侮辱遍黯淡无语的种族。
　　　你，将在这诗中竖立起纪念碑，
　　　暴君的饰章和铜墓却将变成灰。

[屠　岸　译]

第 *108* 首

Sonnet 108

What's in the brain that ink may character[1]
Which hath not figured to thee my true spirit?
What's new to speak, what now to register,
That may express my love or thy dear merit?
Nothing, sweet boy, but yet, like prayers divine,
I must each day say o'er the very same;
Counting no old thing old, thou mine, I thine[2],
Even as when first I hallowed thy fair name.
So that eternal love in love's fresh case[3]
Weighs not the dust and injury of age,
Nor gives to necessary wrinkles place,
But makes antiquity[4] for aye his page,
  Finding the first conceit of love there bred
  Where time and outward form would show it dead.

注释：
1. character *vt.* 描写；印
2. thou mine, I thine（即 You are mine, I am yours.）（爱情口头禅）
3. fresh case（即 youthful appearance）年轻的容貌
4. antiquity *n.* 古人们；老年

解读：

诗人把他的脑子里所有能够表达对爱友的爱以及爱友的美德的词句都写进了诗里。由于他再也没有任何能够述说的新东西了，所以只有每天像祈祷一般对爱友讲着"你是我的，我是你的"这样的话，而且一点也不觉得厌烦。诗人说，他对爱友的感情"既新鲜又永恒"。虽然随着时光的消逝，他们的外貌似乎显示出他们已经青春不再，但是，由于他们之间的情谊是"真正的爱"，所以能够"使老年永远做他的奴仆"，能够"永远有初恋的热情"。莎翁在本诗里揭示了一个真理：真正的爱能够经受住时间的考验，永葆青春和热情。

译文：

难道我脑子里还留着我半丝真意
能写成文字的，没有对你写出来？
能表达我的爱和你的美德的语文里
还有什么新东西要述说和记载？
没有，美少年；但是，像祈祷一般，
我必须天天把同样的话语宣讲；
"你是我的，我是你的，"不厌烦，
像当初我崇拜你的美名一样。
那么，我的爱就能既新鲜又永恒，
藐视着年代给予的损害和尘污，
不让位给那总要来到的皱纹，
反而使老年永远做他的童仆；
　　尽管时光和外貌要使爱凋零，
　　真正的爱永远有初恋的热情。

[屠　岸　译]

第109首

Sonnet 109

O, never say that I was false of heart,

Though absence seemed my flame to qualify[1].

As easy might I from myself depart

As from my soul, which in thy breast doth lie.

That is my home of love; if I have ranged,

Like him that travels, I return again,

Just to the time, not with the time exchanged,

So that myself bring water for my stain[2].

Never believe, though in my nature reigned[3]

All frailties[4] that besiege[5] all kinds of blood.

That it could so preposterously[6] be stained

To leave for nothing all thy sum of good;

  For nothing this wideuniverse I call,

   Save thou, my Rose; in it thou art my all.

注释:
1. qualify *vt.* [古] 缓和，减轻
2. for my stain (即 to wash away my guilt) 洗涤我的污点
3. reign *vi.* 占优势；盛行
4. frailty *n.* 脆弱；虚弱；[常作 frailties] 弱点
5. besiege *vt.* 困扰；使烦恼
6. preposterously *adv.* 荒谬地；愚蠢地

> 解读：

诗人和爱友之间有过隔阂、误解，也有过离别。但这些都只是他们两人的爱（友谊）之间的插曲。诗人在本诗里坦露了他对爱友的诚挚感情。他说，虽然他好像由于前段的离别减少了热力，但是他没有负心，也没有随时光的变化而移情别恋，他的灵魂一直在爱友的胸中，爱友的胸膛一直是他的"爱之家"。他把前段的离别比喻为旅人的流浪，如今他已经"重回家园"，回到了爱友的身边。诗人坦然承认他也有一切人都有的弱点，甚至还有"污点"，他要自己带水来洗涤这污点。这体现了中国哲人所倡导的"自省"精神。这也表现出诗人的率真和坦诚。他称赞爱友为玫瑰，爱友就是他的一切。同爱友相比，"广大的世界是空空如也"。

这首诗也体现了中国哲学家所尊崇的"恕道"，因为诗人原谅了爱友曾对他的伤害。在人心还比较浮躁的现实社会里，请读一读莎翁的这首十四行诗，好好地体味他的这种情怀吧。我们要学习诗人的率真和坦诚，以及对朋友的忠诚和宽恕。人生在世，如果有一位像莎翁这样的朋友足矣！

译文：

啊！请无论如何别说我负心，
虽然我好像被离别减少了热力。
我不能离开你胸中的我的灵魂，
正如我也离不开自己的肉体：
你的胸膛是我的爱的家：我已经
旅人般流浪过，现在是重回家园；
准时而到，也没有随时光而移情，——
我自己带水来洗涤自己的污点。
虽然我的性情中含有一切人
都有的弱点，可千万别相信我会
如此荒谬地玷污自己的品性，
竟为了空虚而抛弃你全部优美；
　　我说，广大的世界是空空如也，
　　其中只有你，玫瑰呵！是我的一切。

[屠　岸　译]

第 *110* 首

Sonnet 110

Alas, 'tis true I have gone here and there

And made myself a motley[1] to the view,

Gored mine own thoughts[2], sold cheap what is most dear,

Made old offenses of affections new.

Most true it is that I have looked on truth

Askance and strangely; but, by all above[3],

These blenches[4] gave my heart another youth,

And worse essays proved thee my best of love.

Now all is done, have what shall have no end.

Mine appetite[5] I never more will grind

On newer proof, to try an older friend,

A god in love, to whom I am confined.

  Then give me welcome, next my heaven the best,

  Even to thy pure and most most loving breast.

注释：

1. motley *n.* 小丑装束；（旧时小丑等穿的）彩衣
2. Gored mine own thoughts 嘲弄我自己的思想 gore *vt.* （用角）抵伤
3. by all above（即 by heaven）上天有知
4. blenches（即 deviations）*n.* 背离；偏离；乖离
5. appetite *n.* 欲望；性欲；情欲

解读：

这是诗人又一首感人的友谊颂歌。诗人承认他走了弯路，因工作关系他曾经与别人交往过，也疏远过爱友，就像贱卖了朋友情谊这一"珍宝"一样。但历经了这一不幸之后，诗人体会到他与爱友的情谊才是最真挚、最深的。他表示永远不会再去追求新交而把老朋友伤害，因为老朋友是拘禁了他的"爱之神"。他希望爱友仍然爱他，爱友能张开最亲最纯的怀抱迎接他归来。从诗中我们看到诗人对爱友的情谊是始终不渝的。爱友永远在他的心中占有重要的地位。

莎翁在诗中告诉我们：朋友的情谊高于一切。他要人们在结识新朋友时莫忘老朋友。在现实生活中，一些人结交了新朋友就忘记了老朋友。一些人结识朋友是为了利用朋友达到自己的目的。一些人甚至为了自己的利益而背叛和出卖朋友。还有一些人是酒肉朋友。我们希望他们能读一读莎翁的这首诗，能从中得到一些启示。

《蒙田随笔》中有一篇《论友谊》，其中说道："友谊越被人向往，就越被人享有，友谊只是在获得以后才会升华、增长和发展，因为它是精神上的，心灵会随之净化。"这句话很值得我们仔细推敲和品味。

译文：

唉！真的，我曾经到处地往来，
让自己穿上了花衣供人们赏玩，
嘲弄自己的思想，把珍宝贱卖，
用新的感情来冒犯旧的情感。
真的，我曾经冷冷地斜着眼睛
去看忠贞；但是，这一切都证实：
走弯路促使我的心回复了青春，
我历经不幸才确信你爱我最深挚。
一切都过去了，请接受我的无底爱：
我永远不会再激起我一腔热情
去追求新交，而把老朋友伤害，
老朋友正是拘禁了我的爱之神。
　　　那么，我的第二个天国啊，请张开
　　　你最亲最纯的怀抱，迎我归来！

[屠　岸　译]

第 111 首

Sonnet 111

O, for my sake do you with Fortune chide[1],
The guilty goddess of my harmful deeds,
That did not better for my life provide
Than public means[2] which public manners breeds.
Thence comes it that my name receives a brand,
And almost thence my nature is subdued[3]
To what it works in, like the dyer's hand.
Pity me then, and wish I were renewed,
Whilst, like a willing patient, I will drink
Potions of eisel[4] 'gainst my strong infection;
No bitterness that I will bitter think,
Nor double penance[5], to correct correction.
  Pity me then, dear friend, and I assure ye
  Even that your pity is enough to cure me.

注释：

1. chide *vt.* & *vi.* 谴责；责备，责骂
2. public means 大众风习，公共风习
3. subdue *vt.* 使屈服；使顺从
4. eisel（即 vinegar）*n.* 醋；醋药
5. penance *n.* 赎罪；（赎罪的）苦行；悔罪

▌解读：

命运女神让诗人"干有害事业"——从事戏剧工作。诗人的心因此而烙上了耻辱的印记，也因此得了"严重的疫病"——其天性受到了莫大的压抑。诗人渴望"复活"，他恳求爱友怜悯他，相信爱友的怜悯足可以把他的疫病医好。为了"复活"，诗人"心甘情愿地吞服醋药"，即愿意承受任何痛苦来纠正一切不幸，他在戏剧与文学的道路上刻苦前行；而且任何苦药他都不觉得苦。苍天不负有心人，诗人最终"复活"了：他以37部诗剧、154首十四行诗、2首长叙事诗以及其他诗作为代表的莎士比亚文学作品成为英国文学乃至世界文学宝库中一颗颗璀璨的明珠，莎士比亚的名字也因之传遍世界，流传千古。

本诗给了我们两点启示：一是对朋友，千万别吝啬你的温暖和鼓励。特别是对困境中的朋友，有时候你的一声鼓励可能就是他起死回生的"救心丹"，而你的一丝冷漠可能就成了"压倒骆驼的最后一根稻草"。二是对自己，无论在多艰难的情况下都千万不要自暴自弃而要自强不息。要记住：逆境是个好老师，它能"玉汝而成"。

译文：

请你为我去谴责命运吧，哎，
这让我干有害事业的罪恶女神！
除公共风习养育的公共方式外，
她不让我的生活有更好的前程。
因此我名字只得把烙印承受，
我的天性也大体屈服于我所
从事的职业了，好像染师的手：
那么，你该可怜我，巴望我复活；
而我像病人，心甘情愿地吞服
醋药来驱除我身上严重的疫病；
任何苦药我都不觉得它苦，
赎罪再赎罪，不当做两度苦行。
　　可怜我吧，爱友，我向你担保，
　　你对我怜悯就足以把我医好。

[屠 岸 译]

第112首

Sonnet 112

Your love and pity doth th' impression fill,
Which vulgar scandal[1] stamped upon my brow;
For what care I who calls me well or ill,
So you o'er-green[2] my bad, my good allow?
You are my all the world, and I must strive
To know my shames and praises[3] from your tongue;
None else to me, I to none alive,
That my steeled sense[4] or changes right or wrong.
In so profound abysm[5] I throw all care
Of others' voices, that my adder's sense[6]
To critic and to flatterer stopped are.
Mark how with my neglect I do dispense:
  You are so strongly in my purpose bred,
  That all the world besides methinks are dead.

注释：
1. vulgar scandal 庸俗逸言　vulgar *adj.* 庸俗的；不雅的；猥亵的
2. o'er-green：（莎士比亚自造的词）cover up
3. shames and praises 荣辱；褒贬
4. steeled sense 铁的观念　steel *vt.* 使像钢铁般；使坚强
5. profound abysm 万丈深渊　abysm *n.* ［诗］= abyss ［古］地狱；阴间；深渊

6. adder's sense 毒蛇感

解读：

诗人与爱友俩人的真挚感情和友谊在本诗中得到了进一步的体现。爱友答应了诗人的请求，欢迎诗人的归来并相信了他的忠贞。爱友对诗人施以爱和怜，从而医好了流言给诗人造成的一切创伤。诗人再也不会在意世人对他的褒贬了。他把爱友当作了他的"全世界"，因为爱友一人即可对诗人下结论。他认为，除了爱友以外，世界上其他的一切都已经死亡。这说明爱友在诗人心目中的地位和分量，也说明了关爱和包容有多大的力量。

莎翁在诗中告诉我们：当朋友遇到了挫折或犯了错误的时候，要给予朋友关爱和包容。因为关爱或包容能医治好人心灵的创伤，能给人希望和力量。俗话说，"水至清则无鱼，人至察则无徒"。在与别人的相处中，对一些非原则性的问题不要太较真，要学会包容。需知包容也是一种智慧，它能产生意想不到的效果，它能使别人更愿意和你交往，这样你的朋友也就更多。

译文：

你的爱和怜，能够把蜚语流言
刻在我额上的烙痕抹平而有余；
既然你隐了我的恶，扬了我的善；
我何必再关心别人对我的毁誉？
你是我的全世界，我必须努力
从你的语言来了解对我的褒贬；
别人看我或我看别人是死的，
没人能改正或改错我铁的观念。
我把对人言可畏的吊胆提心
全抛入万丈深渊，我的毒蛇感
对一切诽谤和奉承都充耳不闻。
请看我怎样开脱我这种怠慢：
　　你这样根深蒂固地生在我心上，
　　我想，全世界除了你都已经死亡。

［屠　岸　译］

第 113 首

Sonnet 113

Since I left you, mine eye is in my mind,
And that¹ which governs me to go about
Doth part his function, and is partly blind,
Seems seeing, but effectually² is out;
For it no form delivers to the heart
Of bird, of flow'r, or shape, which it doth latch³.
Of his quick objects hath the mind no part,
Nor his own vision holds what it doth catch;
For if it see the rud'st or gentlest sight,
The most sweet favor⁴ or deformed'st creature⁵,
The mountain, or the sea, the day, or night,
The crow, or dove, it shapes them to your feature.
    Incapable of more, replete⁶ with you,
    My most true mind thus maketh mine eye untrue.

注释：

1. that（即 the eyesight）*pron.* 那，那个（这里指"视力""眼睛"）
2. effectually *adv.* 其实；全然
3. latch（即 catch sight of）*vi.* 看到；抓住
4. favour（即 face）*n.* 面容；脸庞
5. deformed'st creature 最丑的怪物

6. replete *adj.* 充满的（with）

> 解读：

诗人在本诗里倾诉了他对爱友的无限思念和深厚感情。自从离开爱友之后，他的心充满了对爱友的无限思念。他的眼睛几乎放弃了自己的职责，因为对"眼前闪过的千姿万态"，他心如止水，目不旁顾。除了爱友之外，诗人什么都看不见了：无论是花儿还是鸟儿，无论是粗莽的还是旖旎的景色，无论是迷人的面容还是丑陋的人形，无论是山海，日夜，还是乌鸦或白鸽，这一切只要经诗人的眼睛传达到他的心里，统统都变成了爱友的面影。诗人对爱友的一片真心和痴情，使得他的心中再也装不进别的东西。

从诗中我们看到莎翁对朋友的无限眷恋和一往情深。莎翁这种对待朋友的真挚感情，正是我们社会所需要的。如果我们都能够像莎翁那样对待朋友，而不是像一些人那样朝秦暮楚，这山望着那山高，那么我们就能交上真正的朋友。

译文：

离开你以后，我眼睛住在我心间；
于是这一双向导我走路的器官
放弃了自己的职责，瞎了一半，
它好像在看，其实什么也不见；
我的眼睛不给心传达眼睛能
认出的花儿鸟儿的状貌和形体；
眼前闪过的千姿万态，心没份，
目光也不能保住逮到的东西；
只要一见到粗莽或旖旎的景色，
一见到迷人的面容，丑陋的人形，
一见到山海，日夜，乌鸦或白鸽，
眼睛把这些全变成你的面影。
　　心中满是你，别的没法再增加，
　　我的真心就使得我眼睛虚假。

[屠　岸　译]

第 114 首

Sonnet 114

Or whether doth my mind, being crowned with you[1],
Drink[2] up the monarch's plague, this flattery[3]?
Or whether shall I say mine eye saith true[4],
And that your love taught it this alchemy,
To make of monsters, and things indigest,
Such cherubins as your sweet self resemble,
Creating every bad a perfect best
As fast as objects to his beams assemble?
O, 'tis the first, 'tis flatt'ry in my seeing,
And my great mind most kingly drinks it up.
Mine eye well knows what with his gust[5] is 'greeing,
And to his palate doth prepare the cup.
 If it be poisoned, 'tis the lesser sin
 That mine eye loves it and doth first begin.

注释：
1. crown *vt.* 为…加冠；给…戴上；立…为王　crowned with you 因占有你而称王
2. drink up 喝完，喝干
3. flattery *n.* 阿谀；奉承；谄媚
4. saith true（即 tells the truth）说真相
5. gust（即 taste）*n.* ［废］味觉

▌解读：

诗人设问：究竟是诗人的心害了"帝王病"，使得诗人的眼睛对它极尽阿谀，还是因为爱友的爱或诗人对爱友的爱使得诗人的眼睛有了"炼金术"，能够把"巨怪和畸形的丑类"都变成像爱友那样的"可爱的天孩"？诗人的结论是：诗人的眼睛知道诗人的心深爱着爱友，就把"一杯阿谀"送到诗人的嘴边。而阿谀就是以虚伪的行为或言语去粉饰真实，从而让人感到舒服，但这实际上是一个"毒杯"。诗人坦言：尽管这阿谀有毒，他也把它饮下，因为他眼睛爱它。

诗人对朋友的感情当然令人感叹不已。然而我们认为，待人之道，当以真诚为要，切不可取阿谀之道，更不能行尔虞我诈。人与人之间只有真诚相待、互相信任，友谊才能长久。

译文：

是我这把你当王冠戴着的心
一口喝干了帝王病——对我的阿谀？
还是，我该说，我的眼睛说得真，
你的爱却又教给了我眼睛炼金术——
我眼睛就把巨怪和畸形的丑类
都改造成为你那样可爱的天孩，
把一切劣质改造成至善至美——
改得跟物体聚到眼光下一样快？
呵，是前者；是视觉对我的阿谀，
我这颗雄心堂皇地把阿谀喝干：
我眼睛深知我的心爱好的食物，
就备好这一杯阿谀送到他嘴边：
　　即使是毒杯，罪恶也比较轻微，
　　因为我眼睛爱它，先把它尝味。

[屠　岸　译]

第115首

Sonnet 115

Those lines that I before have writ do lie,

Even those that said I could not love you dearer.

Yet then my judgement knew no reason why

My most full flame should afterwards burn clearer[1].

But reckoning Time, whose millioned accidents

Creep[2] in 'twixt vows and change decrees of kings,

Tan[3] sacred beauty, blunt the sharp'st intents,

Divert strong minds to th' course of alt'ring things.

Alas, why, fearing of Time's tyranny[4],

Might I not then say, 'Now I love you best,'

When I was certain o'er incertainty,

Crowning the present, doubting of the rest?

  Love is a babe[5]; then might I not say so,

  To give full growth to that which still doth grow.

注释：

1. clearer（即 brighter）*adj.* 更明亮的
2. creep *vi.* 爬行
3. tan *vi.* 晒成棕褐色；晒黑（皮肤等）（这里指"丑化"）
4. Time's tyranny 时间的暴行
5. Love is a babe 爱还是婴孩　babe *n.* 婴儿，婴孩；天真幼稚的人

▎解读：

诗人坦言：他以前所写的那些所谓对爱友爱到极点的诗句，都是谎言，因为他现在对爱友爱得更深了。诗人知道，无情的时间"暴行"会毁灭一切，任何山盟海誓也都会随着时间的推移而成为过去。如今，诗人感情的不安时期已经过去，可是他还是不想对爱友说"现在我最最爱你"这句话，因为诗人知道，他对爱友的感情，就像爱神丘比特一样，还是个"婴孩"，还在继续成长。成长中的情感需要的是悉心呵护，而不是靠山盟海誓。

莎翁在诗中告诉我们：朋友之间的感情是需要彼此长期地悉心呵护和培养的，而不能只靠一时的山盟海誓。俗话说得好，"路遥知马力，日久见人心"。真正的友谊是需要经得起时间的考验的。

译文：

我以前所写的多少诗句，连那些
说我不能够爱你更深的，都是谎；
那时候我的理智不懂得我一切
热情为什么后来会烧得更明亮。
我总考虑到：时间让无数事故
爬进盟誓间，变更帝王的手令，
丑化天仙美，磨钝锋利的意图，
在人事嬗变中制服刚强的心灵，
那么，唉！惧怕着时间的暴行，
为什么我不说，"现在我最最爱你"——
既然我经过不安而已经安定，
以目前为至极，对以后尚未可期？
　　爱还是婴孩；我不能说出那句话，
　　好让他继续生长，到完全长大。

[屠　岸　译]

第 116 首

Sonnet 116

Let me not to the marriage of true minds

Admit impediments[1]; Love is not love

Which alters when it alteration finds,

Or bends with the remover to remove.

O, no, it is an ever-fixed mark[2]

That looks on tempests[3] and is never shaken;

It is the star to every wand'ring bark,

Whose worth's unknown, although his height be taken.

Love's not Time's fool, though rosy lips and cheeks

Within his bending sickle's compass come;

Love alters not with his brief hours and weeks,

But bears it out[4] even to the edge of doom.

  If this be error and upon me proved,

  I never writ, nor no man ever loved.

注释：

1. impediment n. 阻碍；障碍物；［律］合法婚姻的障碍（如年龄不到）

2. ever-fixed mark 永远固定的标灯　mark（即 seamark）n. 标识；导航标志（如灯塔等）

3. look on 注视；观看　tempest n. 大风暴；暴风雨

4. bears it out（即 sticks it out, endures）坚持着

解读：

在本诗中，诗人从一个新的高度对爱进行了诠释和歌颂：一、爱是"两颗真心的结合"，是爱的双方的协调与融合。二、爱是"永远固定的标灯"，它绝不被风暴摇撼。三、爱是天上的"一颗星"（北极星），它"引导迷航的桅樯"，虽然知道它的高度，但其价值是无法估算的。四、爱"不是时光的玩偶"，它绝不跟随短促的韶光改变，哪怕到了灭亡的边缘。关于"爱"，莎翁说得何等的好啊！

在这首诗中，莎翁不仅歌颂了爱的忠贞不渝，而且歌颂了爱的伟大，以及爱的战胜时间的力量。莎翁对爱的歌颂已经越过他的同时代人而达到新的高度。莎翁认为，爱是需要做到心心相印，而不能见异思迁；真正的爱要经得起风风雨雨的考验；真正的爱与日月同辉。那些以功利之心或者玩乐之心对待爱的人们，读了莎翁这首诗，是不是也该清醒清醒了？

译文：

让我承认，两颗真心的结合
是阻挡不了的。爱算不得爱，
要是人家变心了，它也变得，
或者人家改道了，它也快改：
不呵！爱是永不游移的灯塔光，
它正视风暴，绝不被风暴摇撼；
爱是一颗星，它引导迷航的桅樯，
其高度可测，其价值却无可计算。
爱不是时间的玩偶，虽然红颜
到头来总不被时间的镰刀遗漏；
爱绝不跟随短促的韶光改变，
就到灭亡的边缘，也不低头。
　　假如我这话真错了，真不可信赖，
　　算我没写过，算爱从来不存在！

〔屠　岸　译〕

第 117 首

Sonnet 117

Accuse me thus: that I have scanted[1] all
Wherein I should your great deserts repay,
Forgot upon your dearest love to call,
Whereto all bonds do tie me day by day;
That I have frequent been with unknown minds[2],
And given to time[3] your own dear-purchased right;
That I have hoisted sail to all the winds
Which should transport me farthest from your sight.
Book both my willfulness and errors down,
And on just proof surmise accumulate[4];
Bring me within the level of your frown,
But shoot not at me in your wakened[5] hate;
  Since my appeal says I did strive to prove
  The constancy and virtue of your love.

注释：
1. scant *vt.* 克扣；节省；忽略
2. unknown minds（即 insignificant strangers）无聊的人们；无意义的陌生人
3. given to time（即 wasted）浪费；断送
4. surmise accumulate 加上猜疑　surmise *n.* 猜测；臆测
5. wakened（即 activated）唤醒的

▋ 解读：

在本诗中，诗人向爱友承认他曾犯过错，而且很任性。诗人对爱友说他本该报恩的，但他却没有。他不仅没有称颂和回报爱友对他的至爱，相反，他还和无聊的人们交往，从而断送了爱友宝贵的友谊。他还出远门，任由风把他带到远离爱友的地方。因此，诗人愿意接受爱友对他的责备。但是，诗人请求爱友不要因为恨他而伤害或惩罚他，甚至还为自己辩解说：他之所以那样做，只是为了考验爱友对他的爱是否真正的"忠贞和不渝"。在这里，我们看到的莎翁仿佛不是那位享誉全球的大文豪，而倒像是一位十分矫情的"娇小姐"。

我们不赞同用这种所谓的"测试"来考验和了解朋友，因为人与人之间的交往贵在真诚，贵在互相信任。这种所谓的"测试"的结果，不仅会严重伤害他人，而且最终很可能也会伤害到自己。但是，莎翁这种勇于承认错误，并且愿意为自己的过错接受朋友的责备的勇气是值得我们学习的。

译文：

你这样责备我吧；为的是我本该
报你的大恩，而我竟无所举动；
每天我都有义务要回报你的爱，
而我竟忘了把你的至爱来称颂；
为的是，我曾和无聊的人们交往，
断送你宝贵的友谊给暂时的机缘；
为的是，我扬帆航行，让任何风向
把我带到离开你最远的地点。
请你记录下我的错误和任性，
有了凭证，你就好继续推察；
你可以带一脸愠怒，对我瞄准，
但是别唤醒你的恨，把我射杀：
　　因为我的诉状说，我确曾努力于
　　证实你的爱是怎样忠贞和不渝。

[屠 岸 译]

第 *118* 首

Sonnet 118

Like as¹ to make our appetites more keen

With eager compounds we our palate urge²,

As to prevent our maladies unseen,

We sicken to shun sickness when we purge³;

Even so, being full of your ne'er-cloying⁴ sweetness,

To bitter sauces did I frame my feeding;

And, sick of welfare, found a kind of meetness

To be diseased ere that there was true needing.

Thus policy in love, t' anticipate⁵

The ills that were not, grew to faults assured,

And brought to medicine a heatthful state,

Which, rank of goodness, would by ill be cured.

  But thence I learn, and find the lesson true,

  Drugs poison him that so fell sick of you.

注释：

1. Like as（即 just as）正像
2. palate *n.* 味觉　urge *vt.* 催促；推进
3. purge *vi.* 洗肠；催泻 *vt.* 用药泻
4. ne'er-cloying 永不腻人的　cloy *vi.* 倒胃口；因过度而使人腻烦
5. t'anticipate（即 to anticipate）预防；防止

▌解读：

诗人为了测试爱友是否忠贞不渝而与"无聊的人们"交往，诗人原以为这是"爱的策略"，其实这是一种过失，是有害的。这只会使自己处于比与爱友交往时的单调感更坏的境地。就像有的人为了使自己增加食欲，就用苦辣去刺激舌头；有的人为了预防疾病而吃下泻药，结果跟生病一样别扭；或者像有的人吃厌了甘美，就把苦酱当食粮；还像有的人厌倦了健康，就去得病，觉得这样才舒服。其实这些做法都是有害的，这些人也是最愚蠢的。

在本诗中，莎翁告诉人们这样的道理：人不要没病找病，无事生非；不要自找麻烦，自寻烦恼。诗人说他已经吸取了经验教训。读了本诗，我们是不是也应该从中得到应有的教益呢？

译文：

好比我们要自己的食欲大增，
就用苦辣味儿去刺激舌头；
好比我们要预防未发的病症，
就吃下泻药，跟生病一样别扭；
同样，吃厌了你的甘美（其实
永远吃不厌），我就把苦酱当食粮；
厌倦了健康，就去得病，说是
这样才舒服，其实不需要这样。
这样，为了预防未发的病痛，
爱的策略就成了确定的过失：
把十分健康的身心投入医药中，
使它餍足善，反要让恶来医治。
　　但是，我因此学到了真正的教训：
　　药，毒害了对你厌倦的那个人。

[屠　岸　译]

第119首

Sonnet 119

What potions have I drunk of Siren tears[1]
Distilled from limbecks[2] foul as hell within,
Applying fears to hopes and hopes to fears.
Still losing when I saw myself to win!
What wretched errors hath my heart committed,
Whilst it hath thought itself so blessed never[3]!
How have mine eyes out of their spheres been fitted
In the distraction of this madding fever!
O, benefit of ill: now I find true
That better is by evil still made better;
And ruined love, when it is built anew,
Grows fairer than at first, more strong, far greater.
 So I return rebuked to my content[4],
 And gain by ill thrice more than I have spent.

注释：
1. Siren n. ［希神］塞壬（古希腊神话中半人半鸟的女海妖，常以美妙的歌声诱惑经过的海员而使航船触礁毁灭）Siren tears 剧毒女妖泪
2. limbeck n. ［古］= alembic 蒸馏罐；蒸馏器
3. so blessed never（即 never so blessed）
4. rebuked（即 disciplined）受训导；受了谴责 rebuke vt. 指责，训斥 to my content 令我心满意足

解读：

诗人说，他曾经与"无聊的人们"交往，就像是喝过害人的女妖"赛壬"的眼泪的毒汤而受到大害，从而变得很狂乱。那时，他与别人交往而获得了与别人的友谊，他"自以为得益"，自以为是自己"无比幸福的时光"。但诗人后来才认识到，那是多么可鄙的过错。诗人因其过错受了谴责，但是诗人也为自己内心的善最终战胜了恶而感到自慰。他觉得，由于恶，他的收获比耗费大三倍。在与爱友重归于好之后，他觉得，善因克服了恶而变得更善；爱由于经历了挫折和考验而变得比原来更美、更伟大、更巩固了。

读了本诗，我们为诗人与爱友之间友谊的美好结局而高兴。与此同时，本诗也使我们明白了这样的道理：人生在世，挫折或犯错在所难免。但是"吃一堑，长一智"，只要我们能善于总结经验教训，我们就会变得聪明起来，就会有所进步，就会有光明的前途。

译文：

我曾经喝过赛壬的眼泪的毒汤——
像内心地狱里蒸馏出来的污汁，
使我把希望当恐惧，恐惧当希望，
自以为得益，其实在不断地损失！
我的心犯过多么可鄙的过错，
在它自以为无比幸福的时光！
我的双目曾怎样震出了圆座，
在这种疯狂的热病中恼乱慌张！
恶的好处呵！现在我已经明了，
善，的确能因恶而变得更善；
垮了的爱，一旦重新建造好，
就变得比原先更美，更伟大、壮健。
　　因此，我受了谴责却归于自慰，
　　由于恶，我的收获比耗费大三倍。

[屠　岸　译]

第 *120* 首

Sonnet 120

That you were once unkind befriends¹ me now,
And for that sorrow which I then did feel
Needs must I under my transgression² bow,
Unless my nerves were brass or hammered steel.
For if you were by my unkindness shaken,
As I by yours, y'have passed a hell of time³,
AndI, a tyrant, have no leisure taken
To weigh how once I suffered in your crime.
O, that our night of woe might have rememb'red
My deepest sense how hard true sorrow hits,
And soon to you, as you to me then, tend'red⁴
The humble salve⁵ which wounded bosoms fits !
 But that your trespass⁶ now becomes a fee;
 Mine ransoms yours, and yours must ransom me.

注释：
1. befriends（即 does me a favour）对我有帮助；使我受益
2. transgression *n.* 犯法；过失
3. a hell of time（即 a terrible state of time）一段时间在阴曹
4. tend'red（即 offered）呈递
5. humble *adj.* 谦卑的；恭顺的   salve *n.* 药膏；油膏
6. trespass *n.* 罪过；过失

解读：

诗人说，他的爱友以前曾经对他"狠过心"——冷淡了他，使他感到很悲伤。但近来诗人也对爱友冷淡无情，疏远了爱友而与"无聊的人们"交往。诗人觉得自己这种行为是一种错误，并为此感到痛心和悔恨。但值得庆幸的是，诗人和爱友双方都认识到自己所犯下的错误，并随即互相向对方"呈递谦卑的香膏去医治受伤的胸怀"。诗人把这比喻为各自为自己的过失向对方偿付"赔偿费"。

读了本诗，我们为诗人的心地善良和设身处地为他人着想的品质和胸怀而感动。在人与人的交往中，如果都能像莎翁那样将心比心，时时处处设身处地为别人着想，并且勇于承认错误、改正错误，那么我们的社会就会少一些矛盾和冲突，就会多一份和谐与安宁。

译文：

你对我狠过心，现在这对我有帮助：
想起了从前我曾经感到的悲伤，
我只有痛悔我近来犯下的错误，
要不然我这人真成了铁石心肠。
如果我的狠心曾使你震颤，
那你已度过一段时间在阴曹；
我可是懒汉，没匀出空闲来掂一掂
你那次肆虐给了我怎样的苦恼。
我们不幸的夜晚将使我深心里
牢记着：真悲哀怎样惨厉地袭来，
我随即又向你（如你曾向我）呈递
谦卑的香膏去医治受伤的胸怀！
　　　你的过失现在却成了赔偿费；
　　　我的赎你的，你的该把我赎回。

〔屠　岸　译〕

第 121 首

Sonnet 121

'Tis better to be vile than vile[1] esteemed,
When not to be receives reproach of being[2],
And the just pleasure lost, which is so deemed,
Not by our feeling, but by others' seeing.
For why[3] should others' false adulterate eyes[4]
Give salutation[5] to my sportive[6] blood?
Or on my frailties why are frailer spies,
Which in their wills count bad what I think good?
No, I am that I am[7], and they that level
At my abuses reckon up their own;
I may be straight though they themselves be bevel.
By their rank thoughts my deeds must not be shown,
  Unless this general evil they maintain:
  All men are bad and in their badness reign.

注释：
1. vile adj. 卑劣的；恶劣的
2. being（即 being vile）
3. For why（即 why）为什么；为何
4. adulterate eyes 淫猥的媚眼；淫邪眼
5. salutation n. 招呼，致意
6. sportive adj. 爱玩耍的；欢闹的

7. I am that I am. 我始终是我。（语出《旧约·圣经·出埃及记》第3章第14节）

▌解读：

诗人因自己受到别人的诽谤而深感苦恼。因此，他悲愤地说，他"宁可卑劣，也不愿被认为卑劣"。因为如果是真的卑劣，就理应受到谴责，诗人就不会因自己无辜遭受诽谤而感到气愤和苦恼。诗人也就不会因此而失去他本该得到的快乐。诗人愤怒地质问：为什么别人虚伪淫猥的媚眼要来挑逗他的方刚的血气？为什么那些尽做坏事的"懦夫"还要把诗人认为是好的东西硬说成是坏的？诗人庄重地声明他是正直的，他始终是他。他们诽谤他正说明他们自己的卑鄙。

遗憾的是，在当今社会里，本诗所描述的小人得势君子蒙冤的现象依然不时以各种各样的方式在人间重演。因此，不论遇到什么情况，不论遭受何种诽谤或者不公平的待遇，我们都应该像诗人那样始终坚持自我，坚持自己的信念，用自身的正直和清白来捍卫正义和公理。

译文：

宁可卑劣，也不愿被认为卑劣，
既然无辜被当作有罪来申斥；
凭别人察看而不是凭本人感觉
而判为合法的快乐已经丢失。
为什么别人的虚伪淫猥的媚眼
要向我快乐的血液问候，招徕？
为什么懦夫们要窥探我的弱点，
还把我认为是好的硬说成坏？
不。——我始终是我；他们对准我
詈骂诽谤，正说明他们污秽：
我是正直的，尽管他们是歪货；
他们的脏念头表不出我的行为；
　　除非他们敢声言全人类是罪孽，——
　　人都是恶人，用作恶统治着世界。

[屠　岸　译]

第122首

Sonnet 122

Thy gift, thy tables, are within my brain
Full charactered[1] with lasting memory[2],
Which shall above that idle rank[3] remain
Beyond all date, even to eternity;
Or, at the least, so long as brain and heart
Have faculty by nature to subsist,
Till each to razed oblivion[4] yield his part
Of thee, thy record never can be missed.
That poor retention[5] could not so much hold,
Nor needI tallies[6] thy dear love to score.
Therefore to give them from me was I bold,
To trust those tables that receive thee more.
　　To keep an adjunct to remember thee
　　Were to import forgetfulness in me.

注释：
1. character *vt.* 写；印；刻
2. lasting memory 永久记忆
3. that idle rank 手册中无用的篇页
4. razed oblivion（即：oblivion that erases everything） raze *vt.* 抹去，消除（印象等）oblivion *n.* 忘却；被遗忘状态
5. retention *n.* 保持，保留

6. tally *n.* tallies ［复］记数牌；符木（古时刻痕计数的木签，分作两半，借贷双方各执一半为凭）符契，符签

■ 解读：
诗人的爱友曾经把一本记录着他对诗人深情厚谊的手册赠送给了诗人。诗人说他已经把手册里的全部内容都铭记在他的脑子里直到永远。并说，只要他活着，只要他的心和脑子的功能还正常，他就永远不会忘记爱友。诗人还说道，如果要依靠爱友的手册来记住爱友的话，那么他就与那些丢了拐杖就没法走路的人无异，就等于是在表明他容易把爱友忘掉。而实际上，没有手册，爱友也永远会留在诗人的心中。本诗让我们从另一个侧面了解到诗人对爱友的深厚感情。

读了这首诗，我们为诗人对爱友感情的真挚和矢志不渝而感动。在现实生活中，如果朋友与朋友之间的友谊都能像莎翁那样真诚不渝，我们的社会将更加和谐，我们的生活将更加美好。莎翁在这首诗里告诉我们这样一个道理：一个人留给别人的记忆是否永恒，不是靠记在纪念册上或是刻在碑文上的，而是永远留在人们的心中的。

译文：
你赠送给我的手册里面的一切，
已在我脑子里写明，好留做纪念，
这一切将超越手册中无用的篇页，
跨过所有的时日，甚至到永远：
或至少坚持到我的脑子和心
还能借自然的功能而生存的时候；
只要这两者没把你忘记干净，
关于你的记载就一定会保留。
可怜的手册保不住那么多的爱，
我也不用筹码把你的爱累计；
所以我斗胆把那本手册丢开，
去信托别的手册，更好地拥抱你：
　　要依靠拐杖才能够把你记牢，
　　无异于表明我容易把你忘掉。

[屠　岸　译]

第123首

Sonnet 123

No, Time, thou shalt not boast that I do change.
Thy pyramids built up with newer might
To me are nothing novel¹, nothing strange;
They are but dressings of a former sight.
Our dates² are brief, and therefore we admire³
What thou dost foist upon⁴ us that is old,
And rather make them born to our desire
Than think that we before have heard them told.
Thy registers and thee I both defy,
Not wond'ring at the present, nor the past;
For thy records⁵ and what we see doth⁶ lie,
Made more or less by thy continual haste.
  This I do vow, and this shall ever be:
  I will be true despite thy scythe and thee.

注释：
1. novel *adj.* 新的，新奇的
2. dates（即 terms of life）*n.* 日子（这里指"人生""一生"）
3. admire *vt.* 赞赏；赞美，称赞
4. foist *vt.* 骗售（假货、劣货）(on, upon)；把……塞（给）
5. thy records（即 the past）记录，记载
6. doth [古] do 的第三人称单数现在式。

■ 解读：

在本诗里，诗人又一次向"时间"挑战，说他不怕"时间的镰刀"。他发誓将始终保持自己的忠实不变。诗人认为，"时间"有力量能够重建金字塔，但那不过是"旧景象穿上新衣裳"，并不新鲜。他说，由"时间"在"长跑"中编造出来的记载和让我们见到的景象都是"骗局"，而这一切他都瞧不起。诗人发誓：他将永远忠实于自己，绝不像"时间"一样去糊弄世人！因为他坚信，世间的一切事物都在循环中周而复始，旧的去，新的来。本诗让我们又一次看到了诗人的正直，以及他坚持真理的高贵品质。我们要学习莎翁的这种敢于坚持真理的高贵品质。

译文：

不！时间呵，你不能夸说我在变；
你有力量重新把金字塔建起，
我看它可并不希奇，并不新鲜；
那是旧景象穿上新衣裳而已。
我们活不长，所以我们要赞扬
你鱼目混珠地拿给我们的旧货；
宁可使它们合乎我们的愿望，
而不想：我们早听见它们被说过。
我是瞧不起你和你的记载的，
也不惊奇于你的现在和过去，
因为那由你的长跑编造出来的
记载和我们见到的景象是骗局：
　　我如此起誓，以后也始终如此，
　　不怕你跟你的镰刀，我永远忠实。

[屠　岸　译]

第124首

Sonnet 124

If my dear love were but the child of state,

It might for Fortune's bastard[1] be unfathered.

As subject to Time's love, or to Time's hate,

Weeds among weeds. or flowers with flowers gathered.

No, it was builded far from accident[2];

It suffers not in smiling pomp[3], nor falls

Under the blow of thralled discontent[4],

Whereto[5] th' inviting time our fashion calls.

It fears not Policy, that heretic,

Which works on leases of short-numb'red hours,

But all alone stands hugely politic,

That it nor grows with heat, nor drowns with showers.

  To this I witness call the fools of Time[6],

  Which die for goodness, who have lived for crime.

注释：

1. bastard *n.* 私生子；杂种

2. accident（即chance）*n.* 机遇；偶然的事

3. smiling pomp 含笑的高贵；谄笑的荣华 pomp *n.* 华丽；浮华，炫耀

4. thralled discontent 被压制的愤懑 thrall [古] *vt.* 奴役，使成奴隶 discontent *n.* 不满；愤懑

5. Whereto（即 in which）（这里指"被压制的愤懑的爆发"）
6. the fools of Time 被时间愚弄的人；时间的玩物

解读：

在这首诗里，诗人诠释了他对爱友的爱，以及他对爱的理解。他认为他对爱友的爱是基于对爱友的深厚感情，并不是因为爱友有权势而产生。否则，这种爱就没有生命力，也不会恒久。诗人对爱友的爱是独立的，是永恒的，也同偶然毫无牵连。在高贵面前，他的爱沉得住气；被压制的愤懑爆发也打不垮他的爱。对于"权谋"这位"异教徒"，他的爱毫不畏惧；他的爱也绝不为"时间"所任意左右。诗人认为，真正的爱是经得起时间和任何磨难的考验的。而在感情上易变的人是会早日被时间消灭的。在诗人看来，这就是爱的真谛！可以说，本诗就是莎翁的"爱的宣言"。

然而，在现实生活中，朋友与朋友之间的爱和友谊有多少是真正基于彼此的深厚感情的呢？事实上，现在有不少所谓的"友谊"是建立在彼此互相利用的基础上的。以前曾经存在过且被人们所称道的"君子之交淡如水"的现象现在已经很难看到了，这不能不说是一种遗憾。

译文：

假如我的爱只是权势的孩子，
它会是命运的私生儿，没有爸爸，
它将被时间的爱或憎任意处置，
随同恶草，或随同好花被摘下。
不，它建立了，同偶然毫无牵挂；
在含笑的高贵面前，它沉得住气，
被压制的愤懑的爆发也打不垮它，
尽管这爆发已成为当代的风气。
权谋在租期很短的土地上干活，
对于这位异教徒，它毫不恐惧。
它不因热而生长，不被雨淹没，
它只是巍然独立，且深谋远虑。
  我唤那为一善而死、为众恶而生、
  被时间愚弄的人来为此事作证。

[屠　岸　译]

第125首

Sonnet 125

Were't aught[1] to me I bore the canopy[2],

With my extern[3] the outward honoring,

Or laid great bases for eternity

Which proves more short than waste or ruining?

Have I not seen dwellers on form and favor

Lose all and more by paying too much rent,

For compound sweet[4] forgoing simple savor[5],

Pitiful thrivers, in their gazing spent?

No, let me be obsequious[6] in thy heart,

And take thou my oblation[7], poor but free,

Which is not mixed with seconds, knows no art,

But mutual render, only me for thee.

  Hence, thou suborned[8] informer! A true soul

  When most impeached stands least in thy control

注释：
1. Were't aught（即 would it be anything）
2. canopy *n.* 华盖；天篷
3. extern *adj.* [古] [诗] 外面的；在外的
4. compound sweet 各种逸乐
5. simple savour 简单的幸福（即纯洁的爱）
6. obsequious *adj.* 服从的，顺从的

7. oblation *n.* 献礼；贡礼；供物
8. suborn *vt.* [律] 教唆（或收买）作伪证

▎解读：

这首诗的内容是承接上一首的，是诗人对爱友的纯真情谊的进一步表白。诗人说，如果他像侍从那样举着华盖，对爱友进行表面的恭维，或者做爱友仪表和容貌的租用者，这对于诗人并没有任何好处。诗人说他的爱是不需要进行公开表现的，它所追求的只是爱的回报。诗人不会像"可怜的势利人"那样丢弃"清淡"的真爱而去追求、迷恋美貌的"浓油赤酱"。诗人重申：他对爱友的爱并不是基于对方的美貌，而是纯粹为爱的爱。他对爱友的爱是"贫乏而率真的贡礼"，它不仅没有掺杂次品，也不包藏任何机心，目的只在于回敬爱友对诗人的诚意。

读了本诗，我们为诗人对爱友的纯真情谊和爱而深受感动。在现实社会中，如果人与人之间、朋友与朋友之间的情谊都能像诗人对待爱友那样的纯真和无私，我们的社会将无限美好。

译文：

我举着华盖，用表面的恭维来撑持
你的面子，这对我有什么好处？
为永久，我奠下伟大的基础——它其实
比荒芜为期更短，这也是何苦？
难道我没见过仪表和容貌的租用者
付太多租钱，反而把一切都丢光？
可怜的贪利人，老在凝视中挥霍，
弃清淡入味，只追求浓油赤酱！
不；——让我在你心中永远不渝，
请接受我贫乏然而真率的贡礼，
它没有掺杂次货，也不懂权术，
只不过是我向你回敬的诚意。
　　　滚开，假证人，告密者！你愈陷害
　　　忠实的灵魂，他愈在你控制以外。

[屠 岸 译]

第 *126* 首

Sonnet 126

O thou, my lovely boy, who in thy power
Dost hold Time's fickle[1] glass, his sickle hour[2],
Who hast by waning[3] grown, and therein show'st
Thy lovers withering, as thy sweet self grow'st;
If Nature, sovereign[4] mistress over wrack,
As thou goest onwards, still will pluck thee back,
She keeps thee to this purpose, that her skill
May Time disgrace and wretched minutes kill.
Yet fear her, O thou minion[5] of her pleasure;
She may detain, but not still keep her treasure.
Her audit, though delayed, answered must be,
And her quietus[6] is to render[7] thee.

注释：
1. fickle *adj.* 易变的，无常的
2. sickle hour（即 sickle-like hour）时间的镰刀
3. wane *vi.* 衰退，衰落；衰老
4. sovereign *n.* 君主，国王
5. minion *n.* 宠儿；宠臣
6. quietus *n.* （债务的）清偿
7. render *vt.* 放弃

▌解读：

这是诗人写给爱友的最后一首诗。诗人对爱友说，因为爱友还年轻，所以，自然这位"统治兴衰的大君主"让爱友能够掌控时间这个"易变的沙漏"，让爱友在他人逐渐枯萎时，却能够像鲜花那样盛开。可是，自然虽然视爱友为"宠儿"，但它却只能"暂留你"，最终它还得把爱友交付给时间。在本诗里，诗人向爱友提出了警告：虽然现在由于自然的帮助，爱友能够掌控时间而拥有美，但是自然也必须受时间的支配，它最终只有放弃爱友。也就是说，随着时光的流逝，爱友也终将无法抗拒地会变老。

作为给爱友这一诗组的结束之作，本诗的基调明显带着几分悲凉。或许诗人是在借这种悲凉来慨叹他，乃至世人在生、老、病、死这一生命自然规律面前的无奈吧。不过，我们有理由相信，虽然诗人和他的爱友的身体和容颜都会随着时间的推移而逐渐老去，可是他们之间经历过曲折考验的情谊和故事，就像陈年的佳酿，年代越久越香醇，越品越令人陶醉。

莎翁似乎借本诗在告诫年轻人：时间对于任何人都是公平的。没有人能永葆青春。年轻人要珍惜青春的美好时光，不要虚度年华，要趁年轻时有所作为，让生命之花绽放异彩。

译文：

可爱的孩子呵，你控制了易变的沙漏——
时光老人的小镰刀——一个个钟头；
在衰老途中你成长，并由此显出来
你的密友们在枯萎，而你在盛开！
假如大自然，那统治兴衰的大君主，
见你走一步，就把你拖回一步，
那她守牢你就为了使她的技巧
能贬低时间，能杀死渺小的分秒。
可是你——她的宠儿呵，你也得怕她；
她只能暂留你，不能永保你做宝匣。
她的账不能不算清，虽然延了期，
她的债务要偿清，只有放弃你。

[屠岸 译]

第 127 首

Sonnet 127

In the old age black was not counted fair,
Or, if it were, it bore not beauty's name.
But now is black beauty's successive heir[1],
And beauty slandered[2] with a bastard shame;
For since each hand hath put on[3] nature's power,
Fairing the foul with art's false borrowed face,
Sweet beauty[4] hath no name, no holy bower,
But is profaned, if not lives in disgrace.
Therefore my mistress' eyes are raven black,
Her eyes so suited, and they mourners seem,
At such who, not born fair, no beauty lack,
Sland'ring[5] creation with a false esteem:
 Yet so they mourn, becoming of their woe,
 That every tongue says beauty should look so.

注释：
1. successive *adj.* 后继的，继承的　heir *n.* 后嗣；继承人
2. slander *vi.* 对…进行口头诽谤，诋毁　*n.* 诽谤，诋毁
3. put on（即 taken over）接管
4. sweet beauty 甜美；纯美
5. Sland'ring（即 disgracing）　侮辱；玷辱

解读:

这是诗人写给他的一位黑(褐)皮肤、黑头发、黑眼睛的女郎(诗人的情人)的第一首诗。诗人认为,人类审美的观点是随着时代的变迁而改变的。在往古时代,人们认为"黑"并不是"美",而"白皙"才是"美"。而今,人们利用化妆和骗人的美容术,使"黑和丑"变成了"美"。自从美有了这个"私生子",真美就受到了羞辱以至亵渎,诗人对此深感悲哀。而诗人的情人是黑(褐)皮肤、黑头发的,她没有任何化妆涂抹,但诗人认为美就应该如此,美是不需要做任何化妆和修饰的。这也可能是"情人眼里出西施"的缘故吧。但我们认为,自然和真实才是真正的美。

纵观当今社会,有越来越多的人不惜花重金去整容和美容,有的甚至还为此付出了惨重的代价。"爱美之心人皆有之"。我们认为,一个人为了使自己的容貌和形象更好、更讨人喜欢而去整容或美容,本无可厚非。但是一个人不能只注重和追求外表的美,而更应该注重内在美的修炼,应该不断地加强自身的修养。

译文:

在往古时候,黑可是算不得美色,
黑即使真美,也没人称它为美;
但是现在,黑成了美的继承者,
美有了这个私生了,受到了诋毁:
自从人人都僭取了自然的力量,
把丑变做美,运用了骗人的美容术,
甜美就失去了名声和神圣的殿堂,
如果不活在耻辱中,就受尽了亵渎。
因此,我情人的头发像乌鸦般黑,
她的眼睛也穿上了黑衣,仿佛是
在哀悼那生来不美、却打扮成美、
而用假美名侮辱了造化的人士:
  她眼睛哀悼着他们,漾着哀思,
  教每个舌头都说,美应当如此。

[屠 岸 译]

第 *128* 首

Sonnet 128

How oft[1], when thou, my music, music play'st
Upon that blessed wood[2] whose motion sounds
With thy sweet fingers when thou gently sway'st[3]
The wiry concord[4] that mine ear confounds,
Do I envy those jacks[5] that nimble leap[6]
To kiss the tender inward of thy hand,
Whilst my poor lips, which should that harvest reap,
At the wood's boldness by thee blushing stand.
To be so tickled, they would change their state
And situation with those dancing chips
O'er whom thy fingers walk with gentle gait,
Making dead wood more blest than living lips.
  Since saucy jacks so happy are in this,
  Give them thy fingers, me thy lips to kiss.

注释：
1. oft *adv.* ［古］［书］经常，常常（ = often）
2. blessed wood 幸福的琴键
3. thou gently sway'st（即 you gently direct）你手指轻轻拨弄
4. wiry concord 琴弦和声　wiry *adj.*（声音）金属弦（发出）的　concord *n.*［音］谐和音程，协和和弦
5. jacks *n.*（弹奏古钢琴的）拨子，古钢琴击弦槌下的木块

6. nimble *adj.* 敏捷的　nimble leap 轻捷地跳动

解读：
　　诗人的情人喜欢弹琴。看着情人弹琴，诗人觉得琴键是在大胆地亲吻情人的手指。他既羡慕琴键的幸福，又对琴键心存妒忌。诗人曾希望自己变成琴键去亲吻情人的手指，后来则希望自己能够亲吻情人的香唇。与其"羞站一旁"看"幸福的键木""轻跳着去亲吻"弹琴女郎"柔软的指心"，为什么不上前去亲吻情人的香唇呢？当然，这是需要勇气的，更是需要忠贞。
　　诗人想通过本诗告诉人们：与其站着心存妒忌地羡慕别人的幸福，还不如大胆果断地行动起来，自己给自己创造幸福，这才是正确的态度。

译文：
我的音乐呵，你把钢丝的和声
轻轻地奏出，教那幸福的键木
在你可爱的手指的按捺下涌迸
一连串使我耳朵入迷的音符，
我就时常羡慕那轻跳着去亲吻
你那柔软的指心的一个个键盘，
我的嘴唇，本该刈割那收成，
却羞站一边，眼看键木的大胆！
受了逗引，我的嘴唇就巴望
跟那些跳舞的木片换个处境；
你的手指别尽漫步在木片上——
教死的木片比活的嘴唇更幸运。
　　　孟浪的键盘竟如此幸福？行，
　　　把手指给键盘、把嘴唇给我来亲吻！

〔屠　岸　译〕

第 129 首

Sonnet 129

Th' expense of spirit in a waste of shame

Is lust[1] in action; and, till action, lust

Is perjured[2], murd'rous[3], bloody, full of blame,

Savage[4], extreme, rude, cruel, not to trust[5];

Enjoyed no sooner but despised[6] straight;

Past reason hunted, and no sooner had,

Past reason hated as a swallowed bait

On purpose laid to make the taker mad;

Mad in pursuit, and in possession so;

Had, having, and in quest to have, extreme;

A bliss[7] in proof, and proved, a very woe,

Before, a joy proposed; behind, a dream.

  All this the world well knows, yet none knows well

  To shun the heaven that leads men to this hell.

注释：

1. lust *n.* 情欲；肉欲，淫欲
2. perjured *adj.* 发假誓的，作伪证的
3. murd'rous = murderous *adj.* 杀人的，行凶的；残忍的
4. savage *adj.* 野性的；残暴的
5. not to trust（即 not to be trusted）没信用
6. despise *vt.* 鄙视，藐视

7. bliss *n.* 极乐；巨大的幸福

▌解读：

这是一首在莎翁十四行诗中占有特殊地位的诗。诗人以入木三分的笔触深刻剖析了人性的普遍弱点——贪婪。莎翁在诗文中不仅写强奸者或犯罪者，他写的是一切贪欲者。本诗固然是对耽于肉欲者的指斥，但也不能认为仅此而已。实际上，莎翁诗剑所指的是一切情欲、财欲、名欲、权欲等等的贪婪者们，因此也是指向更为深广的社会现象。如一些人为了满足自己的贪欲而变得野蛮、狂暴、残忍、没有信用、失去理智、疯狂于追求，甚至是阴谋、罪恶和杀机。但殊不知"甜头"尝过了，"原来是苦头"；"欢喜"过后，不过是"一场梦"，从古到今，莫不如此。贪婪的人们啊，警醒吧！设法"躲开这座引人入地狱的天堂"吧！怎么躲开？唯一的办法就是：戒除贪欲！

莎翁对人性弱点的深刻分析和对人类的警示振聋发聩，使我们不由得对他肃然起敬。他不仅是一位伟大的剧作家和诗人，他还是我们人类灵魂的伟大导师。

读了这首诗也使我们想起了台湾佛光山的开山宗长、"人间佛教"的倡导者星云大师的开示：一个人要努力祛除"贪、嗔、痴"三大病，要修持善缘，才能承载万物，成就万事，才能免去一切烦恼。我们既要牢记莎翁的警示，也要牢记星云大师的教诲。要努力祛除"贪、嗔、痴"，做到"清心寡欲，淡泊明志"。

译文：

生气丧失在带来耻辱的消耗里，
是情欲在行动；情欲还没成行动
已成过失，阴谋，罪恶，和杀机，
变得野蛮，狂暴，残忍，没信用；
刚尝到欢乐，立刻就觉得可鄙；
冲破理智去追求；到了手又马上
抛开理智而厌恶，像吞下诱饵，
放诱饵，是为了使上钩者疯狂：
疯狂于追求，进而疯狂于占有；
占有了，占有着，还要，绝不放松；

品尝甜头，尝过了，原来是苦头；
事前，图个欢喜；过后，一场梦：
　　这，大家全明白，可没人懂怎样
　　去躲开这座引人入地狱的天堂。

〔屠　岸　译〕

第 *130* 首

Sonnet 130

My mistress' eyes are nothing like the sun;

Coral¹ is far more red than her lips' red;

If snow be white, why then her breasts are dun²;

If hairs be wires³, black wires grow on her head.

I have seen roses damasked⁴, red and white.

But no such roses see I in her cheeks,

And in some perfumes is there more delight

Than in the breath that from my mistress reeks.

I love to hear her speak, yet weil I know

That music hath a far more pleasing sound.

I grant⁵ I never saw a goddess go;

My mistress when she walks treads on the ground.

  And yet, by heaven⁶, I think my love as rare

  As any she belied with false compare.

注释：
1. coral *n.* （一枝）红珊瑚
2. dun *adj.* 暗褐色的
3. be wires（即 be golden wires）金丝（指女子金黄色的头发）
4. damask *adj.* ［诗］玫瑰色的　*vt.* ［诗］在…上织花纹
5. grant *vt.*（即 admit that）承认
6. by heaven［表示惊奇、不信等］天哪，哎呀

▎解读：

"情人眼里出西施"真是一句大实话。别的诗人会把情人比喻得天花乱坠。然而，在莎翁的诗里，"我的情人"简直太一般了：她的眼睛比不上太阳，她的嘴唇比不上红珊瑚，她的双颊赛不过玫瑰，她的气息比不上熏香，她的声音比不上音乐，她的举步比不上女神……可是，莎翁认为他的黑肤情人"比那些被瞎比一通的美人儿更加超绝"。事实上，他觉得他的情人是真正的自然美。

我们认为，一个人的心灵美远胜于容貌美。因为容貌美是短暂的，是外在的。随着岁月的流逝，不管多美的人也会变得人老珠黄。而心灵美才是永恒的，也是更会受到人们赞美的。只要彼此感情真挚，心心相印，爱人就是世界上最美的人。那些喜新厌旧、见异思迁的新老"陈世美"们，如果你们也读一读莎翁的这首诗，那真该无地自容了！

译文：

我的情人的眼睛绝不像太阳；
红珊瑚远远胜过她嘴唇的红色：
如果发是丝，铁丝就生在她头上；
如果雪算白，她胸膛就一味暗褐。
我见过玫瑰如缎，红里透白，
但她的双颊，赛不过这种玫瑰；
有时候，我的情人吐出气息来，
也不如几种熏香更教人沉醉。
我挺爱听她说话，但我很清楚
乐器会奏出更加悦耳的和音；
我注视我的情人在大地上举步，——
同时我承认没见到女神在行进；
　　可是天哪，我认为我情人比那些
　　被瞎比一通的美人儿更加超绝。

[屠 岸 译]

第 *131* 首

Sonnet 131

Thou art as tyrannous[1], so as thou art,

As those whose beauties proudly make them cruel;

For well thou know'st to my dear doting heart

Thou art the fairest and most precious jewel.

Yet, in good faith[2], some say that thee behold,

Thy face hath not the power to make love groan[3];

To say they err I dare not be so bold,

Although I swear it to myself alone.

And, to be sure that is not false I swear,

A thousand groans, but thinking on[4] thy face,

One on another's neck, do witness bear

Thy black is fairest in my judgment's place.

  In nothing art thou black save in thy deeds,

  And thence[5] this slander, as I think, proceeds.

注释:
1. tyrannous *adj.* 骄横的; 专横的
2. in good faith (即 honestly) 真诚地, 诚意地
3. groan *vi.* 呻吟; 叹息
4. but thinking on (即 when I but think of) 当我想起
5. thence *adv.* 由此, 因此

解读：

有人说，诗人的情人（黑女郎）的容貌并不美，她的脸"不具备使爱叹息的力量"。可是深爱着她的诗人认为，她虽然长得不白，但却是美极了。"你的黑在我看来是绝色"。后来她因为行为（良心）太黑（黑女郎竟然爱上了诗人的爱友，见第133首），所以"你的脸不具备使爱叹息的力量"的"谣言才流行"。诗人对她的一片痴情和溺爱反而导致了她对诗人的冷酷和骄横，甚至背叛了诗人。

如果一个人因为有姣好的面容，同时又得到了别人的喜爱，从而就冷酷骄横，不可一世，甚至是这山望着那山高，做出了背叛朋友和爱人的不道德的事情。那么，或许你的朋友和爱人会忍让你，包容你，可世人却不会，因为公道自在人心，你一定会因此而身败名裂。所以，还是那句老话："心灵美远胜于容貌美。"

译文：

有些人，因为美了就冷酷骄横，
你这副模样，却也同样地横暴；
因为你知道，我对你一片痴情，
把你当做最贵重、最美丽的珍宝。
不过，真的，有人见过你，他们说，
你的脸不具备使爱叹息的力量：
我不敢大胆地断定他们说错，
虽然我暗自发誓说，他们在瞎讲。
而且，我赌咒，我这绝不是骗人，
当我只念着你的容貌的时刻，
千百个叹息联袂而来做见证，
都说你的黑在我看来是绝色。
　　你一点也不黑，除了你的行径，
　　就为了这个，我想，谣言才流行。

[屠　岸　译]

第 132 首

Sonnet 132

Thine eyes I love, and they, as pitying me,

Knowing thy heart torment[1] me with disdain[2],

Have put on black and loving mourners be,

Looking with pretty ruth[3] upon my pain.

And truly not the morning sun of heaven

Better becomes the grey cheeks of the east,

Nor that full star[4] that ushers in the even

Doth half that glory to the sober west[5]

As those two mourning eyes become thy face.

O, let it then as well beseem[6] thy heart

To mourn for me, since mourning doth thee grace[7],

And suit thy pity like in every part.

  Then will I swear beauty herself is black,

  And all they foul that thy complexion lack.

注释：

1. torment *vt.* 使痛苦；折磨
2. disdain *n.* 轻蔑，蔑视
3. ruth *n.* 怜悯，同情
4. full star（即 Venus）（金星，太白星，即 the evening star）
5. sober west 西方的宁静　sober *adj.* 冷静的，清醒的
6. beseem ［古］*vt.* 对…合适　*vi.* 适合

7. doth thee grace 使你美　grace n. 优美

解读：
　　从诗中我们得知黑女郎内心对诗人充满了轻蔑，却又在眼睛里放射出姣好的怜悯。"你眼睛也在同情我，知道你的心用轻蔑使我痛心，就蒙上黑色，对我的痛苦显出了姣好的怜悯"。诗人希望她的心也跟她的眼睛一样对他施以哀怜，因为悲哀使她美丽。可是他失望了，因为"你的脸色以外的一切，都是丑"。黑女郎的行为证明了这一点（她竟然爱上了诗人的爱友）。
　　我们知道，"眼睛是心灵的窗户"，但不管是痴情的人还是善良的人，千万要看清楚这种"眼是心非"的骗局，即一颗对你充满着轻蔑的心，怎么会对你有哪怕是一丝丝的怜悯呢？！诗人是否也是在告诉我们：不要轻易地被表面的现象所蒙蔽，因为"知人知面不知心"啊！

译文：
　　我爱你眼睛；你眼睛也在同情我，
　　知道你的心用轻蔑使我痛心，
　　就蒙上黑色，做了爱的哀悼者，
　　对我的痛苦显出了姣好的怜悯。
　　确实，无论是朝阳在清晨出现，
　　很好地配上了东方灰色的面颊，
　　还是阔大的黄昏星迎出傍晚，
　　给西方清冷的天空添一半光华，
　　都不如你两眼哀愁配得上你的脸；
　　既然悲哀使你美，就让你的心
　　也跟你眼睛一样，给我以哀怜，
　　教怜悯配上你全身的每一部分。
　　　　对了，美的本身就是黑，我赌咒，
　　　　而你的脸色以外的一切，都是丑。

[屠　岸　译]

第 133 首

Sonnet 133

Beshrew[1] that heart that makes my heart to groan

For that deep wound it gives my friend and me.

Is't not enough to torture me alone,

But slave to slavery my sweet'st friend must be?

Me from myself thy cruel eye hath taken,

And my next self[2] thou harder hast engrossed[3].

Of him, myself, and thee, I am forsaken[4];

A torment[5] thrice threefold thus to be crossed.

Prison my heart in thy steel bosom's ward,

But then my friend's heart let my poor heart bail;

Whoe'er keeps me, let my heart be his guard;

Thou canst not then use rigor[6] in my jail.

    And yet thou wilt, for I, being pent in thee,

    Perforce am thine, and all that is in me.

注释：

1. beshrew *vt.* ［古］诅咒
2. my next self 另一个我
3. engross *vt.* 独占；［古］把…据为己有
4. forsake *vt.* 遗弃；抛弃（forsaken 是 forsake 的过去分词）
5. torment *n.* 痛苦；苦恼；折磨
6. use rigor（即 practise cruelty）　rigor *n.* ［美］= rigour（性格等）

严峻，严厉，严格

解读：

我们知道，黑女郎移情别恋，爱上了诗人的朋友，使诗人"承受了三重三倍的苦难"。所以诗人责备她："将那颗使我心呻吟的狠心诅咒！"因为女郎使诗人和诗人的爱友受到了重伤。但诗人非常善良，愿意挺身而出，将自己的心被女郎的钢胸关押，以保释朋友，可是这又于事何补？对这种背信弃义的女人，不必要再去看她的"满眼冷酷"，也不必像奴隶般去乞求她的爱怜。像女郎这样的撒旦就应该受到诅咒！然而从古到今，人世间形形色色的撒旦又岂在少数？善良的人们啊，千万要擦亮眼睛，抵御住各种诱惑！因为如果你一旦被魔鬼俘获，那么，受害的可不仅仅是你自己，还会连累到你的朋友和家人。

译文：

将那颗使我心呻吟的狠心诅咒！
那颗心使我和我朋友受了重伤；
难道教我一个人受苦还不够，
一定要我爱友也受苦，奴隶那样？
你满眼冷酷，把我从自身夺去；
你把那第二个我也狠心独占；
我已经被他、我自己和你所背弃；
这样就承受了三重三倍的苦难。
请把我的心在你的钢胸里押下，
好让我的心来保释我朋友的心；
无论谁监守我，得让我的心守护他；
你就不会在狱中对我太凶狠：
 　　你还会凶狠的；因为，关在你胸内，
 　　我，和我的一切，你必然要支配。

[屠 岸 译]

第134首

Sonnet 134

So, now I have confessed that he is thine
And I myself am mortgaged[1] to thy will,
Myself I'll forfeit, so that other mine[2]
Thou wilt restore to be my comfort still.
But thou wilt not, nor he will not[3] be free,
For thou art covetous, and he is kind;
He learned but surety-like to write for me
Under that bond that him as fast doth bind.
The statute of thy beauty thou wilt take,
Thou usurer that put'st forth all to use,
And sue a friend came debtor for my sake;
So him I lose through my unkind abuse[4].
  Him have I lost, thou hast both him and me;
  He pays the whole, and yet am I not free.

注释：

1. mortgage *vt.* 抵押；把……当作抵押
2. that other mine（即 the other myself）另一个我（即我的朋友）
3. nor he will not（即 nor does he wish to）他也不希望……；他也不想………
4. unkind abuse 无情的伤害

解读：

诗人愿意将自己抵押给女郎，以换取女郎放开诗人的朋友。可是女郎不肯放人，因为女郎贪图他的美色。而诗人的朋友呢？他不仅不希望自己以朋友作为抵押而获得释放，而且还心甘情愿地让自己被女郎"牢牢关禁"，因为诗人的朋友重感情，也希望通过牺牲自己来换取诗人的自由。从诗中，我们为诗人和他的朋友之间的真挚感情所深深震撼：他们可以为朋友不惜两肋插刀，甚至可以以死相许，这其实也是一种真善美。在物欲横流的当今，认真体味莎翁的这首诗，相信对于我们在如何为人处世方面应当有所教益。

译文：

现在，我已经承认了他是属于你，
我自己也已经抵押给你的意愿；
我愿意把自己让你没收，好教你
放出那另一个我来给我以慰安：
你却不肯放，他也不希望获释，
因为，你真贪图他，他也重感情；
他像个保人那样在契约上签了字，
为了开释我，他自己被牢牢监禁。
你想要取得你的美貌的担保，
就当了债主，把一切都去放高利贷，
我朋友为我负了债，你把他控告；
于是我失掉他，由于我无情的伤害。
 　　 我已失掉他；你把他和我都占有；
 　　 他付了全部，我还是没得自由。

［屠　岸　译］

第 *135* 首

Sonnet 135

Whoever hath her wish, thou hast thy Will[1],
And Will to boot[2], and Will in overplus;
More than enough am I that vex[3] thee still,
To thy sweet will making addition thus.
Wilt thou, whose will is large and spacious,
Not once vouchsafe[4] to hide my will in thine?
Shall will in others seem right gracious,
And in my will no fair acceptance shine?
The sea, all water, yet receives rain still
And in abundance addeth to his store;
So thou being rich in Will add to thy Will
One will of mine, to make thy large Will more.
  Let no unkind, no fair beseechers[5] kill;
  Think all but one, and me in that one Will.

注释:
1. Will 可作多种解释:(1) a person named Will;(2) desire, volition;(3) lust
2. to boot 除此以外;而且;加之
3. vex *vt.* 使烦恼;[古]使伤脑筋,使困惑
4. vouchsafe *vt.* 恩准,允诺;赐予
5. beseecher *n.* 乞求者,请求人

■ 解读：

在本诗中，诗人恳求女郎容纳诗人对她的爱，而不要拒绝他。希望女郎像满是水的大海那样，"照样承受天落雨"，以"给它的贮藏增加更多的水量"；希望女郎把诗人的爱添加到她那不断扩大的意欲之中，而不要让"不"字把诗人这个"请求人杀死"。女郎虽然做了背叛诗人的事情，但诗人还是以宽阔的胸怀给予原谅和包容。莎翁的这种胸怀很值得我们学习。

读了本诗，我们既感动于诗人对女郎的一往情深，更懂得了做人要胸襟开阔，要有宽恕和原谅别人的过错的雅量。就像南非前总统曼德拉那样，他以博大的胸襟和高尚的情操，捐弃前嫌，宽恕了曾经伤害过他、囚禁过他的人。他还邀请他们中的一些人参加了他的总统就职典礼，最终他赢得了世界各国人民的尊重和敬仰。这就是宽容的力量。

译文：

只要女人有心愿，你就有主意，
还有额外的意欲、太多的意向；
我早已餍足了，因为我老在烦扰你，
加入了你的可爱的意愿里，就这样。
你的意念广而大，你能否开恩
让我的意图在你的意念里藏一藏？
难道别人的意图你看来挺可亲，
而对于我的意图就不肯赏光？
大海，满是水，还照样承受天落雨，
给它的贮藏增加更多的水量；
你富于意欲，要扩大你的意欲，
你得把我的意图也给添加上。
　　　别让那无情的"不"字把请求人杀死，
　　　认诸愿为一吧，认我为其中一"意志"。

[屠 岸 译]

第 *136* 首

Sonnet 136

If thy soul check[1] thee that I come so near,
Swear to thy blind soul that I was thy Will,
And will, thy soul knows, is admitted there[2];
Thus far for love my love-suit[3], sweet, fulfill.
Will will fulfill the treasure of thy love,
Ay[4], fill it full with wills, and my will one.
In things of great receipt with ease we prove
Among a number one is reckoned none[5].
Then in the number let me pass untold[6],
Though in thy store's account I one must be;
For nothing hold me, so it please thee hold
That nothing me, a something, sweet, to thee.
  Make but my name thy love, and love that still,
  And then thou lovest me for my name is Will.

注释：
1. check *vt.* 责备，谴责
2. admitted there（即 permitted to come near you）允许接近你
3. love-suit 求爱
4. Ay *int.* 唉［表示悲哀、悔恨等］
5. one is reckoned none（即 One need not be counted.）一个不需数。
6. untold *adj.* 未说过的，未加叙述的

■ 解读：

为了赢得女郎的芳心，诗人真可谓极尽了曲意逢迎之能事，以至于把诗中各种各样的"will"依其发音翻译为"威尔"（即诗人的名字）。不过，我们在为诗人的痴情而感动的同时，不禁要问：这样的曲意逢承，真的就能够获得女郎的芳心吗？（实际上，女郎已经爱上了诗人的朋友。见第133首）。退一步说，就算能够得到女郎的勉强接纳，男女双方，特别是曲意逢承者就真的能够获得幸福吗？须知，没有两情相悦的情感，是不能称之为爱情的。要让自己的"爱情能实现"，光有"愿望"（will）还不行，更主要是要有"志气"（will），要堂堂正正做人，顶天立地做事，这样才能赢得真正的爱情。

译文：

假如你灵魂责备你，不让我接近你，
就对你瞎灵魂说我是你的威尔，
而威尔，你灵魂知道，是可以来的；
这样让我的求爱实现吧，甜人儿！
威尔将充塞你的爱的仓库，
用威尔们装满它，我这个威尔算一个，
我们容易在巨大的容量中看出，
千百个里边，一个可不算什么。
千百个里边，就让我暗底下通过吧，
虽然，我必须算一个，在你的清单里；
请你来管管不能算数的我吧，
我对你可是个甜蜜的算数的东西：
　　只消把我名儿永远当爱巴物儿；
　　你也就爱我了，因为我名叫威尔。

[屠　岸　译]

第 *137* 首

Sonnet 137

Thou blind fool, Love, what dost thou to mine eyes

That they behold and see not what they see?

They know what beauty is, see where it lies[1],

Yet what the best is take the worst to be.

If eyes, corrupt by overpartial looks[2],

Be anchored in the bay where all men ride,

Why of eyes' falsehood[3] has thou forged hooks,

Where to the judgment of my heart is tied?

Why should my heart think that a several plot,

Which my heart knows the wide world's common place[4]?

Or mine eyes seeing this, say this is not,

To put fair truth upon so foul[5] a face?

  In things right true my heart and eyes have erred,

  And to this false plague are they now transferred.

注释：

1. lie *vt.* 位于
2. over-partial looks 偏见
3. eyes' falsehood 眼的虚妄　falsehood *n.* 虚妄性，虚假性；欺骗
4. common place（即 public field open to every one）公土，公地（这里寓意双关，有指"乱交的"意思）
5. foul *adj.* 丑恶的；邪恶的

■ 解读：

俗话说，"爱情是盲目的"。诗人由于对女郎一往情深，就把她的"黑"（不白）当作美丽，把她的种种坏处"极恶"当作了"至善"。明知女郎是许多人追求的"世界的公共土地"，而诗人却偏偏凭爱的"糊涂眼造钩子"，致使他失去了心灵的判断力，"搞错了真实的事情"，把心和眼委身于一种疾病，竟然爱上了女郎。后来，诗人终于明白了，但却已经太迟了，因为诗人从此已经陷入了深深的痛苦之中。

莎翁在诗中似乎在告诫人们：面对社会上纷繁复杂的人和事，千万要保持头脑清醒，要理智；千万别被盲目的情感蒙住了自己的双眼和心智，从而丧失了区别真伪和好坏的能力。

译文：

瞎眼的笨货，爱神，对我的眼珠
你做了什么，使它们视而不见？
它们认识美，也知道美在哪儿住，
可是，它们把极恶当做了至善。
假如我眼睛太偏视，目力多丧失，
停泊在人人都来停泊的海港里，
何以你还要凭我的糊涂眼造钩子，
紧紧钩住了我的心灵的判断力？
我的心，明知道那是世界的公土，
为什么还要把它当私有领地？
难道我眼睛见了这一切而说不，
偏在丑脸上安放下美的信义？
　　我的心跟眼，搞错了真实的事情，
　　现在就委身给专门骗人的疫病。

[屠　岸　译]

第 138 首

Sonnet 138

When my love swears that she is made of truth[1],
I do believe her though I know she lies,
That she might think me some untutored[2] youth,
Unlearned in the world's false subtleties[3].
Thus vainly thinking that she thinks me young,
Although she knows my days are past the best,
Simply I credit her false-speaking tongue[4];
On both sides thus is simple truth suppressed.
But wherefore[5] says she not she is unjust?
And wherefore say not I that I am old?
O, love's best habit is in seeming trust,
And age in love loves not to have years told.
    Therefore I lie with her, and she with me,
    And in our faults by lies we flattered be.

注释：
1. made of truth（即 thoroughly faithful）无限忠诚
2. untutored *adj.* 未受教育的；无知的
3. false subtleties 各种骗人的勾当　subtlety *n.* 诡计
4. false-speaking tongue 滥嚼的舌根；巧舌如簧
5. wherefore（即 why）*adv.* 为什么；为何

■ 解读：

诗人的情人撒谎，说她"浑身是忠实"。而诗人则假想他的情人相信他这个"已经度过了盛年"的老男人还是个"懵懂的小伙子"而"痴心信赖着她那滥嚼的舌根"。他们就这样互相欺骗，互相用好话瞒过彼此的缺陷，试图在幻想中实现自己希望做到的事情。但是，这种互相欺骗所得到的结果，除了痛苦，还能有什么呢？情人之间彼此的互相信任和坦诚是爱情的基石。一旦失去了这一基石，这种所谓的爱情还能维系多久呢？

我们相信，如果情人之间、夫妻之间能真诚相待，能多一点互相信任、互相理解和包容，少一点互相欺骗、互相猜疑，就一定会有更多的幸福和美满。如果同事之间、朋友之间、邻里之间能真诚相待，多一点互相信任、互相理解和包容，少一点互相欺骗、互相猜疑，我们相信这个社会就一定会更加和谐、更加健康和积极向上。

译文：

我情人起誓，说她浑身是忠实，
我完全相信她，尽管我知道她撒谎；
使她相信我是个懵懂的小伙子，
不懂得世界上各种骗人的勾当。
于是，我就假想她以为我年轻，
虽然她知道我已经度过了盛年，
我痴心信赖着她那滥嚼的舌根；
这样，单纯的真实就两面都隐瞒。
但是为什么她不说她并不真诚？
为什么我又不说我已经年迈？
啊！爱的好外衣是看来信任，
爱人老了又不爱把年龄算出来：
　　所以，是我骗了她，她也骗了我，
　　我们的缺陷就互相用好话瞒过。

[屠　岸　译]

第 *139* 首

Sonnet 139

O, call not me to justify[1] the wrong

That thy unkindness lays upon my heart;

Wound me not with thine eye but with thy tongue;

Use power with power and slay[2] me not by art.

Tell me thou lov'st elsewhere[3]; but in my sight,

Dear heart, forbear[4] to glance thine eye aside;

What need'st thou wound with cunning when thy might

Is more than my o'erpressed defense can bide?

Let me excuse thee; ah, my love well knows

Her pretty looks have been mine enemies,

And therefore from my face she turns my foes,

That they elsewhere might dart their injuries.

 Yet do not so[5]; but since I am near slain,

 Kill me outright with looks and rid my pain.

注释：

1. justify *vt.* 开释；证明…无罪
2. slay *vt.* 杀死，杀害
3. elsewhere（即 someone else）（这里指"别人"）*adv.* 在别处，到别处
4. forbear *vt.* 克制，自制；避免　*vi.* 克制，自制
5. do not so（即 do not do so）不要这样

解读：

诗人宁愿听到女郎说她不爱他，也受不了女郎在他面前向别人眉目传情。如诗中的"用舌头害我，可别用眼睛害我"。因为诗人认为女郎如果直接跟他说她爱别人，那是堂堂正正的，而把目光从他的脸上挪开则是在耍手段，是用眼睛杀他。可是当女郎把眼睛从诗人的脸上挪开时，诗人却又要求女郎把目光直射向他，要求她用双目的毒箭把他爽快地杀死，从而让他解除痛苦。诗人的痴情让人唏嘘！他如此矛盾的心情和痛苦令人同情！然而我们以为，诗人因女郎的移情别恋而一蹶不振到如此地步，却是不可取的！

研读本诗，我们欣赏莎翁的生花妙笔，欣赏英国古典诗歌的优雅艺术，但应该摈弃诗中男主人公消极的恋爱观和人生观。在现实生活中，年轻人要正确地对待恋爱双方各自的选择，不要动辄就以死相逼。须知"强扭的瓜是不甜的"。

译文：

啊，别教我来原谅你的过错，
原谅你使我痛心的残酷，冷淡；
用舌头害我，可别用眼睛害我；
要堂堂正正，杀我可不要耍手段。
告诉我你爱别人；但是，亲爱的，
别在我面前把眼睛溜向一旁。
你何必耍手段害我，既然我的
防御力对你的魔力防不胜防？
让我来袒护你：啊！我情人挺明白
我的仇敌就是她可爱的目光；
她于是把它们从我的脸上挪开，
把它们害人的毒箭射向他方：
  可是别；我快要死了，请你用双目
  一下子杀死我，把我的痛苦解除。

[屠　岸　译]

第 *140* 首

Sonnet 140

Be wise as thou art cruel; do not press
My tongue-tied[1] patience with too much disdain[2],
Lest sorrow lend me words, and words express
The manner of my pity-wanting[3] pain.
If I might teach thee wit, better it were[4],
Though not to love, yet fove, to tell me so;
As testy[5] sick men, when their deaths be near,
No news but health from their physicians know.
For if I should despair, I should grow mad,[6]
And in my madness might speak ill of thee.
Now this ill-wresting world[7] is grown so bad
Mad slanderers by mad ears believed be.
  That I may not be so, nor thou belied,
  Bear thine eyes straight, though thy proud heart go wide.

注释：
1. tongue-tied *adj.* 缄默的，寡言的
2. disdain *n.* 轻蔑，蔑视
3. pity-wanting（即 unpitied）没人同情的
4. were（即 would be）
5. testy *adj.* 暴燥的，易怒的
6. I should grow mad.（即 I would go mad.）我就会疯狂。

7. ill-wresting world 万恶的世界；恶意的世界

解读：

在本诗中，诗人从女郎自身利益的角度，请求女郎对他垂青。他请求女郎冷酷的眼睛别显露出对他过多的轻蔑，不要溜到别处去，而要直看他。尽管不爱他，口中也得对他说爱，否则，悲哀和绝望的他就会疯狂，就会乱讲她的坏话。而在如此"恶意的世界"上，"疯了的耳朵会相信疯狂的诽谤"。在这里诗人以德报怨，处处为女郎着想，希望能挽回女郎那颗移情别恋的心。而那个骄傲、负心的黑女郎能否从诗人的苦口婆心中悟出这样的道理呢？

我们知道这样的道理：为人处世还是中庸为好。一个人不管在什么时候、什么情况下都千万不要把事情做绝了。须知，一旦逼急了，再温顺的兔子也会咬人的。在中国的传统文化中，我们主张"君子德行，其道中庸"。我们知道，中和为福，偏激为祸。所以一个人为人处世还是要坚持中庸之道。

译文：

你既然冷酷，就该聪明些；别显露
过多的轻蔑来压迫我缄口的忍耐；
不然，悲哀会借给我口舌，来说出
没人同情我——这种痛苦的情况来。
假如我能把智慧教给你，那多好！
尽管不爱我，你也得对我说爱；
正像暴躁的病人，死期快到，
只希望医生对他说，他会好得快；
因为，假如我绝望了，我就会疯狂，
疯狂了，我就会把你的坏话乱讲：
如今这恶意的世界坏成了这样，
疯了的耳朵会相信疯狂的诽谤。
　　要我不乱说你，不疯，你的目光
　　就得直射，尽管你的心在远方。

[屠 岸 译]

第 *141* 首

Sonnet 141

In faith I do not love thee with mine eyes,
For they in thee a thousand errors note;
But 'tis my heart that loves what they despise¹,
Who in despite of view² is pleased to dote.³
Nor are mine ears with thy tongue's tune delighted,
Nor tender feeling to base touches prone⁴,
Nor taste, nor smell, desire to be invited
To any sensual feast with thee alone.
But my five wits⁵ nor my five senses can
Dissuade⁶ one foolish heart from serving thee,
Who leaves unswayed the likeness of a man,
Thy proud heart's slave and vassal wretch to be.
  Only my plague thus far I count my gain,
  That she that makes me sin awards me pain.

注释：
1. despise *vt.* 鄙视，藐视
2. in despite of view（即 in spite of what they see）
3. dote *vi.* 溺爱
4. prone *adj.* 有…倾向的，易于…的（to）
5. five wits 五智，五种智能　wit *n.* 才智，智能；智力。"五智"通常指：common sense（常识），imagination（想象），fantasy（幻想），

estimation（判断），and memory（记忆）。

6. dissuade *vt.* 劝阻，劝止

> 解读：
>
> 诗人的眼睛虽然看到女郎的身上有很多不好的东西，如女郎并不美，以及她移情别恋，等等。诗人的五官和五智也对女郎并没有好感。但诗人仍然痴爱着她。痴爱一个并不美丽的女人，对施爱者的感官来说，无异是遭灾。诗人自嘲地说，"我的五智或五官都不能说服我这颗痴心不来侍奉你。我的心不再支配我这个人影。""爱情是盲目的"这句话在本诗中又一次得到了印证。
>
> 诗人受了女郎的引诱爱上了她，自己觉得是犯了罪，所以才有后来的痛苦。但诗人觉得痛苦可以减轻他的原罪，所以并没有坏处。但我们还是希望生活中能少一些盲目性和冲动，多一些理智和冷静，这样才能减少不必要的痛苦和后悔。
>
> 此外，一个人如果遇到挫折和磨难也不要消沉，要把它看作是对自己的一种历练和苦修，它会使自己更加成熟和坚强起来。

译文：

说实话，我并不用我的眼睛来爱你，
我眼见千差万错在你的身上；
我的心却爱着眼睛轻视的东西，
我的心溺爱你，不理睬见到的景象。
我耳朵不爱听你舌头唱出的歌曲；
我的触觉（虽想要粗鄙的抚慰），
和我的味觉，嗅觉，都不愿前去
出席你个人任何感官的宴会：
可是，我的五智或五官都不能
说服我这颗痴心不来侍奉你，
我的心不再支配我这个人影，
甘愿做侍奉你骄傲的心的奴隶：
  我只得这样想：遭了灾，好处也有，
  她使我犯了罪，等于是教我苦修。

[屠 岸 译]

第142首

Sonnet 142

Love is my sin, and thy dear virtue hate,

Hate of my sin, grounded[1] on sinful loving[2].

O, but with mine compare thou thine own state,

And thou shalt find it merits not reproving[3],

Or if it do, not from those lips of thine,

That have profaned[4] their scarlet ornaments[5]

And sealed false bonds of love as oft as mine,

Robbed others' beds' revenues of their rents.

Be it lawful I love thee as thou lov'st those

Whom thine eyes woo as mine importune[6] thee.

Root pity in thy heart, that, when it grows,

Thy pity may deserve to pitied be.

  If thou dost seek to have what thou dost hide,

  By self-example mayst thou be denied.

注释：
1. ground *vi.* 根据 (on, upon) be grounded on (upon) 以…为基础（根据）
2. sinful loving 有罪的爱
3. merits not（即 does not deserve） merit *vt.* 值得，应受 reproving 责难 reprove *vt.* 责备，责难
4. profane *vt.* 亵渎（圣物）；玷污

5. scarlet ornaments 鲜红的饰物
6. importune *vt.* 向⋯强求

解读：

本诗是诗人对黑女郎的善意规劝。女郎厌恶诗人的爱，是因为她在爱着别人。女郎认为诗人对她的爱是罪，殊不知女郎对别人的爱更是有罪，因为她"抢夺过别人床铺的租金收入"（这里暗示女郎所爱者乃是有妇之夫）。所以诗人认为，女郎不应当责难他。诗人还规劝女郎：如果希望被别人所爱，自己必须先在心里栽下爱；如果自己没有一点爱心，却要向别人索取爱，那只能是"活该受冷遇"。莎翁的金玉良言，在400多年后的今天依然可以让人振聋发聩！

《孟子》里面有句名言："爱人者人恒爱之，敬人者人恒敬之。"试想，一个不爱别人的人，怎么能得到别人的爱呢？一个不尊重别人的人，怎么能得到别人的尊重呢？

译文：

爱是我的罪，厌恶是你的美德，
厌恶我的罪，生根在有罪的爱情上：
只要把你我的情况比一比，哦，
你就会发现，责难我可不大应当；
就算该，也不该出之于你的嘴唇，
因为它亵渎过自己鲜红的饰物，
跟对我一样，几次在假约上盖过印，
抢夺过别人床铺的租金收入。
我两眼恳求你，你两眼追求他们，
像你爱他们般，请承认我爱你合法：
要你的怜悯长大了也值得被怜悯，
你应当预先把怜悯在心里栽下。
　　假如你藏着它，还要向别人索取，
　　你就是以身作则，活该受冷遇！

[屠 岸 译]

第143首

Sonnet 143

Lo, as a careful housewife runs to catch
One of her feathered creatures broke away[1],
Sets down her babe, and makes all swift dispatch
In pursuit[2] of the thing she would have stay;
Whilst her neglected child holds her in chase[3],
Cries to catch her whose busy care is bent
To follow that which flies before her face,
Not prizing[4] her poor infant's discontent:
So run'st thou after that which flies from thee,
Whilst I, thy babe, chase thee afar behind;
But if thou catch thy hope, turn back to me
And play the mother's part, kiss me, be kind.
  So will I pray that thou mayst have thy Will,
  If thou turn back and my loud crying still.

注释：

1. broke away 逃跑；强行逃脱（或挣脱）(broke 是动词 break 的过去式)
2. in pursuit 追赶；追捕
3. holds... in chase (：chases, runs after) 追赶
4. Not prizing (即 Not caring for) 不去理睬；不管　prize vt. 珍视，重视

解读：

在这首诗中，诗人把女郎比作在拼命追赶逃跑的母鸡的主妇（实际上是在追离开了她的情人），而把自己比作啼哭着拼命追赶母亲的孩子（实际上他是在追女郎）。在本诗的故事中，主妇为了得到母鸡而宁愿舍弃孩子，而孩子为了得到母爱而不得不苦苦哭求。诗人用讲故事的形式来暗喻女郎为了达到自己的欲望和目的而冷酷无情，宁愿舍弃诗人，不顾诗人的感受去追求他的爱友。而诗人却非常痴情地希望女郎在满足了自己的欲望后能回来对他好，对他温和一些，就像一个母亲一样。诗人的痴情让人大为唏嘘。我们以为，诗人对女郎的这种态度是不可取的。对像女郎如此冷酷无情的人的一味迁就，就是对自己的残忍，也是对朋友的背叛。

译文：
看哪，像一位专心的主妇跑着
要去把一只逃跑的母鸡抓回来，
她拼命去追赶母鸡，可能追到的，
不过她这就丢下了自己的小孩；
她追赶去了，她的孩子不愿意，
哭着去追赶母亲，而她正忙着在
追赶那在她面前逃走的东西，
不去理睬可怜的哭闹的幼崽；
你也在追赶离开了你的家伙，
我是个孩子，在后头老远地追赶；
你只要一抓到希望，就请转向我，
好好地做母亲，吻我，温和一点：
　　只要你回来，不让我再高声哭喊，
　　我就会祷告，但愿你获得"心愿"。

[屠　岸　译]

第144首

Sonnet 144

Two loves I have, of comfort and despair,
Which like two spirits do suggest[1] me still,
The better angel is a man right fair[2],
The worser spirit a woman coloured ill.
To win me[3] soon to hell, my female evil
Tempteth[4] my better angel from my side,
And would corrupt my saint to be a devil,
Wooing his purity with her foul pride.
And whether that my angel be turned fiend
Suspect I may, yet not directly tell;
But being both from me, both to each friend,
I guess one angel in another's hell[5].

  Yet this shall I ne'er know, but live in doubt,
  Till my bad angel fire my good one out.

注释：
1. suggest *vt.* 暗示；促使考虑（或做）
2. right fair 十分漂亮，相貌堂堂　fair *adj.* 美丽悦目的
3. win me（即 drive me）
4. tempteth［古］= tempted *vt.* 引诱，诱惑
5. in another's hell［即 is in the other's (i.e. the female evil's) sexual organ］　hell *n.* 阴间；地狱；［在这里指另一方（即妖婆）的性器

官)]

> 解读:

诗人爱着他那善良纯真的朋友,也爱着那个邪恶的女郎。女郎用情欲媚惑了诗人的朋友,使他的圣灵堕落。他们终于成了朋友,双双抛弃了诗人。诗人猜想,他那朋友是受了媚惑才进了邪恶女郎的地府。因此,诗人相信,一旦他的朋友醒悟,邪恶女郎就会把他赶出来。所以,诗人在耐心地等待着。在本诗中,诗人、他那善良纯真的朋友,以及那个充满了邪恶的女郎,分明就代表了一个善恶杂处的世界。

莎翁在诗中似乎在告诫人们:在这个纷繁复杂的世界里,有善良和邪恶的存在,而躲在阴暗角落里的"魔鬼"不时会出来诱惑人们。比如像邪恶的女郎这样的人,她们会以情欲去媚惑人。所以,纯真和善良的人们啊,千万要时刻保持头脑清醒!

译文:
我有两个爱人:安慰,和绝望,
他们像两个精灵,老对我劝诱;
善精灵是个男子,十分漂亮,
恶精灵是个女人,颜色坏透。
我那女鬼要骗我赶快进地狱,
就从我身边诱开了那个善精灵,
教我那圣灵堕落,变做鬼蜮,
用恶的骄傲去媚惑他的纯真。
我怀疑到底我那位天使有没有
变成恶魔,我不能准确地说出;
但两个都走了,他们俩成了朋友,
我猜想一个进了另一个的地府。
  但我将永远猜不透,只能猜,猜,
  等待那恶神把那善神赶出来。

[屠 岸 译]

第145首

Sonnet 145

Those lips that Love's[1] own hand did make
Breathed forth[2] the sound that said, 'I hate'
To me that languished[3] for her sake.
But when she saw my woeful[4] state,
Straight in her heart did mercy come,
Chiding[5] that tongue that ever sweet
Was used in giving gentle doom,
And taught it thus anew[6] to greet:
'I hate,' she altered with an end
That followed it as gentle day
Doth follow night, who, like a fiend,
From heaven to hell is flown away.
 'I hate' from hate away she threw,
 And saved my life, saying, 'not you.

注释：
1. Love's 爱神的
2. Breathed forth 吐出；倾吐出　breathe vt. 说出，吐露出（心意等）
3. languish vi. [古] 作出惹人爱怜的倦态（或感伤神色）
4. woeful adj. 悲哀的，悲痛的；使人痛苦的
5. chide vt. & vi. 责怪，责备

6. anew *adv.* 再一次；重新

▋解读：

本诗中的女主角——邪恶的黑女郎，对着为她而憔悴的诗人，口中吐出了"我厌恶……"的话；但一见诗人难过，她便显出了慈悲与宽厚，在"我厌恶"之后便续上了"不是你"（按英语的语序，这句的意思是我不厌恶你），从而救了诗人的性命。从诗中我们看出诗人很在乎女郎对他的感情。同时，我们也看到在邪恶女郎的心底里善的成分还未完全泯灭。这是不是诗人的痴情促使女郎的良心发现呢？读者当然见仁见智，我们也不想妄加猜测。但是，我们希望在这个世界上，"人性善"还能够占据人类灵魂的上峰，让这个世界少一些罪恶，多一些善良。

我们更期望人们能够体会到本诗给人的启迪：爱神亲手缔造的人的嘴唇和舌头是希望人们能多说好话，少说坏话，因为爱神是慈悲的。正所谓"好言一句三冬暖"。台湾佛光山的开山宗长星云大师曾开示道："我们要做到：心存好意，口说好话，身做好事。"如果人人都能这样做，我们的社会就会更加美好。

译文：
爱神亲手缔造的嘴唇
对着为她而憔悴的我
吐出了一句"我厌恶……"的声音：
但是只要她见到我难过，
她的心胸就立刻变宽厚，
谴责她那本该是用来
传达温和的宣判的舌头；
教它重新打招呼，改一改：
她就马上把"我厌恶……"停住，
这一停正像温和的白天
在黑夜之后出现，黑夜如
恶魔从天国被扔进阴间。
　　她把"我厌恶……"的厌恶抛弃，
　　救了我的命，说——"不是你。"　　　　［屠　岸　译］

第 146 首

Sonnet 146

Poor soul, the center of my sinful earth[1],

My sinful earth these rebel pow'rs[2] that thee array[3],

Why dost thou pine within and suffer dearth,

Painting thy outward walls[4] so costly gay?

Why so large cost, having so short a lease,

Dost thou upon thy fading mansion[5] spend?

Shall worms, inheritors of this excess,

Eat up thy charge[6]? Is this thy body's end?

Then, soul, live thou upon thy servant's loss,

And let that pine to aggravate[7] thy store;

Buy terms divine in selling hours of dross;

Within be fed, without be rich no more:

  So shall thou feed on Death, that feeds on men,

  And Death once dead, there's no more dying then.

注释：

1. sinful earth 罪身 earth *n.* ［诗］人体，躯壳（与灵魂、精神相对）

2. rebel pow'rs 反叛力量

3. array *vt.* 打扮 *n.* ［诗］装扮，打扮

4. outward walls 外墙（这里指"躯体"）

5. mansion *n.* 大厦；宅第；官邸（这里指"躯体"）

6. charge *n.* 奢侈品（这里指"躯体"）
7. aggravate *vt.* 加重，增加

▶ 解读：

莎翁在这首诗中告诉我们这样的道理：一个人的灵魂比肉体更重要，即精神比物质更重要。他告诫我们：一个人不能挥霍无度，把躯壳豢养得如此豪华堂皇，却让灵魂忍受饥馑，憔悴不堪。须知生命是短暂的，再豪华的躯壳也要坍倒。聪明的做法是：让躯壳消瘦，别让外表再堂皇；要努力滋养内心，让灵魂充实。这样，你的灵魂就能得到永生。诗人关于灵魂的这些话说得多么好啊！

古人说："生于忧患，死于安乐。"纵观历史，杜甫一生颠沛流离，却用诗歌关注民生，抨击暴政，因而成为千古诗圣。包拯、海瑞等刚直不阿、清廉为官而垂名千秋。现代的雷锋、焦裕禄和孔繁森等无私奉献，全心全意地为人民服务而永远活在人民心中。先贤们为我们留下了非常宝贵的精神财富。而那些尸位素餐，甚至终日沉迷于声色犬马的人，到头来又能留下些什么呢？

译文：

可怜的灵魂呵，你在我罪躯的中心，
被装饰你的反叛力量所蒙蔽；
为什么在内部你憔悴，忍受饥馑，
却如此豪华地彩饰你外部的墙壁？
这住所租期极短，又快要坍倒，
为什么你还要为它而挥霍无度？
虫子，靡费的继承者，岂不会吃掉
这件奢侈品？这可是肉体的归宿？
靠你的奴仆的损失而生活吧，灵魂，
让他消瘦，好增加你的贮藏；
拿时间废料去换进神圣的光阴；
滋养内心吧，别让外表再堂皇：
  这样，你就能吃掉吃人的死神，
  而死神一死，死亡就不会再发生。

[屠 岸 译]

第147首

Sonnet 147

My love is as a fever, longing still

For that which longer nurseth the disease[1],

Feeding on that which doth preserve the ill[2],

Th' uncertain sickly appetite to please.

My reason, the physician to my love,

Angry that his prescriptions are not kept,

Hath left me, and I desperate now approve

Desire is death, which physic did except.

Past cure I am, now reason is past care,

And frantic-mad[3] with evermore unrest[4];

My thoughts and my discourse as madmen's are,

At random[5] from the truth vainly[6] expressed:

  For I have sworn thee fair, and thought thee bright,

  Who art as black as hell, as dark as night.

注释：

1. nurseth = nurse *vt.* 调养，调治（疾病） the disease（即 the love fever）热病
2. preserve the ill 使病情延续
3. frantic-mad 疯狂；迷乱癫狂　frantic *adj.* ［古］精神错乱的，发狂的
4. unrest *n.* 不安，不宁

5. at random 随便地，任意地，胡乱地
6. vainly *adv.* （即 in vain）

▌ 解读：
诗人对女郎的痴爱像是一种热病。"爱的医师"——理智，曾试图医治他，然而他拒绝了。他明知女郎不美，也不值得爱，却还赌咒般的说她美，认为她灿烂。诗人已完全丧失了理智，他的热病从此不能医治。他"将带着永远的不安而疯狂"。他的思想和谈吐全像个疯子。亲爱的朋友们，读了本诗，务请记住莎翁的谆谆告诫：无论什么时候都别拒绝理智，因为拒绝理智无异于讳疾忌医。一旦理智走开了，"疾病"就不能"医治"，你就只能眼睁睁地看着自己"病入膏肓"了。其实，不仅仅是爱情和欲望，任何丧失了理智的行为都是很危险的。

译文：
我的爱仿佛是热病，它老是渴望
一种能长久维持热病的事物；
它吃着一种延续热病的食粮，
古怪的病态食欲就得到满足。
我的理智——治我的爱的医师，
因为我不用他的处方而震怒，
把我撂下了，如今我绝望而深知
欲望即死亡，医药也不予救助。
理智走开了，疾病就不能医治，
我将带着永远的不安而疯狂；
我不论思想或谈话，全像个疯子，
远离真实，把话儿随口乱讲；
　　我曾经赌咒说你美，以为你灿烂，
　　你其实像地狱那样黑，像夜那样暗。

[屠　岸　译]

第 148 首

Sonnet 148

O me, what eyes hath Love put in my head,
Which have no correspondence with true sight!
Or, if they have, where is my judgment fled,
That censures¹ falsely what they see aright?
If that be fair whereon my false eyes dote²,
What means the world to say it is not so?
If it be not, then love doth well denote
Love's eye is not so true as all men's no.
How can it? O, how can Love's eye be true,
That is so vexed³ with watching and with tears?
No marvel⁴ then though I mistake my view⁵;
The sun itself sees not till heaven clears.
  O cunning Love, with tears thou keep'st me blind,
  Lest eyes well-seeing thy foul faults should find.

注释：
1. censure vt. ［废］对…评价；判断
2. false eyes 糊涂眼　dote vi. 溺爱
3. vex vt. 使烦恼；使苦恼
4. marvel n. 令人惊奇的事；［古］惊异；惊讶
5. mistake my view（即 do not see correctly）看错东西

■ 解读：

"爱情是盲目的"，爱会使人失去理智，在这首诗中得到进一步地印证。人们都说丘比特是爱情之神。其实，他做的是恶作剧，他在诗人头上安放了一双"哈哈镜"似的糊涂眼，使诗人"爱的目力比谁的目力都不如"，他认为女郎很美，可是大家都说不美。其实，诗人不该责怪爱神，而应该怪他自己。因为一双任由爱的烦恼和泪水模糊的眼睛焉能不糊涂？

在爱情方面是如此，面对纷纭复杂的世间万事万物，何曾不是如此呢？如果要做到明察秋毫，就不能让眼睛被任何东西所蒙蔽，就要有透过形形式式的表面现象看清本质的本领。更重要的是要时刻保持清醒的头脑，任何情况下都不能利令智昏。

译文：

天哪！爱放在我头上的是什么眼儿，
它们反映的绝不是真正的景象！
说是吧，我的判断力又躲在哪儿，
竟判断错了眼睛所见到的真相？
我的糊涂眼所溺爱的要是真俊，
为什么大家又都说："不这样，不"？
如果真不，那爱就清楚地表明
爱的目力比任谁的目力都不如：
哦！爱的眼这么烦恼着要守望，
要流泪，又怎么能够看得准，看得巧？
无怪乎我会弄错眼前的景象；
太阳也得天晴了，才明察秋毫。
　　刁钻的爱呵！你教我把眼睛哭瞎，
　　怕亮眼会把你肮脏的罪过揭发。

[屠　岸　译]

第 149 首

Sonnet 149

Canst thou, O cruel, say I love thee not,

When I against myself with thee partake[1]?

Do I not think on thee when I forgot

Am of myself, all tyrant[2] for thy sake?

Who hateth thee that I do call my friend?

On whom frown'st thou that I do fawn upon[3]?

Nay, if thou lour'st on[4] me, do I not spend

Revenge upon myself with present moan[5]?

What merit do I in myself respect

That is so proud thy service to despise,

When all my best doth worship thy defect,

Commanded by the motion of thine eyes?

  But love, hate on[6], for now I know thy mind;

  Those that can see thou lov'st, and I am blind.

注释：

1. partake vi 参与，参加

2. all tyrant（即 having become altogether a tyrant）变成暴君

3. fawn upon 奉承，讨好

4. lour'st on（即 frown upon）皱眉；表示不悦　lour vi. 皱眉头，现出愁相（at, on, upon）

5. present moan 立刻自叹自恨　moan n.［古、诗］哭，悲叹

6. hate on 恨吧，厌恶吧

> 解读：

诗人说女郎怀疑他对她的爱，因而他向女郎反复申述他对她有多么的爱：如对厌恶女郎的人，诗人绝对不与之为友；对女郎讨厌的人，诗人绝对不去巴结奉承；女郎对诗人生气时，诗人立刻就叹息痛恨自己；……可是，女郎为什么还对诗人的爱心存怀疑呢？诗人终于明白了：女郎爱的是一些能看出她的罪过（爱情方面的罪过）的人们，而诗人对她的罪过则是盲目的。

读了本诗，我们是不是应该明白这样的道理：对像女郎这样冷酷无情的人，没必要为了博得她的欢心而低三下四，甚至是失去自尊一味地讨好她。因为这样做非但达不到目的，反而会招人看不起。正确的做法是：要了解她真正喜欢什么，厌恶什么，找到共同语言，这样才能收到事半功倍的效果。

译文：

冷酷的人啊！你怎能说我不爱恋你？
事实上我跟你一起反对了我自己！
你这个暴君啊！谁说我不在想念你？
事实上我是为了你忘掉了我自己！
有人厌恶你，我可曾唤他作朋友？
有人你讨厌，我可曾去巴结，奉承？
不但如此，你跟我生气的时候，
我哪次不立刻对自己叹息、痛恨？
如今，被你那流盼的眼睛所统治，
我的美德都崇拜着你的缺陷，
我还能尊重自己的什么好品质，
竟敢于不屑侍奉你，如此傲慢？
　　但是爱，厌恶吧，我懂了你的心思；
　　你爱能看透你的人，而我是瞎子。

[屠　岸　译]

第 150 首

Sonnet 150

O, from what pow'r hast thou this pow'rful might
With insufficiency[1] my heart to sway[2]?
To make me give the lie to my true sight
And swear that brightness doth not grace the day?
Whence hast thou this becoming of things ill
That in the very refuse of thy deeds
There is such strength and warrantize of skill[3]
That, in my mind, thy worst all best exceeds[4]?
Who taught thee how to make me love thee more,
The more I hear and see just cause of hate?
O, though I love what others do abhor[5],
With others thou shouldst not abhor my state:
  If thy unworthiness raised love in me,
  More worthy I to be beloved of thee.

注释:
1. insufficiency *n.* 缺陷；不足
2. sway *vi. & vt.* 支配，统治
3. warrantize of skill（即 guarantee of mental power）
4. all best exceeds（即 exceeds all your best）
5. abhor *vt.* 憎恶，厌恶

■ 解读：

诗人搞不明白：为什么女郎本来有许多缺陷，却居然能指挥诗人的心灵，能教诗人诬陷他忠实的目光撒谎，使她的极恶在诗人的心中胜过至善？诗人更不明白：既然毫不可爱，甚至令人厌恶的女郎居然能激起诗人的爱。诗人本来就更有价值让女郎爱他的，可是为什么女郎却偏偏爱上了别人呢？在诗中诗人抱怨女郎不该同别人结伙来把诗人厌弃。其实，爱情在很多时候就是这么不可理喻，不然的话，为什么古往今来世上有那么多的爱情悲喜剧呢？作为局外人，我们是不是应该以一种更宽容和包容的心态来理解和看待这些爱情上的复杂问题呢？

译文：

啊，从什么威力中你得了力量，
能带着缺陷把我的心灵指挥？
能教我胡说我忠实的目光撒谎，
并断言阳光没有使白天明媚？
用什么方法，你居然化丑恶为美丽，
使你的种种恶行——如此不堪，
却具有无可争辩的智慧和魅力，
使你的极恶在我心中胜过了至善？
愈多听多看，我愈加对你厌恶，
可谁教给你方法使我更爱你？
虽然我爱着别人憎厌的人物，
你不该同别人来憎厌我的心意：
　　你毫不可爱，居然激起了我的爱，
　　那我就更加有价值让你爱起来。

[屠　岸　译]

第 *151* 首

Sonnet 151

Love is too young to know what conscience[1] is,
Yet who knows not conscience is born of love?
Then, gentle cheater[2], urge not my amiss[3],
Lest guilty of my faults thy sweet self prove.
For, thou betraying me, I do betray
My nobler part[4] to my gross body's treason[5];
My soul doth tell my body that he may
Triumph in love; flesh stays[6] no farther reason,
But, rising at thy name, doth point out thee,
As his triumphant prize. Proud of this pride,
He is contented thy poor drudge[7] to be,
To stand in thy affairs, fall by thy side.
  No want of conscience hold it that I call
  Her 'love' for whose dear love I rise and fall.

注释：
1. conscience *n.* 良心，道德心
2. gentle cheater 巧骗子（这里指"情人""爱人"）
3. urge not my amiss = stress not my sinfulness
4. nobler part 高贵的部分（这里指"灵魂"）
5. treason *n.* 背叛；不忠
6. stays waits for
7. drudge *n.* 服贱役的人；仆役

▌解读：

凭良心行事是爱的产物，可是年幼的爱神丘比特却不知凭良心行事是什么。本来诗人的灵魂对肉体说他可以赢得爱情的，但由于女郎的引诱，诗人和他的贱肉体合谋出卖了自己的灵魂。他丧失了理智，盲目爱上女郎，心甘情愿做女郎的可怜仆役，情愿站着伺候她，倒在她身旁。所以，骗子女郎绝不该责备诗人，因为诗人的罪也可作女郎的罪证。

诗人说的也许是事实，可是我们却觉得他似乎有文过饰非之嫌。我们知道外因是变化的条件，内因是变化的根据，外因通过内因而起作用。《六祖坛经》记载，六祖惠能大师在与志诚禅师的对话中说道："要知道一切事物和现象，都从自性中生起运用，这是真正的戒定慧法。听我的偈吧。"偈说：心地无非自性戒，心地无痴自性慧，心地无乱自性定，不增不减自金刚，身去身来本三昧。女郎对诗人施以媚惑是不假，但是如果诗人自己有坚强的定性，女郎的媚惑又何以能够对他起作用呢？所以，一个人只有努力加强自身的修养，不断提高自己的觉悟和思想境界，自觉抵御各种外来的诱惑和侵蚀。

译文：

爱神太幼小，不知道良心是什么；
可是谁不知良心是爱的产物？
那么，好骗子，别死剋我的过错，
因为，对于我的罪，你并非无辜。
你有负于我，我跟我粗鄙的肉体
同谋而有负于我那高贵的部分；
我的灵魂对我的肉体说他可以
在爱情上胜利；肉体不爱听高论，
只是一听到你名字就起来，指出你
是他的战利品。他因而得意扬扬，
十分甘心于做你的可怜的仆役，
情愿站着伺候你，倒在你身旁。
　　　这样做不是没良心的：如果我把她
　　　叫做爱，为了她的爱，我起来又倒下。

[屠　岸　译]

第 *152* 首

Sonnet 152

In loving thee thou know'st I am forsworn[1],
But thou art twice forsworn, to me love swearing;
In act thy bed-vow[2] broke, and new faith torn
In vowing new hate after new love bearing.
But why of two oaths' breach[3] do I accuse thee,
When I break twenty? I am perjured[4] most,
For all my vows are oaths but to misuse thee,
And all my honest faith in thee is lost;
For I have sworn deep oaths of thy deep kindness,
Oaths of thy love, thy truth, thy constancy;
And, to enlighten[5] thee, gave eyes to blindness,
Or made them swear against the thing they see;
  For I have sworn thee fair; more perjured eye,
  To swear against the truth so foul a lie.

注释：
1. am forsworn 背过誓　forsworn 是 forswear（*vt.* 发誓抛弃）的过去分词
2. bed-vow 床头盟
3. breach *n.* 违反，违犯，不履行
4. perjured *adj.* 发假誓的；假誓的
5. enlighten *vt.* [古] 照耀，照亮

▌解读：

本诗是莎翁写给黑女郎的最后一首十四行诗。在诗中，认清了女郎真面目的诗人承认自己不讲信义，但是他认为女郎也不讲信义，因为她"两度背了信"：首先是"撕毁了床头盟"——背叛了自己的丈夫而与诗人相爱；后来又"背弃了新的誓言"——背叛了诗人而与诗人的朋友相爱。可是诗人认为自己比女郎更应该受到责备，因为女郎只"违了两个约"，而诗人却"违了一打半"：他撒了许多"虚伪的谎"——明知女郎既不美丽也不忠贞，却三番累次地发誓说她"顶和善"，说她"爱得挺热烈、挺忠贞、不会变"等等。他觉得女郎使他丧失了所有的信誉。

本诗既展现了诗人像上帝宽恕世人般的博爱情怀，也让我们看到诗人对自己以前丧失理智的自责和忏悔。用当今的话说，就是"严于律己，宽以待人"。这就使得这组爱情诗篇在精神上得到了升华，使之韵味无穷，也给后世读者留下了耐人寻味的启迪。

译文：

在爱你这点上，你知道我不讲信义，
不过你发誓爱我，就两度背了信；
床头盟你撕毁，新的誓言你背弃，
你结下新欢，又萌发新的憎恨。
但是，你违了两个约，我违了一打半——
还要责备你？我罚的假咒可多了；
我罚的咒呀，全把你罚了个滥，
我的信誉就都在你身上失落了：
因为我罚咒罚得凶，说你顶和善，
说你爱得挺热烈，挺忠贞，不会变；
我为了给你光彩，让自己瞎了眼，
或让眼发誓——发得跟所见的相反；
  我曾罚过咒，说你美：这是个多么
  虚伪的谎呀，我罚的假咒不更多么！

[屠 岸 译]

第 153 首

Sonnet 153

Cupid laid¹ by his brand² and fell asleep.

A maid of Dian's³ this advantage found,

And his love-kindling fire⁴ did quickly steep

In a cold valley-fountain of that ground;

Which borrowed from this holy fire of Love

A dateless lively⁵ heat, still to endure,

And grew a seething⁶ bath, which yet men prove

Against strange maladies a sovereign⁷ cure.

But at my mistress' eye Love's brand new-fired.

The boy for trial needs would touch my breast;

I, sick withal, the help of bath desired,

And thither hied, a sad distempered guest,

  But found no cure; the bath for my help lies

  Where Cupid got new fire-my mistress' eyes.

注释：

1. laid *vt.* （动词 lay 的过去式和过去分词）使躺下，把…放下使休息

2. brand *n.* ［诗］火炬

3. Dian（即 Diana）*n.* ［诗］［罗神］狄安娜（月亮和狩猎女神，即希腊神话中的 Artemis）

4. love-kindling fire 点燃爱情的火炬　kindling *n.* 点火

5. dateless lively（= eternal living）永远活泼的，永恒的
6. seething（即 boiling）沸腾的　seeth *vi.* 沸腾；沸滚
7. sovereign *adj.* 极有效的；极好的

解读：

在本诗里，诗人讲述了一个美丽的故事：爱神丘比特丢下爱的火炬睡着了；月亮女神戴安娜的侍女乘机把火炬浸入冰冷的泉水，泉水因为火炬的热就变成了沸腾的温泉，人们相信这温泉具有让绝症回春的效力。但是这温泉没能医治诗人的病；能医好诗人的病的只有那重燃爱火的爱人的慧眼。

通过这首童话故事般的诗篇，莎翁想告诉我们：只有爱才是治病的良药。对于青年男女是如此，对于整个社会更是如此。因为爱的力量是无穷的。爱能感化人，爱能化解矛盾，爱能化敌为友，爱能创造奇迹，爱能使社会和谐、世界和平。爱也是一种真善美。我们希望这个世界能够多一些爱，少一些仇恨。正如一首脍炙人口的歌中所唱的："只要人人都献出一点爱，世界将变成美好的人间。"

译文：

丘比德丢下了他的火炬，睡熟了：
黛安娜的一个天女就乘此机会
把他这激起爱情的火炬浸入了
当地山谷间一条冰冷的泉水；
泉水，从这神圣的爱火借来
永远活泼的热力，永远有生机，
就变成沸腾的温泉，人们到现在
还确信这温泉有回春绝症的效力。
我爱人的眼睛又燃起爱神的火炬，
那孩子要试验，把火炬触上我胸口，
我顿时病了，急于向温泉求助，
就赶去做了个新客，狂躁而哀愁，
　　但是没效力：能医好我病的温泉
　　是重燃爱神火炬的——我爱人的慧眼。

[屠　岸　译]

第 *154* 首

Sonnet 154

The little Love-god lying once asleep

Laid by his side his heart-inflaming brand¹,

Whilst many nymphs² that vowed chaste³ life to keep

Came tripping by, but in her maiden hand

The fairest votary⁴ took up that fire,

Which many legions⁵ of true hearts had warmed;

And so the general of hot desire

Was, sleeping, by a virgin hand disarmed.

This brand she quenched in a cool well by,

Which from Love's fire took heart perpetual,

Growing a bath and healthful remedy

For men diseased; but I, my mistress' thrall⁶,

  Came there for cure, and this by that I prove:

  Love's fire heats water, water cools not love.

注释：

1. heart-inflaming brand 点燃爱火的火炬

2. nymph *n.* （即 beautiful maids of Diana's）[希神] [罗神] 居于山林水泽的仙女；[诗] 美女

3. vow *vi.* 发誓；许愿　*vt.* 立誓要做　chaste *adj.* 贞洁的；童贞的

4. votary *n.* （宗教等的）信徒；（天主教）立誓献身者；修士；修女（这里指"誓守贞节的女子"）

5. legion *n.* 众多，大批　*adj.* 众多的，大批的
6. thrall *n.* ［古］奴隶；奴仆

解读：

诗人在本诗里讲述了另一个美丽的故事：沉睡的爱神把爱的火炬搁在一旁；一位美丽的仙女把火炬拿走并熄灭在冷泉之中，得到了爱火永恒的热力，泉水就变成了温泉，对人世间的各种病痛都有灵效。诗人也去治病，想让泉水为自己炽热的爱火降降温；可是一试才知道："泉水凉不了爱"。通过本诗，莎翁从另一个方面歌颂了爱：爱是世界上最崇高的情感！爱火的热力一旦温暖了人们的心田，不管运用任何手段都不能使它变凉！

最后这两首诗表面看是在讲故事，也好像与前面的诗无关，但其实是莎翁整部十四行诗的总概括。也即是莎翁这部十四行诗中所涉及的人际关系，即莎翁与青年爱友之间的友谊、莎翁与黑女郎之间的爱情及彼此所产生的矛盾，以及如何处理和解决这些矛盾的总概括。莎翁在这里想告诉我们：真心的爱，其力量是无穷的。爱不仅能化解矛盾，爱还能够医治创伤，爱能够医治"人间百病"。在莎翁的整部十四行诗中，我们看到了一个大大的"爱"字！我们希望大爱永恒！我们更希望看到这个世界到处都充满着爱！

译文：

小小的爱神，有一次睡得挺沉，
把点燃爱火的火炬搁在身边，
恰巧多少位信守贞洁的小女神
轻步走来；最美的一位天仙
用她的处女手把那曾经点燃
无数颗爱心的火炬拿到一旁；
如今那爱情之火的指挥者在酣眠，
竟被贞女的素手解除了武装。
她把火炬熄灭在近旁的冷泉中，
泉水从爱火得到永恒的热力
就变成温泉，对人间各种病痛
都有灵效；但是我，我爱人的奴隶，

也去求治,把道理看了出来:
爱火烧热泉水,泉水凉不了爱。

[屠 岸 译]

参考文献

[1] （英）莎士比亚. 英诗经典名家名译：莎士比亚十四行诗（英汉对照）. 屠岸，译. 北京：外语教学与研究出版社，2012.

[2] （英）莎士比亚. 莎士比亚十四行诗新译（英汉对照）. 轩治峰，译. 郑州：河南人民出版社，2013.

[3] （英）莎士比亚. 十四行诗集（英汉对照）. 朱生豪，译. 柏钱元，注. 武汉：湖北教育出版社，2012.

[4] 陈秋平，尚荣，译注. 金刚经·心经·坛经. 北京：中华书局，2007.

[5] 傅佩荣. 傅佩荣细说孔子. 上海：上海三联书店，2007.

[6] 高永伟. 新英汉词典（第4版）. 上海：上海译文出版社，2009.

[7] 季羡林. 季羡林谈人生. 北京：当代中国出版社，2006.

[8] 商务印书馆辞书研究中心. 新华词典（2001年修订版）. 北京：商务印书馆，2001.

[9] 屠岸. 倾听人类灵魂的声音. 武汉：湖北教育出版社，2001.

[10] 星云大师. 宽心：星云大师的人生幸福课. 南京：江苏文艺出版社，2009.

[11] 于丹. 于丹《论语》心得. 北京：中华书局，2006.

[12] 王佐良，李赋宁，周珏良，刘承沛主编. 英国文学名篇选注. 北京：商务印书馆，1983.